漣《さざなみ》句会と北上愛子

――七代目嵐吉三郎 内儀

今井輝生
協力 菊池崇憲

燃焼社

漣《さざなみ》句会と北上愛子 —— 目次

目次

装画——ハルカサエキ

第一章　漣句会

一、出会い

漣句会主宰の北上愛子さんは平成二十（二〇〇八）年五月八日に亡くなられた。八十八歳であった。私は平成十年八月に漣句会の主宰者、俳句の先生として出会い、以後お付き合い頂いた。当時北上愛子さんは七十八歳で私は六十四歳であった。お付き合い頂いたのは晩年の十年程でしかなかったが、俳句を通じての師と弟子という以上に親しくさせて頂いた。

北上愛子さんは私の俳句の先生であり、人生の先達として仰ぐ方で、私は普段から愛子先生とお呼びしていた。

愛子先生は俳句と書を教えておられたが、何よりも歌舞伎役者の七代目嵐吉三郎のご内儀であった。愛子先生が亡くなられてしばらくして雑誌『上方芸能』（二〇〇八年九月発行第一六九号）に演出家中川芳三氏（演劇評論家奈河彰輔氏）の追悼記「芝居と共に歩んだ生涯――北上愛子さん」が掲載された。私は中川芳三氏のこの追悼記によってそれまでおぼろであった先生の前半生を知った。

「北上愛子さんは、若き頃、ＯＳＫのスターであった。その頃よりのロマンスを大事にはぐくみ、紆余曲折、幾多の障害を乗り越えて、やっと正式に入籍できたときの、披露の喜びようは、当時劇界のほほえましい話題になった。

ご自分の青春も生涯も岡島屋（七代目嵐吉三郎）と、そして芝居と共に歩まれた愛子さんだが、岡島屋が亡くなった後は、俳句の結社「漣会」を主宰し、良き同人に囲まれて目ざましい活躍を続けておられた。七回忌には、追悼の句集「おかじ満や」を上梓されている。ずっと岡島屋さんを偲びつつ、幸せな晩年を過ごされたのではなかろうか。」

北上愛子先生との出会いのきっかけは貯金箱だった。愛子先生にこの話をしたら怪訝な顔をされたと思うが、三十万円入る貯金箱を考えたことがきっかけになったと私は思っている。

私は東大阪市内の中学を卒業すると東成区内の伸線加工の会社に勤め、昭和三十五年、二十六歳で独立、起業、株式会社共立金属工業を設立した。当時の国鉄（現ＪＲ）や私鉄各社の車輌部品の製作を行った。高度経済成長の波に後押しされて事業は順調に推移していたが、昭和五十九年、五十歳のときに会社は倒産した。それからまさに辛酸を舐める生活を十年から過ごしたが、周囲の厚意を得て事業を復活することが出来た。自分の辛抱、努力もあったにしろ運が良かったと思わざるを得ない。

再出発して一息ついた頃だ。妻の友人に日本舞踊をしているひとがいて、そのひとが三年かけて名取になる、名取になったときの披露などで三十万円がいる、それで今から貯金を始める、という話を聞いた。そのとき酒の勢いもあって、じゃあ三十万円入る貯金箱を私が進呈しましょう、作りましょう、と言ってしまった。長く金属工場に勤めて自分でも工場をやっていたからモノ作りは得手、自分で作ろうと思って、その前に見本になる貯金箱を色々と、出来るだけ集めた。三十万円丁度入るような貯金箱などそううまい具合にはない。思案しているところに知人から声がかかって色々なカクテルを飲ませるバーに行って、カクテルパーティーと称してしこたま飲んだ。それからもう一軒となった。歌舞伎座の裏の辺り、小さな店がたくさんある。たまたま飛び込んだスナックのカウンターにお金の入ったガラスの筒があった。パスタの入っているガラス瓶だ。中に千円札や百円玉が入っている。ママさんの話では、お客さんが入れてくれる分が貯まったらそれで北海道旅行に行く、千円札を入れてくれる客もいて、折った札がなかなか下まで落ちないので、その上からばら銭を落としてくれる客もある。これなら三十万円入る。このガラス瓶が何処で手に入るか訊いたら懇切丁寧に教えてくれて、先方の店に段取りまで付けてくれた。それからその店をちょくちょく覗くようになった。スナック「郁《かおり》」だ。

あるとき店で俳句が話題になった。私の趣味範囲は広く、俳句もやってみたいとは思っていた。俳句をやりたい、俳句を勉強したいとでも言ったのかもしれない。するとママさんが、うちには俳句の先生が見えられます、有名な方ですよ、と言った。それが北上愛子先生だった。

愛子先生に出会う機会はすぐにはなかったが、愛子先生のグループの女性三人から勧誘があった。直接誘われたわけではない。三人それぞれの俳句を記した私宛のメモがママさんに預けられていた。程なく愛子先生にもお会いした。しかし、愛子先生主宰の句会に参加するまでには一年かかった。俳句を教わるに当たってそれなりの覚悟がいると思っていた。

平成十年八月六日、北上愛子先生主宰の第五九一回漣句会に参加した。中央区西心斎橋の御津八幡宮であった。

二、漣句会

御津八幡宮は、漣会の案内によれば、大阪南「八幡筋御堂筋西へ一つ目筋角」にあった。案内された社務所の洋室が句会の会場だった。長机三脚がコの字に置かれていた。既に女性ばかり七、八名がおられて、一斉に私に視線が注がれた。同時に明るい大きな声で私の名前が呼ばれた。先生であった。その声は皆に私の参加を知らせるようでもあった。改めて先生から紹介され、挨拶をした。今日は取り敢えず拝見させてもらう旨を言い、席についた。

句会の参加者は皆さん高齢だが、その姿勢、話しぶり、話題等、若々しく一様に生き生きとしておられ、とても七十歳、八十歳には見えない。静かで穏やか、ほとんどの人が同じように、芸能、文化、スポーツ、政治、経済、社会と、話題は幅広く、縦横に語られた。

さりげなく書かれる文字にはしっかりした基礎が感じられる。話には聞いていたが、皆さん船場や島之内育ちの人たちで、幼い頃から習い事の一切を身につけておられるのが分かる。河内育ちの自分との違いに唯々驚く。

句会が始まる。

皆さんそれぞれに筆記用具、辞書、歳時記を取り出される。小さな短冊が配られる。この短冊に俳句を書くことは想像ができたが、句会がどういうふうに進められるのかわからない。

短冊とは別に何に使うのか専用紙も配られた。注意して皆さんの様子を見ているうちに句作に入る。句作に当たってテーマが示される。会報『漣会』の表紙の左上に記された漢字一字がそのテーマである。それに沿って二句詠み短冊に書く。先生に名前を言って短冊を渡す。先生は短冊の句を帳面に転記される。先生は転記を終えられると、全部の短冊を専用紙の上に五、六枚ずつ載せて、両向かいの机に置かれる。すると、誰ともなく短冊の句を専用紙に転記していく。専用紙の右上に数字を書き、中程に句を書き、左下に誰が転記したか名前を書く。句の全部が専用紙に転記されると、専用紙が先生から時計の針と逆回りに一枚ずつ送られる。左から送られてきて、右隣に送る。送られてきた専用紙から気に入った句を採り、手元の帳面に専用紙右上の数字と句を控える。

句会が進むにつれて解ったこと、教わったことが幾つかある。その日に出されたテーマを「席題」、事前に提示されたテーマを「兼題」、短冊の句を専用紙に転記していくことを「清記」、気に入った句を採ることを「選句」、選句された句を読み上げることを「披講」ということなど。

選句の数は当日決められていて、その数に達するまで、清記用紙が回ってくる。全員の選句がすむと清記用紙は正面の先生に戻される。それから参加者一人ずつが披講していく。自分の句が披講されたら大きく名乗る。披講が終わると選句された数の多い順に発表される。

初参加の私の句が披講されたかどうかはさておいて、皆さんは上位に入ることを目指して苦吟されているようだが、結果に一喜一憂されることはなく、明るく通常と変わらないふうに見えた。

その後はお茶になり、あれこれの話がなされたが、先生の句の講評はなかった。私は、楽しく負担なく続けられる一つの工夫かと思い、これならやれると感じた。

以来、私はこの「漣句会」に参加、出席を重ねることになった。

句会の日の先生は、会が終わると、その日投句された自由句、兼題句、テーマ句を持ち帰られる。休む間もなく次回に備えての会報編集作業をされる。入選、二句賞、秀句を選び、句に講評を添え、会報の原稿を作られる。発行日付は句会当日。表紙には一句添えての百字前後の句会の記録。開催日時と会場と兼題と互選句数を示した次回の案内が囲ってある。最終頁には「漣のことば」としてコラムがある。表紙はまだしも、句評とコラムの原稿を書くのは簡単ではない。

原稿は翌日の十時に印刷所に回される。これが毎回徹夜の作業になる。

平成十六(二〇〇四)年、十七(二〇〇五)年の会報から適宜引き写してみる。先生は当時八十五歳。驚くべきエネルギーである。体調はまだ崩しておられなかった。

なお、会報『漣会』の記事は、内輪の冊子であり、時間が限られていたこともあって、書き方が統一されていない。句読点が省略されていたり、改行が気ままにされていたりで読みにくいところもあるが、明らかに誤りと思われる個所に修正を施した以外はそのままにしている。

■平成十六(二〇〇四)年

初冷房入れて快適句座弾む

六月十日　梅雨入りより晴れ間の続く今日、時の記念日。台風四号のせいかむし暑い、低冷房を入れる。美味しい東京名菓のおやつに句座も弾む。欠席の句友の健康を案じ四時散会。

「漣のことば」

米映画名作の「カサブランカ」の主役がハンフリー・ボガードで無く予定通りレーガンだったら第四十代米大統領ロナルド・レーガンは誕生しなかった。歴代の大統領の中で彼程ステキなアメリカ人は無かった。

六月五日九十三才で神に召されたニュースに心からの哀悼の意を念じた。英語等チンプンカンプンの私も、彼の美しい発音如何にも俳優らしく、メリハリの効いた好感度が伝わった。何よりも笑顔の美しさスタイルの好さ。

今日六月十一日アメリカ国葬がワシントン大聖堂で行われ、アメリカ式の葬式に思わず深夜を二時間も満足してしまった。

日本からは、ロン、ヤスの中曽根康弘前首相が八十六才の高齢乍ら堂々と列席、見劣りは無かった。

只々御冥福を祈るのみ　合掌

カリフォルニアの故郷へ眠る

No.730　2004年　平成16・6・10

花片《びら》を浮かべ菊酒賜りぬ

九月九日重陽、菊の節句にふさわしく晴々、地震はまだ余震にゆすぶられる。台風一過列島に被害を残したが晴天、縁起直しに日の丸掲げて、名物菊花を朱盃に浮かべ漣会の健康を祝い願い、句座も華やぐ　四時散会

「漣のことば」

半ドン、昼ドン、今流行の牛どんではなく、大阪城天守閣の空地に、大砲が一基あるのだそうです

昔ロシアが大阪港へ軍艦が姿を見せた時、慌てた町奉行が、空砲を一発発したとのこと、昭和に入って大阪城へ移し、私達子供の時分、ドンが鳴ったよってお昼やなア、今日は半ドン（土曜日）で仕事は昼迄と、かすかに記憶に残っています。

大阪城の馬場《ばんば》から、天王寺迄見通しの出来た頃で、大阪中お昼のドンは、よく聞こえました。なつかしい話をラジオで、ついこの頃聞き思い出を手繰りました。

東京では間抜け、腹が立ちます。大阪では鈍くさい、はんなり腹は立ちません。ドンと鈍のお話しでした。

No.７３６　２００４年　平成16・9・9

秋彼岸想いそれぞれ句座の菓子

九月二十三日　ようやく暑さも過ぎたような日を迎えた。お体をお案じした句友も久しぶりの出席、机上のお菓子に一段と盛り上り、御先祖参りの後の清い思いに、懐しい方々のお話に、作品展への心づもりもお願いして、雨模様の空を案じ四時半散会。

「漣のことば」

浅間山の爆発、台風、地震、そしてプロ野球界初まって以来の、土、日のストライキ決行、誰に聞いても、

何かが狂って来た地球、二十年後には世界中水争いが起きると、おっしゃる学者先生も。幸ひ野球ストは、近鉄とオリックスの統合が決まり、ヤクルトの古田選手会長の、オーナー達との懸命の努力で一応二度のストは回避されたものの、何億円と云う人々への損害は、全く悲しい出来事です。

野球少年達への不審感の悪影響等々頭の痛い事です。これ以上困ったことの起きない世の中を望まずには居られません。

オリンピック、パラリンピック、選手達の笑顔、金銀銅メダルが何よりの救いでした。

No.737　2004年　平成16・9・23

日食と云う秋の日の陰りかな

十月十四日　二年四ヶ月ぶりの日食とか、大阪からは午前十時頃より二時間程で太陽の左頭が三日月型に欠けた。欠しぶりの太陽の面差しでした。欠席多く少人数で楽しみ、大夕立も気づかず　四時半散会

「漣のことば」

森のことは森に聞け、子供を持って子の愛しさを、老人になつて老の気持を、病に掛って病人への思いやりを、何ごとも現実、経験が教へてくれます。

俳句は禅に通じるとか、真実が心を補えます。芭蕉は、伊賀上野藤堂高虎の城下町に、手習師匠の松尾与左ヱ門の三男に生れ、藤堂一族の藤堂良忠の小小姓として、金作(芭蕉)十歳の出仕となります。

二歳年上の良忠に可愛がられ、その当時流行の京都中心の貞門俳諧にふれ、一生の道への誘いとなりました。その後良忠の死に依り武士の道を絶ち、俳諧師と云う道へ進みます。もう一つ寿貞女との恋愛もあり子も二人生み乍ら不幸な恋に終ります。

故郷を捨て孤独の放浪となります。

風雅は夏炉冬扇のごとし。衆にさかひて用ひる所なし

No.738　2004年　平成16・10・14

入院の句友《とも》に思いを秋深し

十月二十八日　次々起きる出来事に、TVニュースから目が放せず一同寝不足、句友の入院も重なり欠席多く、心ならずも小人数の句席となる。急な冷えも加わり四時すぎ散会。
作品展に一同前進

「漣のことば」

台風の季節となると俄然わが名 北上 が新聞は素よりニュースに活動、日本列島を駆け巡ることになり、片身が広いのか狭いのか、私は北上《きたがみ》で北上《ほくじょう》では無い‼

近年は皇孫誕生で、愛子さま、さま、このニュースは誇らしく、胸を張つて、わが名を付けてくれた親達への感謝を思い、良い名であると快適に日を送らせて頂きました。今更乍ら名を恥かしめない様にと精進の

日々です（少し云いすぎです）
実家が生駒姓です。書きづらい字で、早くお嫁に行って変りたいと念願でした。然し大阪生れの者には生駒山を朝夕拝み育ち有難いものですが、近鉄電車に乗ると 生駒 生駒 と呼びすて、一生つきまとわれ、忘れさせてはくれません。
よろしくお願い致します

No.７３９　２００４年　平成16・10・28

雨激し落葉の浮きし水溜り

十一月十一日　今年からこの日は鮭の日と云う。被災地にはまだまだ余震が続き、今年の異状さに、手のほどこし用も無い。久しぶりの句友も元気に出席、美味しいお寿司の差入れに和む。昨夜からの雨も降り続く、作品展の打合せをして四時半散会

「漣のことば」

剣道、柔道、書道、茶道、華道、日本古来のそれぞれ極まった修業の道である。

私方は、警察署が近くにある為、剣道、柔道を警察道場へ通う子供達が多く、夕方には、竹刀を背中に斜めに背負い稽古袴も凛々しく、自転車で町を通り抜ける様には、思わず手を打ちたくなります。

この季節、剣道日本一を決める、決勝戦が毎年行われ、私はＴＶに釘付けになります。

今年は、千葉県警第一機動隊巡査部長の、一度も優勝の無かった鈴木剛さんが、素晴らしい術で初優勝、飛び面、引き面、突き面、一秒の早業に日本武道の底力を見せられ、頼母しい日本男性に、あこがれてしまいます。腰の極まりに力強さをつくづく感じ、何事も腰の重要を思い、益々日本万歳‼　叫びました。

№７４０　２００４年　平成16・11・11

玉砂利を彩る桜紅葉かな

十一月二十五日　無事二十九回作品展も済み、皆さんの労をねぎらう。風邪引き多いが皆元気で、外国みやげの珍らしいおやつに舌鼓、入院中の句友も退院の報じられ一安心、お互いの健康を願い四時半散会

「漣のことば」

逢いにゆくきみの碑初雀
一寸の間啼く鶯やゆかり寺
夏袷に女よろしき思いして
句の心たがいに在りて月の友
末のこと弥陀にまかせて冬うら、

道頓堀進出の初作品展、やはり松竹座の芝居看板を見ながらの華やいだ四日間に、毎日楽しく飾り付けも男性方のお力添えのお蔭で、すっきりと見応えのある句展となりました。

初日は生憎くの雨でしたが、二日目からは小春日和に恵まれ、ガラス越しの日射しに明るく、俳句の案内板に通りがかりの方々が多数来られ面目をほどこしました。エレベーターが有り難く嬉しいでした。ギャラリーの社長も俳句の展示は初めてですと喜んで下さいました。

来年の第三十回に向けて一同又一年間の精進を心掛けましょう。

皆様の御健闘をお祈りして千穐楽御礼申し上げます。

№741　2004年　平成16・11・25

ようやくに銀杏黄葉なる御堂筋

十二月九日　ようやく襟巻きの欲しくなる季節となるも、相変らずどこかで地震、水害が絶えない。退院祝いのお菓子も句友より配られ喜ばしいが、入れ替り入院の方々もあり、健康第一を願わずにいられない。
新年句会のプラン等話し、四時半散会。

「漣のことば」

何十回と迎えた十二月十二日の誕生日、この日の思い出は数え切れない方々を思い出すのに枚挙のいとまがない、不思議と楽しいことより、一生のお別れがこの日がある。私ごと乍ら三十数年前、文化勲章の落語

中央桂文楽師と義兄弟のかため　兄・文楽、弟・吉三郎、妹・愛子
昭和32(1957)年

家名人、桂文楽、本名並河益蔵さん、縁あって、わが主と義兄弟の契りを結び、従って私も妹として一入可愛がって頂き、尊敬する芸の人でした。お得意の人情噺大仏餅の上演中突如せりふが出て来ず、絶句三分苦しい空白に、「科白を失念致しました。勉強を仕直しまして出直して参りますと」口上を述べ舞台を降り、五ケ月後の十二月十二日惜しくも他界、折りしも私は二ヶ月の入院中報せを受けベッドの上で大泣きを致しました。外にも大切な人がこの日を命日に、私を泣かせます。

泥棒除けの、十二月十二日を、色んな思いを込めて今年も皆様の御希望に応え筆を浄め書く幸せを思わずにはいられません。

№742　2004年　平成16・12・9

納句会朱盃の酒に華やぎし

十二月二十三日　晴天に恵まれ一年の〆めくくりに、ほぼ全員出席丸三楼のお弁当に舌鼓。誕生日のケーキに盛り

上り、作品展で出来ずの、手打三本〆めに景気よく。大変だったこの年を〆めくゝり、五時すぎ納め句会を済まし萬歳‼

「漣のことば」

当る酉歳顔見世興行新年へむけての第一歩です。

團十郎、海老蔵の名が、庵看板《いおりまねき》に並ぶのは、百五十二年ぶりとの事、又、十一代新海老蔵は顔見世への出演は初めてでしかも襲名口上おまけに父團十郎難病全快出演の縁起良さ、「暫」「助六」と何と恵まれ期待され、身ぶるいの出る位の良い男ぶり、今流行のヨン様等めではない。南座へ一歩入るやここだけは不景気と縁遠い華やかさ、三階の大向うの声も響きが良い。わが主も二十年位は連続出演し華やかな京の風情が思い出される。京阪電車も南座の終演《はね》に合せて終電車を走らせたもの、四条の大橋を吹雪交じりに電車へ急ぐ風物詩、川端の役者幟りも情緒を盛り上げた。そんなこんなを心に蘇えらせ、師走の町を後にしました。申歳の数へ日、何と幸せ者と、感謝、感謝の年の暮でした。

顔見世のはねて終電通りすぐ　　愛子

No.743　2004年　平成16・12・23

■平成十七（二〇〇五）年

正装に身を調えて初句会

一月十三日　華やかに紋幕〆飾りの玄関をくぐり初句会の席へ着く、御題の歩みをテーマにそれぞれの句を選し新年の思いも新たに句会の後、日出度く屠蘇を祝い、料理に舌鼓を味わい、本年の健康活躍を誓い三本〆めに晴々と八時過ぎ散会。

No.744　2005年　平成17・1・13

「漣のことば」

戦災で災害の多くで九死に一生を得ることの有難さ。新潟中越地震では土砂に埋つた自動車から二才の男の児が、五日目に救出されTVに釘付けになり、助かって‼と神仏に祈った事は、まだ忘れる事は無い。命の尊さを切実に知らされました。

命と云う字は、「令」と「口」から成り立つ。白川静さんの「常用字解」によると、「令」はひざまずいて神のお告げを受ける人の姿を、「口」は神にささげる祈祷文を納める器を、意味すると云う、一度は神仏にひざまずいた経験、命乞いをしたことがおありでしょう。病を経た人は命を大切にする。命の字の意味の尊さを改めて知る今日この頃です。

骨折の句友のいとしさ寒きびし

一月二十七日　句友の次々との故障に一同胸の痛むひとゝき、珍しいお菓子に少し話題も明るみ、日脚伸ぶ季節に春らしさもあり、宮からの節分用の豆袋も配られ一同の健康を誓い四時半解散。

「漣のことば」

「瓦落多《がらくた》」「八釜《やかま》しい」「焼気《やっき》になる」「寸断寸断《ずたずた》」夏目漱石が小説、坊っちゃんの中で用いた当て字です。当て字の名人だったようです。如何にも、字と意味が正しい字よりピッタシに思えてきます。でも最近の小学生は、もっとユニークです。

（一糸乱れぬ）は「一志乱れぬ」（遠足）は「園足」動物園へ皆で行ったので「園」となったのでしょうか。二年生なら、許せるかと思いきや、六年生の（積乱雲）は「積乱運」、もう人生の苦労を経験したのでしょうか。日本人と漢字、今からでも正式に国語を学んでほしいものです。

「地烈太い!!」何をか云わんや

№745　2005年　平成17・1・27

玉砂利に節分の豆残りたる

二月十日　春しぐれに濡れた宮の玉砂利に、節分の豆が有る風情に句心も動く、入院の方々に想いを残し乍らも、何となく春を感じ早々と宮内に飾る雛とも一年振りの再会、少人数乍ら楽しく、雨上りの夕暮れを四時半散会。

「漣のことば」

「楽な一生より楽しい一生を」これはおしゃか様が、お経の中に説かれている事、御教へなのだそうです。先日句友十河三智さんの御母様の七回忌の時、和尚が説法の中でお話下さいました。

私ごとで恐縮ですが、本日二月十一日わが主七世嵐吉三郎の三十三回忌日でありました。天下茶屋安養寺へ墓参に行き、このことをつくづく感じ、決して楽な思いでは無かったけれど楽しさを一杯下さつたことに感謝して礼拝して参りました。

あれから三十三年も無事に生きて来られたことにも感謝致しあれやこれやと思い出した一日でした。これからの余生を何卒楽しく過させて頂きたいと存じつゝ。

No.７４６　２００５年　平成17・２・10

春雨に傘借りる句友《とも》空暗し

二月二十四日　降る降らぬ音も本降りとなり、句座も風邪に多忙にと出席少なくも、茶菓におしゃべりにと盛り上がる中、定時となり宮司の能管のお稽古の音に送られ四時半散会

「漣のことば」

単純に、さくら桃色、すみれ紫、たんぽぽ黄色と、春の代表花と信じていたことが、時代と共に常識では考えられない様々のことが起きつゝ、あります。四国九州地方では、たんぽぽは白と思っている人が多く、東日本の人は黄色だという。日本だけでも二十種類ぐらいに分類され、関東地方のカントウタンポポ、中部地方から北に分布するエゾタンポポ、近畿以西に多いカンサイタンポポ、ヨーロッパから帰化したセイヨウタンポポ、昔の子供の様にたんぽぽ黄色、鼓草、チリカラタッポ、と鼓のお稽古の符号を真似た、幼児語では修まらなくなりそれぞれに私の勝手でしょうと春の花達も気儘なこと。

No.747　2005年　平成17・2・24

老舗《しにせ》閉ず浪華の街に春愁う

三月十日　奈良お水取りの行事も春を告げるのを待つ日々、春雨のしょぼ降る句座も、突然の丸三楼閉店を店主句友より発表あり、一同大ショック、久しぶりの盛会も暗に変り、お別れ会の予定を決めて四時半散会

「漣のことば」

懐しい私の「みなみ」はもう、どんなに探しても無い。母のこと、友のこと、いろいろいろいろ、いろいろの「みなみ」、「きた」ではない「みなみ」、芝居も消え、道頓堀もラーメン、たこ焼の匂いの町、心斎橋

は怖い若者の町筋。

そしてそして突然に聞く、わが南地丸三楼も、この度閉店、今日の句会は、悲鳴に近い驚きの声があがり、店主の句友に掛ける言葉も失い、一同只々店主の健康のみを、お願いするひとときでした。堺より出生された老舗、堺にて若主人が仕出しの店として、がんばって下さるとのこと。

本当にいろいろいろいろいろいろいろとお世話様でした。御礼を申しお別れ申します。

№７４８　２００５年　平成17・3・10

一っことばかりを悔み春の雨

三月二十四日　思いきりの寒もどりに冷たい春雨、しばらくは、丸三楼閉店の話ばかりに、句座も湿りがち。気を取り直して春の吟行の話にもどし、降り激しき中を早々に帰途につく　四時半すぎ

「漣のことば」

家庭科の教科書の内容が国会で女性議員から政府に迫ると云う場があったとか、余りにも世の中が変わり激しく、昔者の従いて行けないことです。

フリーセックスを勧めるような性教育。結婚二十年の夫婦が別居八年。『妻に好きな人が出来たが離婚できるのか』何と高校の教科書なのだから驚く。

『祖母は孫を家族と考えても孫は祖母を家族と考えない場合もあるだろう』この議員は浮気を認めるよう

な、祖母を家族と見なくてもいいような内容だと怒り深く考えられる問題だと激した。小泉首相は、『私も問題だと思う。初めて拝見したがひどい』と応じ『家庭崩壊科』とは穏やかではない。
自分達の身辺には、もっともっとひどいことが起こりつゝあり明日は我が身と従いて行けない世の中を憂えずには居られません。

No.749　2005年　平成17・3・24

筆塚の苔に沈《しづ》もる春の雨

四月七日　淀屋橋より全員揃って吟行、車中より沿線の桜を満喫して正午筆の寺へ、春雨にしっとりと洗われた全庭の苔の美しさ、物故者の冥福を祈り本堂にて読経、筆塚句碑に春の花を添え精進膳も楽しく、和やかな句会に心嬉しく四時散会

四月七日
筆の寺　吟行　参加六名
十二時　山門前の梅を愛でつゝ山入り、本堂にて読経、泉仙の鉄鉢精進料理に舌鼓、三時より句座ひらきゆるりと吟行を満喫

吟行句　順位

師をしのぶ読経しづかに春の雨
筆塚をぬらして今日の春の雨
照子

句碑に来て母の噂や落椿
初桜僧侶の美声苔の色
千鶴子

病床の友の身案じ春吟行
朱の鉄鉢重ねるごとに春の味
愛子

句碑眺め馳走の春や筆の寺
筆の寺句友春風渡り来る
昭

花ぐもり碑《いしぶみ》語る筆の寺
春の雨苔青々と筆の寺

玉枝

春浅し苔あざやかに筆の寺
春霞万《よろず》開きて心待ち

玲紫

雨も上り四時すぎ車にて四条まで、京阪にて大阪へ一日楽しく有意義な京吟行に満足。寺の番僧には成長した跡継ぎのしっかりとして可愛ゆく、美声は先代ゆずりに感激、若桜の季に房わしい四代目でした。

No.750　2005年　平成17・4・7

落着かぬ宮司忙わしき祭月

六月二十三日　祭準備に忙しそうな宮の内に、気も湧き立つ、少人数乍ら句友の菜園の茄子胡瓜の新鮮さを句友一同恵与に浴し、一同分配に大喜び紫の茄子を抱え　四時散会。

「漣のことば」

京の名所金閣寺（鹿苑寺）銀閣寺（慈照寺）は余りにも有名です。金閣寺は放火に依り昔のまゝではないが、やはり輝くばかりの金箔は誰も知っています。

銀閣寺も銀箔をはってあるのか知ら？　疑問を持った人が、公家の史料を読み込みましたが、銀箔を使った裏付けを見つけられませんでした。

ただ壁に漆を塗った形跡がある。庭の砂に反射させた光を漆に当てて銀色に輝くよう演出し、そこから銀閣と呼ばれるようになった、と云う人もいるとのこと。今日のニュースに飛鳥キトラも人が出入りし、その為温度が上り最敵の黴が生じ解体するとのこと。知ってしまえばそれ迄よの例え通り、やはり野に置けれんげ草、あまり知り尽すことは、いろいろ問題が起こります。分からない方が有難いものが感じられます。

№.７５５　２００５年　平成17・6・23

知り人の祭提灯名を見付く

七月十四日　梅雨の長雨と猛雨九州地方は大変な被害となるが、大阪は祭り月となり街々は雨の中も賑やかなこと、宮司さんよりの急のお知らせで本日の句会は教室使えず思いがけず休会となり文書にて出句して頂く。

「漣のことば」

さて旅人を、もてなす時わが大阪には何が有るかと考えた時、先づ大阪城、誉るべし太閤秀吉さんの築いたこの大阪城‼　次ぎは？　文楽人形芝居。

お隣りの京都や奈良に競うものが無いのか知ら、此の度の直木賞受賞の朱川湊人さんは幼少を大阪扇町天神橋六丁目辺りで過され、今度の受賞作品「花まんま」がその子供時代のお話とか。

文学には優れた人物が多く出られたわが大阪、人間国宝川端康成、浪速情緒たっぷりの織田作之助、古くは近松門左衛門、梅雨ごもりの今日をいろいろ考える嬉しさに明るさが湧き上がり、わが大阪も声を大にして自慢出来ると。今夜は鱧のおとしで一杯やりますか。祇園まつりのお囃子も聞こえる宵山の一日です。

No.７５６　２００５年　平成17・7・14

土用丑縁起の飯《いい》に舌鼓

七月二十八日　久方ぶりに病癒えての句友の出席に句座も華やぐ土用丑の笹巻うなぎ飯に一同の健やかを誓い賑やかな句会となり、別の句友の自作の夏野菜も配られ楽しい楽しい一日、欠席の句友の全快を心に祈り、四時半散会。

「漣のことば」

日本の宇宙飛行士、野口總一さんら七名を乗せた米スペースシャトル「デイスカバリー」が宇宙へ飛び立ち世界の注目を集めておりますが、とに角無事の帰還を願わずには居られません。然し然しまだまだ人の力では考えられない不思議の世界が有ることは、皆さんも経験されたと思います。

毎年花の少ない夏に毎朝咲いてくれる朝顔を仏前への供花として毎年植えて楽しんでおります。今年は花芽が無く葉と蔓ばかり、何卒仏様へ一輪でもと願い、水をやりました。何と両親の命日奇しくも同じ日なのですが、当日忽然と蕾ふくらみ、見事たつた一輪紫の大輪が咲きました。いまだにそれきりです。これを不思議と云わず何と云えましよう、念じれば通じる　の教えの通り、私を守って下さる方々の霊に只々感謝の体験でした。

No.７５７　２００５年　平成17・7・28

台風の無事通り過ぎ句座弾む

八月二十五日　台風十一号関東地方へ向い雨も小降りで済み少し涼しくなる。欠席多い旬座乍ら楽しく氷菓子に和み笑い声絶えず、夕日のうす紅《あか》さの空を見ながら、四時半散会。

「漣のことば」

今もその名は忘れません。大阪新世界の通天閣に竝んであつた「ルナパーク」。ローマ神話の月の女神ルナからの名。元はニューヨーク郊外のリゾート地コニーアイランドに一九〇三年にオープンの遊園地に在りました。新世界は私の生家が天王寺に在り、幼い日、ルナパークで温泉へ入り、演芸を見、美味しい食事をし、一日遊んだ記憶が甦ります。ゴンドラの様なもので動物園迄行けたと思えるのですが……明治、大正の時代も人は月にあこがれたのでしょうね今世は人間が行ける夢も実現し驚きです。今中之島図書館で、このルナパークのことを、くわしく展示されている記事を見て、追憶に耽りました。大阪も昔は名物が沢山ありましたね。

№７５９　２００５年　平成17・８・25

会主である先生自らが範を示す。八十五歳当時、歌をうたい、お酒を飲み、舞、ダンス、三味線、横笛、何でも挑戦する気力。例会のほかにも漣会の年中行事として春の筆の寺、吟行東福寺参り、五月の嵐山・三船祭り、秋の作品発表会と続けられた。

参加者は先生に牽引されて、皆さん老いを忘れたよう。何を見ても句に繋がる脳の使い方をされる。それが命を育み、幸を広げてゆく。私にはそんなふうに思われた。

北上愛子先生との出会い、漣句会への参加、その縁の有難さを、今私は改めて噛みしめている。

三、「漣会のさだめ」

漣句会は昭和四十八年九月二十四日の発会である。私の初参加の時には既に二十五年も経過している。当初からきちっとした会則もあって役員もおられて会費の額も定められていた筈だが、入会に当たって細かな説明を受けたのかどうかはっきりしない。会費は月三千円、内訳はこうです、幹事さんはあの方たちです程度の説明であったように思う。私が会の組織について無頓着であっただけなのだろう。愛子先生の残された資料に「漣会のさだめ」というのがあって改めて漣会を知ることになった。「漣会のさだめ」は最近では見なくなったアオヤキ、湿式の青色のコピーのB5判。条文をそのまま引き写す。

漣会のさだめ

1　名称
本会を漣《さざなみ》会と称します

2　所在地
本会及び教室を大阪市南区鍛冶屋町八番地川浪清漣《(ママ)》先生方に置きます。

3　望む事
俳句創作によって芸術の、ひいては人生の本質に少しでも接近しようとするもので、志を同じくする者が道を共にして感受し　創造し　影響し合い、価値の内部形成を志向します。

4　主宰者及び顧問
(1)主宰者
本会は、虚子派下田実花師門弟北上愛子先生が主宰し、会の代表者として運営と会員の指導に当ります。
(2)顧問

川浪清漣《ママ》先生を顧問として総合運営の助言を仰ぎます。

5　幹事

新年宴会の席上、幹事二名を選出します。幹事は主宰者をたすけ、運営の円滑化に努めます。任期は一年とし、留任することができます。

6　勉強会

(1)新年宴会

年毎に適当な場所を選びます。

(2)定例句会

毎月第二、第四月曜日午後二時から五時まで教室で、席題、兼題、宿題等により句作の互選、討論を行い、指導を受けます。

当日欠席の時は電話または書信で投句することが出来ます。

(3)吟行

概ね二ヶ月に一回の割で吟行を実施します。

行先その他詳細は主宰者が決定し会報または書信で通知します。

(4)その他の会

臨時句会、展示会、周遊等必要によりその都度検討して決定します。

7　入会

会員またはその知人の紹介により入会金二千円を納めて入会します。

8　会費
(1)会費二千円、会報代・送料五百円を月初めの句会に納入します。当日欠席の時は送金によります。但し既納会費は返却しません。
(2)入会金、会費を増額しなければならないときは会員にはかります。

9　正会員及び準会員
正会員は、会員名簿に記載されている人です。
遠地、その他の都合で通信指導を受ける人を準会員とし、規約は別途に定めます。

10　退会
本会を退会する時は事前に主宰者宛連絡するものとします。
連絡が無く二ヶ月以上会費未納及び欠席のときは退会の意思表示とみなします。

11　会報
標題を「漣会教室報告」とし、原則として勉強会の都度逐号発行します。

12　協議事項
会員の慶弔、見舞等又はその他の催事に関しては、主宰者、顧問、幹事が協議の上、処理します。

「漣会のさだめ」には十二項目に加えて「附則」があり。「1」として、「本さだめは発会一周年を記念して、昭和四十九年九月から発効します。」とある。愛子先生の主宰で取り敢えず一年間活動してみて、実際の活動と遺漏のない、無理のないところで会則を定められたようだ。

その「3」の項目の表示が面白い。「望む事」という項目、確かにそうあって欲しいという愛子先生の素直な気持ちの表示である。

会報ついて「11」の項でその標題を「漣会教室報告」とするとあるが、第四三号からは標題は「教室報告」が取れて「漣会」となっている。

「8」の会費については、私の入会時（平成十年八月）は会報込みで三千円だったが、しばらくして五千円になった。会員は一様に高齢で、亡くなられる方もある一方で新規の加入者は少なく、会員数は減少をたどっていた。会員の減少は更に進み、平成十八（二〇〇六）年には、当時の句友の一人の、これでは先生に迷惑がかかる、との配慮と提案で検討されて一万円に増額された。

資料には別に会員名簿が綴られてあって、三十四名の方々の名前がある。先生より年長の方も多く居られて、当初は気後れされたようにも伺った。私にとっても懐かしい名前が並んでいる。

記念すべき第一年目はどんな活動をされていたのか。名簿の綴りの次に「発会当日の御報告」という書面があった。

華やかな集いとなりて秋さやか　　愛子

三十九名のご参加にて　秋晴れの晴天に恵まれ結構でございました。

まず五文字組と七文字組とに分かれまして、季題は御来賓の新関西新聞東川氏と愛子が出題し、名句が

漣会一周年祝賀会　昭和49(1974)年10月11日

続々とできまして嬉しいことでした。

皆様お初めてとおっしゃりながら大変お上手で私も心強く、ファイトが出て参り、なお勉強いたしまして今後も楽しく皆様と素晴らしい句作にがんばって参りたいと存じます。

なにとぞ漣会が大阪の名物の会となります様に皆様よろしくがんばって下さいませ。

会場は「上本町6丁目交差点北へ100m東側」の「白蓮寺」であったようだ。漣会発会に当てて俳句、書道、歌舞伎等々関係の方々からの祝句、祝電、色紙などが届いたようだ。一般の付き合いではまず届かないだろう。肩書・名前の表記をそのまま写すと次のような方々である。

「六代目劇団 尾上菊蔵丈」、「劇作家 大西利夫先生」、「能評論家 沼艸雨先生」、「劇作家 宇野信夫先生」、「山口誓子門下 東川紀志男先生」、「川浪清漣《(ママ)》門下 渡辺容造氏」、「郷土史家 牧村史陽先生」、「毎日新聞 山口廣一先生」、「日展無鑑査 水野深草先生」、「嵐山 錦 女将」、「旧名嵐吉雄 外

山正さん」、「中村歌右衛門丈附作者 竹柴 小田島実之輔氏」。愛子先生の交友関係の広さにただ驚く。

「四十九年度漣会行事記録（発足以降）」という一覧表もあった。九月二十四日の発会式から昭和四十九年十月十一日の「一周年記念（東洋ホテル 椿の間 午後三時〜七時）」までまとめられている。

その記録を見ると、第一回の教室、定例句会は、昭和四十八年十月七日の開催で、席題が「菊人形」、兼題は「そゞろ寒」、参加者は二十七名であった。第二回の教室は、二十二日開催で、席題が「秋まつり」と「赤い羽根」、兼題は「秋深し」、参加者は引き続き二十七名。十一月は十二日に第三回の教室、席題「小春」、兼題「木葉髪」、参加二十七名。二十六日に第四回教室、「七五三」が席題、「花八ツ手」が兼題、参加十七名。十二月は十日に第五回教室、「顔見世」が席題、「冬木立」が兼題、参加二十六名。二十四日が第六回教室、「水仙」が席題で兼題はなく、参加十九名。

年明けの一月十四日には漣会初の「新年初句会」が南区宗衛門町「折市」で午後一時から六時まで開かれ、二十六名が参加している。

三月に入って漣会初の吟行が行われている。十一日、「京都伏見 筆の寺 正午集合午後六時現地解散」、参加十六名、席題は「現地感想句」、兼題「春の雪」。四月二十八日、二回目の吟行、「神戸 西畑山荘 午前九時三十分大阪発〜午後六時」、参加二十名、席題「藤の花」、兼題「菜種梅雨」。五月十九日に第三回目の吟行、「嵐山三船祭 午前十時集合〜午後七時」、参加十五名、兼題のみで「三船祭」。七月二十一日、第四回吟行、「箕面 本家琴の家 午前十一時集合〜午後六時」、参加十二名、席題「瀧」、兼題「雷」。

一年間で「教室」といわれる定例句会が十八回、吟行が四回開催されている。参加者は半年経過した三月頃から、二十二名から十五名に落ち着いている。

八月二十六日の記録として「夏休」、「（8・29～30城崎周遊）」というのがある。二十六日開催の定例の教室・句会を休みにして会員有志十名で城崎温泉に一泊旅行をされたようだ。

精力的に活動された一年であることがよくわかる。まだ五十三歳から五十四歳にかけての愛子先生。私が出会ったのはこの二十五年後である。その間、愛子先生は走り続けておられたわけだ。

第二章　愛子先生の魅力を培ったもの

愛子先生は男女を問わず周辺の誰をも惹きつける方だった。先生の何が魅力で、どこに惹きつけられたのか。愛子先生の魅力の源泉は奈辺にあったのか、どう培われたのか、それを辿りたいと思って分かったことは、何も知らない、何も聞いていなかった、ということ。愛子先生晩年の十年ではあったが、随分と親しくして頂いて、随分とたくさんのお話を伺っていたのに、である。

もっとも愛子先生はご自身のことはほとんど話されなかった。時折ちょっと触れられたことを私が勝手に膨らませて思い込んでいたこともある。

生年月日からして曖昧であった。ご兄妹関係について、生い立ちについては、私の勝手な思い込みからの産物もあった。

それは次のようなことである。

愛子先生は十人兄妹の末っ子で、お兄さんが九人居られた。ご実家の生駒家は代々四天王寺の営繕関係に関わっておられて羽振りが良かった。一番上のお兄さんとは二十歳近く年が離れていて、よく可愛がってくれた。お兄さんは出入りするお茶屋にも愛子先生を連れて行った。生駒家は古くから四天王寺の境内地近くにあった。羽振りの良い生駒家でも十人の子供を養って教育を受けさせるのはさすがに大変で、末っ子の愛子先生は請われて近くに住む親しい小谷家に養女に入られた。小学校を卒業された後、大阪松竹少女歌劇団(ＯＳＳＫ)に入団され「春のおどり」などの舞台で活躍された。同じ頃、戦後にブギの女王と人気を博した笠置シズ子や、映画スターとなった京マチ子がいた。

今回辿ってみて、当たらずとも遠からずのこともあるが、まさに思い込みの産物でもあった。

愛子先生は私が出会うずっと以前に会報の「漣のことば」に次のように書いておられる。

毎年正月十四日になると懐しい天王寺のどやどやが行われます。皆様も御存知と思ふのですが、この行事は元旦から始まる修正会《しゅしょうえ》法要の最終日に行われ江戸時代に天王寺村の農民と今宮村の漁民が豊作と大漁を祈願して、同法要で祈禱《きとう》したお札を奪い合った事から始ったと云われています。

私の小さい時分は町内の若者達が紅白に別れ、はち巻にふんどしをきりりと〆めて亀の池の前の六時堂の天井から撒かれるお札を奪ひ合ひ、見物人の中から水をかけられ若者達の熱気が真白い湯気となつてもうもうと立ちのぼり、その勇壮さは何とも云へぬ楽しい行事でした。句友に加へて頂いて居ります兄等も江戸風に云ふならば、いなせな兄《あ》んちゃんで意気盛んなものでした。

私事で恐縮ですが、我が先祖は聖徳太子が大和の国から天王寺建立で大阪へ来られた時一諸にお供して来たそうで、それ以来天王寺の寺方として仕へました。大火の時、宝物蔵から巻物を両手と口にくわえて逃げた姿が狐に似てゐたとかで狐やと屋号を頂いたと親達から聞かされたものです。今でも主家《おもや》の蔵に系図が残っています。こんな次第で天王寺内は子供の頃の遊び場で落語の天王寺詣り等はなつかしい当時を偲ばします。

今はこのどやどやも近くの高校生が参加してゐるそうです。

大阪人として何時迄もこの行事とそして歳時記にも残してほしいと願つて止みません。

小雪舞ふ中のどやどやなつかしく　　愛子

№75　1977年　昭和52・2・14

この一文で愛子先生は四天王寺を天王寺と繰り返し書いておられる。寺の名称は創建の由来から四天王寺である。参詣者が手にする四天王寺のチラシには「四天王寺のお話」として、「聖徳太子が鎮護国家と衆生救済のため仏数の守護神である四天王（持国天・増長天・広目天・多聞天）を安置し建てたと伝えられる」とある。しかし、かなり古い時代から四天王寺は天王寺と略されていたという。天王寺に伝わる史料にも表題が「天王寺誌」と付いているものがある。土地の名は略された方の天王寺が村の名称「天王寺村」になった。天王寺村は江戸時代も早い頃、大坂の陣の前にはあったという。ちなみに冬の陣は慶長十九（一六一四）年一一月、夏の陣は慶長二十（一六一五）年五月。近代に入って天王寺村は幾度かの変遷を経て大正十四（一九二五）年四月に廃止され、大阪市になった。

ともあれ、四天王寺界隈、天王寺村界隈に生まれ育った愛子先生は「してんのうじ」より「てんのうじ」になじんでおられたのだろう。

そもそも四天王寺とはどういう寺なのか。

四天王寺発行の『四天王寺誌』（奥田慈應編著）の「創立由緒」の一節を引く。

四天王寺は具《つぶ》さに四天王大護国寺と称し、山号《さんごう》を荒陵山《こうりょうざん》と云い、往古から難波寺《なにわでら》・難波大寺《なにわおおてら》・御津寺《みつのてら》・法花園《のりのはなぞの》・荒陵寺《あらはかでら》等と呼ばれた。当寺は人皇第三十一代用明天皇《ようめいてんのう》二年聖徳太子《しょうとくたいし》の建立し給う所で、始め玉造《たまつくり》の岸上《きしのほとり》（今の大阪城附近）に創建せられたが、推古天皇《すいこてんのう》元年荒陵《あらはか》の東に移し給うた。是れ現在の地である。

「我が先祖は聖徳太子が大和の国から天王寺建立で大阪へ来られた時一諸にお供して来たそうで、それ以来天王寺の寺方として仕へました」のくだりは愛子先生から直接聞いたことがある。その時は、聖徳太子と一緒に大阪に来たというのは、いくらなんでも眉唾ものだろうと思ったが、ご実家生駒家の伝承をそのまま話されたことに子供のようなほほえましさも覚えた。

その生駒家の伝承を跡付けるものはないのか。愛子先生の一文には「今でも主家《おもや》の蔵に系図が残っています」とあるが、果たしてあるのか。大阪は戦争で空襲を受けて焼け野原になった。あの時代から七十年以上経っている。

生駒家の伝承、何か客観的に跡付けられるものはないか。そう思って四天王寺関係の資料を当たってみた。大阪市立中央図書館の大阪コーナーには素人でも理解出来そうな書籍が数点あった。『四天王寺誌』、『四天王寺年表』、『四天王寺史料』、『天王寺誌 乾坤』、『四天王寺所蔵文書目録』等々。

順にひもといて解ったことは、「生駒」という個人名など出てくる余地はないということであった。況してや『四天王寺所蔵文書目録』などには。

『四天王寺所蔵文書目録』の解説によれば、「四天王寺所蔵文書」は一九六九(昭和四四)年に調査・整理され、その成果が『四天王寺年表』などに活かされたという。更に二〇一〇(平成二二)年の調査・整理となって、その際に宝物館にあった「ブリキの箱の中に未整理の史料群が確認された」。二〇〇〇点近い史料のおもな内容は、経典類、仏教儀式関係、近代の書簡や土塀などの修繕の関係書類、五重塔再建関係資料など、近代関係資料が多く占めていたとある。

「四天王寺所蔵文書」とは、どういうものか。

「番号」「表題」「年月日」「差出→宛先」「形態」「数量」「備考」と横書きの表にまとめられている。頁番号のない厚さ一センチほどの冊子である。

その表を記載の順に眺めていく。

表の殆ど末尾になって「手伝方生駒安兵衛」の表記が目に入った。予期しないことだった。

「番号」「表題」「年月日」「差出→宛先」「形態」「数量」「備考」の順で抜き書きしてみる。

「袋24—3」「積り書（庚申堂稲荷社屋根フキ手間につき）」「明治22・4・7」「手伝方生駒安兵衛→四天王寺事務所中」「仮綴」「1」「記載なし」

「袋30—18③」「記（大矢倉の瓦など代金書上）」「明治22・7・29」「手伝方生駒安兵衛→四天王寺事務所」「竪」「1」「記載なし」

「袋30—18④」「積り書（御虎門両ワキ土塀修復など手間）」「明治22・6・13」「手伝方生駒安兵衛→四天王寺事務所」「竪」「1」「記載なし」

「袋30—26」「積り書之證（念仏堂表門など）」「明治20・9・4」「手伝方生駒安兵衛㊞→四天王寺事務所」「竪」「1」「記載なし」

「袋31―23」「南鐘楼堂仮リ屋根積り書」「明治23・9・3」「手伝方生駒安兵衛→四天王寺事務所中」「竪」「1」「記載なし」

「袋36―10―7」「積り書（唐門外西手土塀など直し手間賃につき）」「明治22・6・28」「手伝方生駒安兵衛→四天王寺事務所中」「竪」「1」「記載なし」

「袋36―11」「覚（五智院築地積り高につき）」「記載なし」「手伝方安兵衛→四天王寺事務所」「状」「1」「袋36―10に挟み込み」

「袋36―25」「覚（半紙、石工手間賃など勘定につき）」「記載なし」「手伝方生駒安兵衛→四天王寺事務所」「状」「1」「記載なし」

全く思いがけないことであった。なんと『四天王寺所蔵文書目録』に「手伝方生駒安兵衛」から「四天王寺事務所」に文書を差し出した事例が八例あった。

つまりは生駒家に関わる「四天王寺所蔵文書」が八つは存在する。

愛子先生の言われるような、聖徳太子にお供して大阪に来て以来かどうかは分からないが、愛子先生のご実家の生駒家は、明治時代には四天王寺の「手伝方」として営繕関係で活動していたのは確かであった。

「手伝方」とはどういう役目だろうか。

幼児の頃

『四天王寺所蔵文書目録』の「解説」には、「近世四天王寺の寺院組織には、法要などを統括する衆徒と寺領収納などを担当し妻帯を認められていた秋野坊を頂点として、その下に聖や楽人などの役人が存在した。衆徒は十二坊で構成され」とある。平たく解釈すれば、四天王寺には僧の住居である坊が十二あって、中の一つの秋野坊が四天王寺運営の事務部門を担い、寺領からの収納、管理を担当した、ということであろう。

その秋野坊に伝わる「天王寺誌」を『四天王寺史料』で見ることができる。「天王寺誌」第八巻は「役人記」とあって、役職名と担当人数が記されている。理解しないまま順に抜き書きすると、院家二人、堂司四人、聖四人、楽人三拾人、沙汰人二人、公人三拾二人、堂仕拾三人などと三十七の役職があり、二十八番目に「正大工一人」、二十九番目に「権大工一人」とある。

四天王寺の建築・保全を担ってきたのは金剛組というのが定説になっている。「正大工」は代々金剛組の長男が継ぎ、「権大工」は金剛組の分家が継いだという。『四天王寺所蔵文書目録』にも「手伝方生駒安兵衛」を見出したのと同じ範囲に、「金剛辰之助」、「大工金剛辰之助」と十七例も出ている。

『四天王寺所蔵文書目録』には「手伝方伊助」、「手伝方与兵衛」、「左官藤兵衛」、「左官庄兵衛」、「檜皮工

福島甚兵衛」などの表記があり、「表題」はいずれも「積り書」となっている。これらの事例から想像すると、「手伝方」は「役人記」の役職にはないが、「正大工」金剛組の傘下にあって、協同して四天王寺の建築・保全を担ってきたのであろう。

私は、愛子先生は十人兄妹の末っ子で、お兄さんが九人居られた、と思いこんでいたが、愛子先生の足跡を辿ろうと思ってご親戚の生駒京子さんに連絡を取ったところ、先生に関する資料を見せて頂く機会を得た。それで初めて知ったことは、先生は五人兄妹の末っ子、お兄さんは四人だけ居られた。それに愛子先生の生年月日は大正八（一九一九）年十二月九日であった。それまで大正九年の年末の誕生とばかり思っていた。私は愛子先生を一年若く見ていたわけだ。

年譜ふうに記してみると、北上愛子、大正八（一九一九）年十二月九日、大阪市東区上本町十丁目二六五番地にて生駒友次郎、トメの長女として出生。兄に文治郎、銀三郎、民夫、友衛、となる。

父親の生駒友次郎さんは明治十三年二月十七日生まれ、母親のトメさんは明治十三年六月十九日生まれ。愛子先生はこの二人の三十九歳の時の娘さん。おそらくこのご夫妻は女の子が欲しいと願っておられて、待ち望まれたことだろう。

上四人の男兄弟の誕生は、長兄文治郎さんが明治三十三年一月一日生まれ、次兄銀三郎さんが明治三十八年七月二十五日生まれ、三兄民夫さんが大正元年九月二十六日生まれ、四兄友衛さんが大正五年八月十四日生まれ。

長兄の文治郎さんとはほぼ二十歳、次兄の銀三郎さんと十四歳、三兄の民夫さんとも九歳も違う。女の子を待ち望んだ両親とかなり歳の離れた男兄弟に囲まれて、愛子先生は、「蝶よ花よ」とばかりに特別に可愛がられて育たれたのではないか。その頃の生駒家は裕福であったように聞く。

資料を見せてくださった生駒京子さんは、愛子先生の長兄文治郎さんの二男寛さんの妻、義母の末子さんから聞かれたのか、叔母の愛子先生から聞かれたのか、文治郎さんは若い頃から茶屋遊びに通じておられて、お茶屋に出向くのにまだ幼い愛子先生をよく伴ったという。これはどうも愛子先生を隠れ蓑にしていたようだ。また、若い頃から茶屋遊びに親しんでいた生駒家の男性は芸事が達者だった。これは家風とは言わないまでも、芸事に鷹揚な家の雰囲気だった。それは後の愛子先生に多分の影響を及ぼしたと思われる。

資料には生駒友次郎さんのご両親の生駒安兵衛さん、キシさんの名前もあった。愛子先生の祖父と祖母である。この安兵衛さんが『四天王寺所蔵文書目録』にある「手伝方生駒安兵衛」に当たると思われる。「袋30―26」の「明治20・9・4」の念仏堂表門などの「積り書之證」は、父親の生駒友次郎さんが七歳当時のものである。

愛子先生はご家族について話されることはなかったが、最晩年になって会報の「漣のことば」に少しだけ書いておられる。

(略)父親の鼻には似ない人の方が多い様です。私も兄妹、可笑しい位長兄の外はぜんぶ母親似の鼻です。長兄は父親の鼻とそっくりで、形の良いものでした。私は何故母の鼻なのか、恨み言も云ったものです。でも母の鼻は懐かしく、近頃鏡に写るのは、母そっくりの私の鼻です。(後略)

No.810　2007年　平成19・10・11

えとがしら　と云われる今年は、子のとし

好い例えにも、悪い例えにも、先ずは第一歩の年である。

大黒様の足元には必ず従っていて、大きな福袋と共に無限の打出の木槌、にこやかなあの笑顔、私は父が大黒様そっくりで、大大好きな父でした。大きなお腹に抱えられて遊んで貰った感触はいまでもはっきり残っております。にこやかな笑顔の可愛い、笑《え》くぼは今も忘れることはなく、信心も大黒天の信者を自負して止みません。

今年もよい福の頂けますよう。

No.815　2008年　平成20・1・10

いつだったか、愛子先生と車でご一緒して四天王寺の辺りを通ったことがある。その時なにげないふうに、わたしはこの辺で生まれて、この辺で育った、家はこの辺にあった、そんなことを言われた。車はあっという間に過ぎるし、唐突でもあったのでさして気に留めなかった。ご実家の生駒家の話はまだ伺っていなかったのではないかと思う。

先生に関する資料を見せて頂いて、愛子先生が言われた「この辺」を辿ってみる。

愛子先生の出生地は「大阪市東区上本町十丁目二六五番地」。大正八(一九一九)年当時の「東区上本町十丁目」は、大正十四(一九二五)年に「天王寺区上本町十丁目」になっている。更に「上本町十丁目」は、昭和十九（一九四四）年に「東門町」になり、戦後の住居表示改正を経て、現在は天王寺区四天王寺２丁目、勝山１丁目の辺りになる。四天王寺の東大門を背にして立ってその左手一帯である。愛子先生の出生地「上本町十丁目二百六十五番地」は、上町筋と勝山通りが当たる五篠宮前の「五篠宮社殿前の勝山通り」になる。当時の地番入りの天王寺区地図で辿ると、「上本町十丁目二百六十五番地」辺りは五篠宮社殿の前の一角だ。しかし、現在の社殿はすぐ目の前が勝山通りである。

昭和十五年当時の都市開発地図を見ると、幅広に破線が引かれていて勝山通りの拡張が計画されているのが分かる。その計画が戦後間もなく実施されて現在の「勝山通り」になったのだろう。

それで、社殿の前の一角にあった愛子先生の生家跡は、「勝山通り」になった。

愛子先生は昭和十二年十月に「天王寺区上本町十丁目二十四番地」の小谷又市氏と養子縁組をされ、小谷姓になっておられる。小谷家は生駒家の近所で、両家の親交は深かったようだ。小谷又市氏は明治十三年生まれ、愛子先生のご両親とは同い年でもあった。愛子先生はかなり幼い頃から小谷家に出入りしておられたようであるが、養子縁組にまで到った事情は分からない。ただ小谷家には子供がいなかったようだ。小谷又市氏はその年の十二月に亡くなられて、愛子先生は小谷家の家督を相続され「戸主」になっておられる。

愛子先生の養父小谷又市氏の住所「天王寺区上本町十丁目二十四番地」は、現在の四天王寺２丁目、勝山１丁目辺りになる。当時の地番入り天王寺区地図では、五篠宮前の少し南側で地番「25」が確認できたが、地番「24」の記載はなかった。

この辺りは現在でも入り組んでいる。見当をつけて歩いてみると、３階建ての一戸建住宅と、大小のマンションが建っていて、「24」辺りはマンションの敷地の一部になっていると思われた。

平成十三（二〇〇一）年四月二十六日発行『漣会』第六五六号に、次の句会の兼題「春惜しむ」の例句として次のように詠んでおられた。

生家跡車道となるや春惜しむ

地下鉄の四天王寺夕陽丘駅を上がると四天王寺の参道になる。道なりに進むと左手に大江小学校がある。愛子先生はおそらくこの小学校の前身の天王寺第二尋常小学校を卒業されたと思われる。当時の地図を見ると、五條宮の前にあったご実家周辺にはほかに小学校はない。入学は大正十五（一九二六）年四月で、卒業は昭和七（一九三二）年三月だろう。まだ満十二歳。それからどうされたのか。今なら均しく中学進学であるが、愛子先生の時代は違う。女性は高等女学校などに進学するか、働きに出るかであるが、愛子先生の場合は、そのどちらでもないようである。

愛子先生が大阪松竹少女歌劇団（ＯＳＳＫ）で舞台に立たれていたことははっきりしているが、それがいつからなのか、いつまでだったのか、分からない。残念ながら愛子先生からは伺うことがなかった。

戦後にブギの女王と人気を博した笠置シヅ子は大正三（一九一四）年生まれで、愛子先生より五歳年上、初舞台が十三歳という。映画スターとなって活躍した京マチ子は大正十三（一九二四）年生まれで、愛子先生より五歳年下、大阪松竹少女歌劇団（ＯＳＳＫ）入団時は十二歳だったという。

果たして、愛子先生は大阪松竹少女歌劇団（ＯＳＳＫ）にいつ入団されて、なんという芸名で活躍されたの

か。

預かった遺品の中にサインをした舞台姿の写真が三葉あった。いわゆるプロマイド。サインは「都滋子」と読めた。

写真には年月も記してあって、一葉は「1933・8」、もう二葉は「1934」とあった。「1933・8」のは、おかっぱ頭に和服の普段着姿で、何かを指さしている。大正八（一九一九）年十二月生まれの愛子先生は昭和八（一九三三）年八月の時点では満十三歳。愛子先生は満十三歳の時には舞台に立っておられたのだ。

「1934」の一葉、すなわち昭和九年の一葉は、ヨーロッパのどこかの国の兵隊ふうの衣装。「1934」のもう一葉は洋装の娘で腰に両手を当てて軽く反った感じのもの。随分と大人びて見えるが、満十四歳。

満十三歳のおかっぱ頭の和服の普段着姿が初

舞台だろうか。それはどういう舞台でどういう役柄だったろうか。また、大人びて見える満十四歳の舞台は、どういう舞台でどういう役柄だったのだろう。

大阪松竹少女歌劇団（OSSK）は「大正十一（一九二二）年四月に「松竹楽劇部」として創設され、翌年二月に第一回公演を行った。「西洋音楽に合わせた舞踊」であったという。大正十五（一九二六）年四月には「第1回 春のおどり～花ごよみ～」が上演され、後半の「洋舞、群舞シーン」が好評を博し、以後毎年「春のおどり」として上演されるようになった。昭和二（一九二七）年の「第2回 春のおどり～御空ごよみ～」には「レビュー式の乱舞」が繰り広げられた。その頃から「フランスのレビュー」が映画で紹介されるなどして、以来「レビュー」は舞台の魅力となった。昭和三（一九二八）年八月に

は「松竹楽劇部員一一〇人が上京」して浅草松竹座の柿落し公演で「春のおどり」をアレンジした「虹のおどり」を上演した。これが「東京松竹楽劇部のちのSKD誕生のきっかけになった」。

宝塚少女歌劇団は大正二(一九一三)年に「宝塚唱歌隊」として組織され、翌年四月に第一回公演をし、愛子先生の生まれた年、大正八(一九一九)年に宝塚少女歌劇団となって、昭和二(一九二七)年に「日本初のレビュー『吾が巴里よ〈モン・パリ〉上演」したとある。

大阪市は大正の末から昭和の初めにかけて「大大阪」と呼ばれていた。今ではなじみのない「大大阪」とは、どういうものであったのか。『新修 大阪市史 第七巻』には次のようにある。

「大正十四年(一九二五)四月一日、東成郡と西成郡の四四カ町村が大阪市域に編入された。拡張された大阪市を、人々は大大阪《だいおおさか》と呼んだ。大阪市が市区境界変更調査会を設けたのが、大正四年十一月である。十年八月に、新しく市域変更調査会を組織してから数えても約四年、幾多の難関をくぐり抜けた末の大大阪の成立であった。この日は朝から、花曇りの空に花火が打ち上げられ、市民の祝賀気分を高めた。花火の打ち上げ場となったのは、前年六月に焼失した大阪ホテルの跡地である。大阪市主催の市域拡張記念式典は、その前にある中之島公会堂の三階大ホールにおいて挙行された。」
「午後からは、各学区内で小学校児童による旗行列が行われ、街には造花を飾った市電・乗合自動車やタクシーが走り、空には大阪朝日新聞社と大阪毎日新聞社それに日本航空輸送研究所の飛行機が乱舞し、公設市場や百貨店などが記念割引大売り出しを実施した。夜に入って市電一四両が、イルミネーションで装飾して街に繰り出した。折から大大阪記念博覧会が、大阪毎日新聞社主催、大阪市後援の下に、天王寺公園と大阪城を会場に開催され、市内の各百貨店も協賛館となって催しを行った。この博覧会は、三月十五日から四月三十日までの期間中に、天王寺公園・大阪城の両会場で一八九万八四六八人が入場し、一四万五〇〇〇円の剰余金を出す大成功を収めた。大大阪デーとされた四月一日は、水曜日にもかかわらず天王寺会場四万余人、大阪城会場二万三〇〇〇余人と、多くの入場者数を記録した。桜もほころび始めたこの日は、大阪が黄金時代を迎えたことを、多くの人々に強く印象づけた一日であった。」

待望久しい「大大阪」の誕生で大阪中が沸き立っているような様子が見えるようだ。就学前の愛子先生もいくつかの催しの中に居られたのではないか。

その年の十二月一日には『大大阪』という月刊誌も発行されている。竹久夢二が表紙を担当したこともあるという。発行元は大阪市役所の中の「大阪都市協會」。『大大阪』は第一号の一〇四頁から始まって、頁数は次第に増えて一五〇頁前後の分厚い雑誌になって、昭和十九年一月十日まで続いた。終刊号は五十頁である。

その「大大阪」にある大阪松竹少女歌劇団と隣の兵庫県・宝塚にある宝塚少女歌劇団、大都会でしか決して味わえない先進芸術の「レビュー」の魅力は、幼い愛子先生にもしっかり浸透していたのではないか。裕福で芸事に鷹揚な雰囲気のある生駒家の、末っ子のただ一人の女の子、ご両親は愛子先生を劇場に連れて行ったり、せがまれるままに新しい習い事などもさせられたのではないか。そうでなければ何の素養もない、訓練も受けていない少女がいきなり「松竹楽劇部」に進むはずがないと思われるが、どうであったろうか。もっとも愛子先生は童話作家巌谷小波《いわやさざなみ》に連なる児童劇団に入っていて「主役の少年を演じ、方々の子供会へ」行っておられたようだが（『漣会』第七三号 昭和五二年一月一六日）。

愛子先生の初舞台当時のこと、「都滋子」のことを知りたいと『ＯＳＫ日本歌劇団90周年誌 桜咲く国で――ＯＳＫレビューの90年～』を手にしたが、「三笠静子」（のちの笠置シヅ子）は出てくるが、「都滋子」は出てこない。松竹の関係部署に問い合わせようにもホームページには研究目的の場合でも問い合わせには一切応じられない旨の記述があった。

何か手がかりになるものはないか。以前にＯＳＫ特集を組んでいた『上方芸能』を開いてみる。同誌発行人木津川計氏と愛子先生は交流があった。しかし特集記事には「都滋子」は出てこない。バックナンバーを当てもなく開いてみる。第一六九号に「松竹少女歌劇の足跡20」という連載記事があった。筆者は肥田皓三氏、元関西大学教授。記事の表題は「昭和八年春のおどり」。「☆昭和八年三月一日より松竹座（六週続演）」「松竹座十周年記念公演 大阪名物 春のおどり 仏蘭西人形 八景」。次に演出、振付、作曲、作歌、舞台装置、衣装考案、背景制作、舞台照明、大道具制作などの担当者の名前が挙げてある。その後に場景の説明文があって、せき子、二三子、秀子などと女性の名前が続く。これは出演者の名前、もしやと思って「都滋子」を探すが、ない。昭和八年三月、まだ入団前だ、と思う。

しかし、手がかりはここにあったのだ、と第一七〇号を開く。「松竹少女歌劇の足跡21」、「昭和九年春のおどり」『☆昭和九年三月一日より松竹座（六週続演）』「春のおどり　さくら音頭　八景」。次に「松竹楽劇女生総出演」『梅園龍子・ベティ稲田・松島詩子特別出演』とあって、千葉吉三演出、青山圭男振付、益田銀三作曲、山田伸吉舞台意匠等々、各担当者の名前が挙がっている。その後に「第一景A　桜の花道」の場景説明があって出演者の名前が続く。最後に「（花笠の踊り）」と。次いで「第一景B　光る七色桜」の場景説明。「大緞帳が上ると、見渡すかぎり春霞模糊たるなかに、ドンゲンの彩筆で塗り込められたような七色の桜が花の雲かとばかり重なつて、春の光をかがやかせている。前景、花道の踊子の半円形はそのまゝで、さらに舞台後方へ半円形を描いた踊子が並んでいて、花の大円形がこゝに浮び上る。大きい花の輪の中心は桜の芯になぞえる踊子四人、花粉を擬した花槍を振つて、周囲の踊子に和し、春風に漂う花びらのように、そよぎ、動き、踊る。そして漆黒の塗笠は、淡紅色にひらめく袖に戯れて、笠を持つ手が飜えると金色に光つて、大合唱に春を招く。日本舞踊のモダナイズ、明朗に光る色調、春の華彩を讃える古き名旋律「さくらさくら」を主題とした新形式洋楽が新日本のメロディを奏でる。オーケストラに拠る純粋日本音楽。」

出演者の名前が続いて、その二十番目に「都滋子（花笠の踊子）」と、愛子先生の芸名がはっきり挙がっていた。この公演で「都滋子」は「第三景B　さくら音頭」で二十四人の「踊子」役の一人として、「第五景ボンボーサ」の十二人の「娘」役の一人として、「第八景A　白孔雀」の十六人の「あざみ」役の一人として出演していた。

『上方芸能』第一七一号は「松竹少女歌劇の足跡」の連載第二十二回。「OSK誕生―昭和九年の再出発」として「大阪松竹楽劇部は大正十二年五月に第一回公演を大阪松竹座で行い、そこを本拠にして興行を重ねてきたが、発足後満十一年目の昭和九年八月に、本拠地を大阪千日前の大阪劇場に移すことになり、大阪松竹少女歌劇（OSSK）と．名称を改めて再出発することになった。そして再スタートの第一回公演は「カイエ・ダムール―愛の手帖―」全十一景ときまった」と始めて、当時の松竹の力の入れようを『松竹七十年史』を引いて次のように説明している。

「松竹はこの宣伝に当って、空前の巨費を計上し、大阪朝日新聞に総グラビア二頁大の見開き広告を出したのをはじめ、連日各紙上に大広告を掲載した。つぎにそのときの宣伝文を掲げるが、これを見ても、当事者のさかんな意気込みがうかがえよう。〈新しいレヴュウの誕生です、新しいオペレットの誕生です、新装明朗大阪松竹少女歌劇（OSSK）はいま、けんらんたる歓びと夢と憧れを乗せて、輝かしい船出をしようとするのです。カイエ・ダムール（愛の手帖）は、颯爽たるポールと、美わしのイヴォンヌの、晴やかな恋のすがたです。うたとおどりと、洒落た言葉に乗って拡げられる恋のニュアンスです。ポールは柏晴江、東の水の江に対して西の柏、勇ましい彼女の初陣姿を讃えて下さい。イヴォンヌは雲井八重子、嫋嫋たる哀愁をモダニティに浮彫した彼女は、必らず青春の花園を象徴して微笑ませるものがあるでしょう〉。コロムビアレコードともタイアップして主題歌を二曲同時に発売した。A面は〝恋のステップ〟作歌高橋掬太郎、作曲服部良一、独唱三笠静子。B面は〝いぢわるもの〟作歌杉岡幹也、独唱は主役の柏晴江。」

次に「☆昭和九年八月一日より大阪劇場（五週続演）」「大阪松竹少女歌劇・新成立第一回公演」「カイエ・ダムール―愛の手帖―全十一景」「大阪松竹少女歌劇　作」。次いで「江川幸一振付　山口国敏振付　飛鳥明子

振付　杉岡幹也作詞　松本四良作編曲　大竹保演技指導　森田はる子演技指導　山田信吉舞台装置　衣裳考案　玉置清舞台背景　合田正繁舞台照明　藤田米次郎大道具　大塚克三舞台製作指揮　松本四良音楽指揮　岡本晴敏音楽指揮　大森正男舞台指揮」と担当者の名前が挙げてある。そして「第一景　祭の夜」の場景説明。

「今宵は楽しい祭の夜である。紅紫とりどりの提灯の下で大勢の村娘たちが踊り狂っている。踊り半ばにポールが現われ、娘たちに囲まれて踊りの仲間に入る。そこへ主家の娘で恋仲のイヴォンヌが現われる。二人は村娘たちの祝福をうけて楽しく踊り初める。」

次いで「第二景　ボンジュール」の場景説明。

「結婚ブローカーのベルタンは巴里切っての名望家アルフォンゾ家の命をうけて、その御曹子の嫁にモーラン家の娘イヴオンヌを首尾よく世話すれば、八千フランの周旋料がころげこむのでホクホクものでやって来る。ベルタンは何気なく道をたづねた老婆が耳が遠いので散々弱るが、結局その婆さんも八千フランの持参金と知って慾を出し、途端にベルタンと仲よくなってしまう。」

出演者十六人の名前が挙がっている。うち七人の「女の児」役の一人として愛子先生「都滋子」とある。「第六景　恋の十字軍」の二十四人の「兵士」役の一人として、「第九景　邂逅」の四四人の「花の踊子」役の一人として、「都滋子」の名前がある。

サイン入りの写真の「１９３４」の一葉は、この公演の「第六景　恋の十字軍」の「兵士」役の時のものに間違いない。

愛子先生は「松竹楽劇部」が大阪松竹少女歌劇団（ＯＳＳＫ）」と改称再出発した記念すべき公演舞台に

立っておられたのだ。

昭和八年公演の追加」記事が付け足されていた。

「☆昭和八年九月一日より大阪歌舞伎座」「新秋の豪華版大レヴュー」「青夜調　全七景」「松竹楽劇部女生総出演」とあって、出演者の名前と配役だけが記されている。その「第一景　大空に唄ふ」の「踊子」役五十一人の一人として、「第七景　フィナーレ」の「グリンの踊子」役十九人のうちの一人として愛子先生「都滋子」とある。サイン入りの写真「1933・8」はこの公演の「第一景　大空に唄ふ」の「踊子」役のものであろう。そうすると愛子先生「都滋子」の初舞台は、昭和八年九月となる。

『上方芸能』第一七二号は「松竹少女歌劇の足跡」の連載第二十三回。「昭和九年の大阪劇場公演」「☆昭和九年九月二九日より大阪劇場」「青春の花束　全十四景　ネオドラマチックレヴュウ」、その「第二景　つぼみの花束─夢の花園─」の二十四人の「花の踊り子」役の一人として、「第五景　闇の花束─裏街─」の十六人の「ストリートガール」役の一人として、「第八景　踊る花束─舞台─」の二十四人の「トウダンス」メンバーとして、「第十景　乱れし花束─ワンダバー」の九人の「踊る男B」役の一人として「都滋子」の名前がある。

『上方芸能』連載の元関西大学教授肥田皓三氏の「松竹少女歌劇の足跡」によって愛子先生「都滋子」の足跡を僅かでもたどることができる。愛子先生「都滋子」の名前は昭和八年九月から十四年六月までは肥田皓三氏の記事に登場する。それ以後はない。『上方芸能』第一九七号の連載第四十三回が最後に「都滋子」の名前が登場した記事であるが、意外にも「松竹少女歌劇の足跡」に歌舞伎役者「嵐吉三郎」の名前も挙

「お七と吉三」　右・嵐吉三郎、左・都滋子　昭和14(1939)年6月

がっている。

「☆昭和十四年六月一日より大阪劇場（四週続演）」「お七と吉三　全十景」。次いで「新企画歌舞伎レヴュウ大劇一年ぶりの豪華実演、関西歌舞伎若手花形連出演、文楽座若手特別出演、大阪松竹少女歌劇新進組総出演の花形揃いに長唄囃子連中、松竹管絃団の協演になる、レビュウ界初まつて以来の新企画歌舞伎レビュウ、日本情緒の粋を集めた踊りに所作に人形振りに目も奪う絢爛さ、大劇の大舞台を縦横に駆使する大立廻りの颯爽たる剣戟など、あらゆる興味を多彩に織り込んだ全十景にわたる興味百パーセントの超豪華版、梨園の名花中村芳子の魅惑的麗姿と相俟って歌舞伎若手花形連が大熱演を繰りひろげます」とある。

「歌舞伎若手花形連」は、実川延三郎、中村鴈之助、市川九団次、嵐吉三郎である。歌舞伎役者の四人は当然個々の名前の役が二つは付いている。嵐吉三郎は「伝吉」と「伝次」役。

「都滋子」は「第三景　天人娘」の二十二人の「小坊主」役の一人として、「第五景　木枯し」の三十八人の「火の踊り」役の一人として舞台に上がっている。

公演は四週間あったから「歌舞伎若手花形連」と「大阪松竹少女歌劇新進組」との交流は自然な形であったと思われる。

「都滋子」は当時満十九歳、嵐吉三郎は満四十四歳。
昭和十五(一九四〇)年以降、「都滋子」は舞台に立たなくなったのではないか、その理由を想像してみる。この出会いに由来していてもおかしくはない。

附け足りとして、「大阪劇場(通称ダイゲキ)」と「大阪松竹少女歌劇(OSSK)」の当時の状況を簡単にさらってみる。奈河彰輔氏の『幕外ばなし』(二〇〇一年四月 中川芳三刊)の中で紹介されている岡本友秋氏の『大劇33年の夢舞台』(一九九二年三月 探究社刊)の一節を借用した。奈河彰輔氏は岡本友秋氏の好著を「長く大劇の照明を担当」した「現場の人の書いた血の通った劇場史、大阪の芸能史」と評価しておられる。

昭和十(一九三五)年一月に林長二郎(長谷川一夫)初出演、爆発的な人気を呼ぶ。

昭和十二(一九三七)年、大阪松竹少女歌劇団、この頃までが第一期黄金時代、三笠静子(笠置シズ子)、柏ハルエ、雲井八重子、秋月恵美子、芦原千津子らスターが妍を競い、レビューの全盛時代を謳歌。日華事変勃発(七月七日、盧溝橋事件)、戦局拡大とともにレビューは華やかさを失い、軍国調の演目を強制されるようになる。

昭和十四(一九三九)年、松竹白井会長の企画で、歌舞伎レビューがたびたび上演され、市川小太夫、嵐吉三郎、実川延三郎(後の三世延若)、中村芳子ら若手歌舞伎俳優が、松竹歌劇団のスターと共演、新しいファンを呼んだ。

昭和十五(一九四〇)年、美貌の歌姫李香蘭(後の山口淑子)の実演では、早朝から大勢のファンが大劇の周辺を二重三重に取り囲み、正午ごろには、行列の最後尾が、大劇の五百メートル東南の堺筋を横断し、市電をストップさせた。

昭和十六(一九四一)年三月一日初日予定の「春のおどり」を一時延期し、「戦陣訓」の上演に切り替えた。堅苦しいテーマであったが、時局を反映した感動的な舞台で、客足もすこぶる順調だった。

昭和十七(一九四二)年三月、「春のおどり」は、戦時一色〈敵国降伏〉、〈正行出陣〉、〈七生報告〉など、戦意高揚を煽る場面の連続で、満員の客席を興奮のるつぼに叩き込んだ

昭和十九(一九四四)年二月、高級娯楽停止発令、大劇閉鎖。

昭和二十(一九四五)年三月十三日の大阪大空襲で大劇外観のみを残して内部の殆どを焼失。九月、「秋のおどり」で戦後のスタートを切った。舞台は焼失していたので、客席前方のオーケストラボックスの上に板を張り、応急のステージにした。

歌舞伎レビュー「お七と吉三」
昭和14(1939)年6月

愛子先生の魅力を培った源泉は、右往左往と辿ってみて、四天王寺とその界隈の風土とご実家生駒家の伝承と大阪松竹少女歌劇団に尽きると思われる。

第三章　歌舞伎役者の妻

一、七代目嵐吉三郎

愛子先生の遺品の中にスクラップブックが幾冊かあった。全てが七代目嵐吉三郎に関する新聞記事であった。スクラップブックはおそらく愛子先生が整理し直されたのだろう、昭和四十年代から流行した「ナカバヤシのふえるアルバム」で、台紙の糊が劣化して頁をめくるたびにビニールのシートで押さえられていた新聞記事の切り抜きの大半が抜け落ちて元に戻すのに難儀した。

昭和三年一月頃の『大阪時事新報』の切り抜きがある。道頓堀中座で片岡當之助から七代目嵐吉三郎を襲名した際の記事である。

「二月の中座で改名披露二つ」
「七代目吉三郎と二代目九團次」
「嵐徳三郎も道頓堀に居据る」
――との見出しで本文は次のとおりである。

中座二月興行では二つの改名披露が行われる、一つは片岡當之助の七代目嵐吉三郎襲名、他は市川延王の二代目九團次襲名である。後者は師匠の名を襲ったままで今後二代目九團次の上達振り一つでそれ程大きい名でもなかった初代の名まで大きいものにすることになるのだが、前者は全然岡島屋（嵐吉三郎）には縁がなく、松島屋（當代片岡仁左衛門）の直門から出た関東震災以来大阪に居据はつたかたちのある人が、浪花梨園

片岡當之助時代の
七代目嵐吉三郎

には名家とされて居る名跡を襲名するのであって、その出世振りは劇界の驚異の的で同時に将来の成功を期待する点にも大きいものがある。なほこの興行には松島八千代座の人気役者嵐徳三郎も加入するが、同優の道頓堀居据りは本人数年来の希望だったので、従来九分通りまで話が進んだ所で挫折したことも二、三回だったが、今度はところ八千代座々主吉田卯之助が改めて中村鴈治郎に同優の身を預けることゝなり、こゝに多年の希望が成就するにいたったのである。

「片岡當之助が嵐吉三郎を襲名」
「中座二月興行で披露」
——との見出しの記事の切り抜きもある。昭和三年一月頃の『京都日々新聞』（後の京都新聞）の記事と思われる。本文は次のとおりである。

客年十月死去した岡島屋嵐吉三郎の名跡は松竹が預つて鴈次郎あたりと相談後継者を物色中であつたが今度嵐家とは全然縁故のない仁左衛門門下《まつしまやもんか》の片岡當之助が眼識にかなつて吉三郎を襲名七代目岡島屋となる事に話が纏まつた、まだ一切秘密にされてゐるが大阪中座の二月興行で金屏風の披露ときまり鴈次郎と我當の口上で立派に襲名披露が行はれる段取りに進んでゐる。當之助は本年まだ廿九（ママ）歳の青年俳優で番付の順からいふと成太郎あたりよりもづつと下だが、仲々しつかりした器用な役者今度愈《いよいよ》七代目嵐吉三郎を襲名するとなると、岡島屋が嵐家の総本家だけに、格式の上では巌笑あたりも一目置かなければならぬといふ破格の襲名で、それがお《お》まけに嵐家とは全然關係のない當之助によつて實現するといふので、昨今此問題は梨園の驚異と羨望の的になつてゐる。事茲《ことここ》に至るまでにはいろ〳〵な経緯もあつたらしいが故六代目吉三郎の子供は故人の意思で商業の方面に進んで居り、弟子達は死後福助が預つてゐるが、その弟子達のうちにも師匠の名跡を襲《つ》ぐものがなく、そこへ當之助の如才のない日常がすつかり成駒屋のお《お》氣に適ひ、師匠仁左衛門も承知の上藝道の譽れをかち得る事となつたもので、ドエライ出世である（寫眞は當之助の舞臺顔）

「當之助の舞臺顔」の「寫眞」は二段三十四行の記事と同じ分量の枠を占めている。裃姿の武士が両の腕を開いて見栄を切っている。『仮名手本忠臣蔵』の大星由良之助か。

このとき七代目嵐吉三郎は三十三歳である。ちなみに愛子先生は八歳か。

七代目嵐吉三郎の人物概要は、本名北上弥之助、明治二十七（一八九四）年十二月一日東京生まれ、生家は電気商、明治四十一（一九〇八）年十月初舞台、明治四十三年十月大阪の十一代目片岡仁左衛門に加わる、大正六（一九一七）年名題となり、東西の舞台に上がる。襲名以後は関西歌舞伎で活躍、というものだが、「歌舞伎公式サイト『歌舞伎美人　上方歌舞伎　想い出の俳優』」は次のように紹介している。筆者は演出家奈河彰輔氏。

明治二十七年、東京人形町に生まれる。生家は電気商だった。十一代目片岡仁左衛門に師事して、明治四十一年十月、片岡當之助を名乗り、明治座で初舞台を踏む。大正十二年関東大震災により関西に移籍。昭和三年二月、道頓堀中座で、上方の名門、岡嶋屋の七世嵐吉三郎を襲名。以後、関西歌舞伎の貴重な重宝な脇役者として活躍し、昭和二十八年に大幹部に昇進した。

非常に間口の広い芸域を誇り、どんな役でも及第点を取った。『忠臣蔵』を例に取れば、晩年では立役の薬師寺（四段目）と女方のお才（六段目）を兼ねて得意としたことからでも、その器用さがうかがえる。元より若い時には由良之助を始めとする立役、おかるや戸無瀬などの女方の大役、そして脇役のあらゆる役の何れをもソツなくこなせる腕を持っていた。七十歳で定九郎を勤め、史上最高齢の記録だと喜んでいた。器用で簡明直截、分かりやすい芸であった反面、腹が薄いという批判を受けないではなかったが、年齢と共に渋みを加え、老練な舞台を見せた。新作物でも類型から入るようでいて、性格描写が巧みで、良い味を出し成功をおさめた役々が多い。

行く所可ならざる役者であったが、本領は上方風の敵役で、手強くそれでいて憎めない人間像を見事に描いた。鴈治郎父子の『曽根崎心中』では、初演以来、油屋九平次を持ち役とし、評判狂言を支えた。

性格は天真爛漫。役数が多いと喜び、配役の都合上、得意の役が他に廻った時の口惜しがりよう、小さな脇役でも気に入った役を受け持ったときのこの打ち込みよう……、いかにも役者らしい楽しい役者であった。

健康を誇り、興行中は休んだ事が無く、人の代わりはしても代役をしてもらった事の無いのが自慢で、昭和四十八年一月、『義経千本桜―四の切』の河連法眼の役を勤め上げた千穐楽の夜、自宅で倒れ、間もない二月始め（十一日）、大往生を遂げたのも、本懐であったろう。市川壽海と同様、門閥の外から歌舞伎界に入って、腕一本で押し切った練達の役者だった。

残念ながら私は七代目嵐吉三郎の歌舞伎は観ていない。私は七代目嵐吉三郎最盛期の頃は町工場の従業員であったし、晩年の頃は工場経営に忙しく、歌舞伎に目を向ける余裕はなかった。残された写真とスクラップブックの切り抜き記事で想像するだけである。切り抜きの殆どは掲載紙、掲載年月日の記載がない。不本意ながら一部出典を明示しないまま引き写す。

『文化と批判』　左團次のお岩　浪花座の夏芝居（二）」、筆者は「さのかづひこ」とある。
「（前略）第三、民谷伊右衛門の吉三郎、ほかの役々に比べて上の部なれど、時代に張っていふ時はよしとして、此の人、捨てぜりふがまづい。二度の出で、思案がほに見えるも悪く、蚊帳を持ち出すあたりのすごみが足りず。（以下略）」

『芝居の印象』　椀久と石川　浪花座の歌舞伎」、筆者は文末に「野村生」とある。
「老松若松」の項で、「吉三郎の有國は厭味がなく」と、「石川五右衛門」の項で、「吉三郎の藤吉郎もすつきりしている」と、「釣女」の項で、「吉三郎の太郎冠者で面白く見せる」と記している。

昭和三十五年十二月当時の『夕刊京都』（か？）に「芸界人国記」という連載記事があり、その第三三回「関西歌舞伎⑤」の項に「何役でもこなす　吉三郎」とある。

女形には恵まれない花梢会ではあるが、寿海、仁左衛門、延二郎、友右衛門ら花形を助けてワキを固める中堅の男優陣は、かなり顔がそろっている。その一番手を引き受けるのが嵐吉三郎である。

こんな便利な役者はない。立ち役、二枚目、敵役、ふけ役から女形までなんでもござい——。「忠臣蔵に例をとってみれば、由良之助、師直、判官、若狭之助、勘平、定九郎、本蔵、石堂、薬師寺から九太夫、伴内、源六はおろか時と場合によっては顔世御前、おかる、戸無瀬までも一応ソツなくこなせる役者である。そしてどんな役でもひと通りは及第点そこそこまでとれるのである。こんな器用な役者は、今の東西劇団を見渡してもそうザラにあるものではない。勢い無人の花梢会では重用され、目立った活躍をしている。

なかなかエネルギーのある花やいだ舞台を見せているが明治二十七年生まれというから、もう六十七になる。素人出でだが、早くからこの道に入り十一代目仁左衛門の弟子として修業をつんで来た。若い時分からいろいろ苦労をつんだ経験に生来の器用さがモノをいって、今日の　なんでもござい　の腕を身につけたのだが、いつまでも中堅俳優として、いま一つの飛躍がみられないのが歯がゆい。つまるところ器用貧乏というヤツで、小手先の器用という域から脱しきれないためではなかろうか。彼の芝居は実にわかりやすい。平板で起伏にとぼしい。簡明ではあるが、優雅ではない。そこに彼の長所もあるが、同時に短所もあるといわねばなるまい。

しかし、そうはいっても、近年の吉三郎は、徐々に自分の芸をつかんできている。年齢の上の年輪がモノをいって、ようやく老練な味わいがみえてきた。これはうれしいことだ。器用さが役立って、新作ものではヒットを放つことも多い。年に似合わず気が若く「今日劇場」という新しい劇団にも参加して、意欲のあるところを示しているのは愉快だ。大いに声援をおくろう。

切り抜きには劇評や舞台紹介を離れた記事も幾つかあった。「戀若松鴛鴦情話《こひのわかまつおしどりぜうわ》」の見出しのもとに「當之助の家號改め」の小見出しのついた記事がある。大正末年頃の記事と思われる。見出しと小見出しは二〇ポイント大で、本文中で強調する箇所は本文の文字の四倍程、見出し小見出しと同じ大きさの活字にしてある。強調箇所をゴシック体にして引き写してみる。

南座興行中の顔見世芝居へ久振りで顔を出した片岡仁左衛門は當地打揚げ後、中國九州方面へ巡廻興行に行く事に成つて居ります、岡山、廣島、下の關、博多と片岡一門を引連れて行くのは好《よ》いが困ったことには門下《でし》の片岡當之助と片岡長太夫とがドチラも家號を若松屋と申します爲間違ひが起つたり人違いが出来たりして此の二人に若松屋の仕末に當惑した揚句ドチラか一人だけ家號を改名する事に成つたのです、處《ところ》がオイそれと都合の好《よ》い家號の持ち合わせが無いのでアレかコレかと思案の末遂に當之助が今度の興行に過日も御披露した通り以前の小花事《こはなこと》すて子夫人を同道して來て圓山、清水邊の散歩から四條、新京極邊の見物にまで何時も〳〵仲の好《よ》よい二人連れ、その親密さ加減と云ふたら大抵當られぬ者もない處《ところ》から冗談半分、當ちやんの家號を「鴛鴦屋」と改める事に相談が出来たと申します、これから行く先々興行で鴛鴦屋は番ひ離れぬ二人連れ、相變らず岡焼《おかやき》の種に成る事でせう

七代目嵐吉三郎は大正十(一九二一)年八月十日に小唄の「堀小壽貞《こすて》」と結婚していた。「堀小壽貞《こすて》」は昭和七(一九三二)年九月に独立して小唄柏派家元となって「貞子」を名乗っている。切り抜きには柏貞子に関する記事もいくつかあるが、双方の名前の出ている記事を引き写す。「小唄大會　柏貞子さん」の見出しの六

行程の記事。

堀小壽貞さん改め柏貞子さんの名披露目小唄大會は廿六日午後三時から先斗町歌舞練場で開催小唄「だき柏」ほか數十番、小唄振り「初出見よとて」ほか十數番がある

「藝界小ばなし」という記事は顔写真入りの八行程のもの。

嵐吉三郎、女房の柏貞子の会計係を仰せつかって大多忙歌舞伎座の夜の部の「糒庫」の大蔵局の役を済ませると、新町演舞場へかけつけて支拂一切の仕事に算盤をパチツカせながら、芝居の方ぢや大蔵の局、小唄の方では大蔵省です（寫眞は嵐吉）

母・柏貞子の三味線で
小唄を披露する北上弥太郎

「内助外助の功」の見出しで「夫婦共稼の嵐吉三郎丈と小唄柏貞子さん」と小見出しのある記事は、内容からして昭和十五年頃の記事と推測される。

（前略）そこで色の變つた處として嵐吉三郎丈と小唄の柏貞子さんを拉へてくる、（中略）妻女貞子さんの内助から外助までの功が一通りではない、貞子さんは元京都で小花といつて棲を取つた時代から義太夫も仕舞も長唄もやるという達者さ、食満南北先生還暦祝ひの

「保名」には小鼓の一調もやるといふ度胸で一人で大抵の家族部隊は向ふに廻さうといふもの、表藝の小唄は最初堀派で本名の壽《す》てに因んで故成駒屋のお聲がかりで小壽貞と称したが昭和七年九月獨立して柏派家元となり貞子を名乗ったのであるそれに先月など番頭が急死すると奥方自ら番頭役まで引受けてひいき先を廻ったり主人の舞台を見てはダメを出す、小唄師匠のほかに演出家も番頭も兼業である、まさに八面六臂の人であるそもや二人の馴れ染めとくると浄瑠璃だが大正十年初夏京都興行中に話が進み八月十日に東京虎の門の金毘羅宮で神前結婚式を擧げたといふからもう銀婚式が遠くない、午の七赤と子の一白で所謂七ツ目で合性は至つてよいさうである、二人の中に彌太郎君といふ一粒種がある、小学三年生だがこれも家族部隊の一員に加はるべく三味線鳴物の類の稽古がお母さんの手で始まつてゐるさうだが俳優隊に入るか師匠班に入るか今のところ考慮中ださうである（寫眞は吉三郎夫妻）

七代目嵐吉三郎は優れた歌舞伎役者であり、一芸に秀でた妻を持ち、端もうらやむ温かな家庭を築いていたようだ。

二、歌舞伎役者の妻

歌舞伎役者の妻とは、どういうものなのか。私には全く想像もつかない。愛子先生がそうであったからと言っても、出会った時の愛子先生は既に七十八歳で、夫であった七代目嵐吉三郎を彼岸に送られて既に二十五年経っていた。歌舞伎役者の妻は卒業しておられた。その代りの俳句の先生としての二十五年が輝いていた。

七代目嵐吉三郎は昭和四十八（一九七三）年二月十一日に七十八歳で亡くなった。愛子先生は五十三歳であった。二人が共に過ごされた時間は、終わりははっきりしているが、始まりは定かでない。句集『おかじまや』の「あとがき」に「念願の句集をこの様な思ひで出せるなどとは本当に複雑な気持で胸がつまります。でも考へてみましても、私の青春も生涯も岡嶋屋と共に、そして芝居共に歩んで来たと申しましても過言ではありません。

どの句も、どの句も、岡嶋屋のこと、お芝居のこと、楽屋のこと、一句一句が昨日のことの様に胸に甦って参ります」とある。とりわけ「私の青春も生涯も岡嶋屋と共に、そして芝居と共に歩んで来た」と言い切っておられることから、二人で共にされた時間は、出会いのあった昭和十四（一九三九）年六月以来の時間、おそらく三十四年からの時間であろう。その間、愛子先生は七代目嵐吉三郎の時間に、自身の全ての時間を重ねておられた。愛子先生の青春の時間には、嵐吉三郎には小唄柏派家元の柏貞子という一芸を極めた優れた妻がいて、しかも二人の間には一粒種の弥太郎がいた。「妻」の時間であろうとなかろうと、愛子先生は二回り年長の、父親世代の歌舞伎役者に身を添わされた。周囲の目はどうだったろう。

ちなみに愛子先生の父親の友次郎さんは昭和十九（一九四四）年三月十九日に五十四歳で亡くなっておられる。

大阪市は昭和二十（一九四五）年一月三日から八月十四日までの間に二十八回もの空襲を受けた。その惨状を『昭和大阪市史 社会篇』から引き写す。

「三月十三日夜半から十四日へかけての夜間大空襲は一挙に五十万に近い被災者を出し、十三万戸を焼失倒壊せしめ、六月一日には二十一万、七日には十九万、十五日には十七万の被災者を出した。最初から通計すれば地域において五十万平方キロ余（全市域の二十七％）、被災者総数百十三万五千、焼失倒壊戸数三十一万余に及んだ。」

「空襲時の大阪市は常に焼煙天に冲し、天日ために暗く、その都度降雨さえ催し、悽愴そのものであつた。空襲と同時に治安警備に関する活動や消防活動が行われ、引つづき被災者に対する救護活動、物資の配給、医療活動が行われ、救護に万全を期したのであるが、商工都市大阪の様相は、空襲によつて全く一変し、満目荒涼たる焼野原と化し、人工も激減した。」

それでも「ＯＳＫは奇跡的に焼け残った松竹座に移り、4、5、6月と公演を続け」、「外郭だけがかろうじて残った状態」の大劇に「オーケストラボックスと客席に板を張って張り出し舞台を作り、緞帳の代わりに引き幕を使用するなど応急処置を施」して、「7月26日に『夏まつり』の初日」を開いた。

愛子先生のご実家のある「天王寺区東門町（旧上本町十丁目）」辺りは、被災は免れなかったと思われる。

その頃、愛子先生はどこでどう過ごしておられたのか。

七代目嵐吉三郎は京都市東山区高台寺辺りに住まいされていたようだが。

戦前に写したと思われる二人の写真があった。

国民服姿の嵐吉三郎と日本髪を結った和服姿の愛子先生が並んで写っている。撮影場所は後年墓を作られた天下茶屋・安養寺の境内のように思われる。もう一枚、同じ姿の二人が二階の窓辺に顔を寄せあって写っている。後に住む阿倍野区晴明通の長屋の二階とは趣が違う。この写真から、二人は昭和十九年頃には阿倍野、西成辺りで長屋住まいしておられたのではないかと想像する。

安養寺の境内で
昭和15(1940)年か16(1941)年頃

吉三郎が国民服を着ている
昭和15(1940)年か16(1941)年頃

傷口の蛆に終戦のこと告げる

果たしてこのような場面に遭遇されたのだろうか。
(この句は『昭和万葉俳句集――昭和20年8月15日を詠う』〈昭和六十年十二月二十日、マルホ㈱発行〉に掲載された。同書は、関西俳壇の大御所的存在であった松瀬青々に連なる俳誌『青門』が、終戦四十年を機に全国に呼び掛けて編集した。)

唐突ながら、「戦争の記憶」ということで思い出されることがある。愛子先生の縁戚者に満州で裁判官をしていた人がいて、その人が述懐していうのに「戦前、治安維持法で無産政党やその支持者、自由主義者、知識人、作家を根こそぎつかまえて言論統制をしたが、この人たちをもっと自由に生かしていたら、このたびの、無謀で悲惨な戦争に至らなかっただろう。」句会後の座談で出た話題だったが、鮮明に記憶している。

昭和二十九(一九五四)年当時は嵐吉三郎と共に高浜虚子に連なる句会「艶寿会」に参加しておられる。北上弥之助、北上愛子と名を連ねておられ、「初芝居開かずの飾りのしあるまゝ」とか、昭和三十一(一九五六)年の「楽屋出づ浜町河岸の秋灯」の句がある。そこからは「歌舞伎役者の妻」

の趣が十二分に感じられる。愛子先生は既に三十五歳、嵐吉三郎六十歳。

スクラップブックの中にあった切り抜き記事に「家運隆盛　句作冴ゆ」「目出度し　吉三郎夫妻」というのがある。昭和三十年当時の夕刊紙『新大阪』、嵐吉三郎の顔写真が一段六行分の枠に入っている。一部を引き写す。


関西梨園の宗匠夫婦といえば岡島屋、嵐吉三郎とあい子夫人……既報のとおり戦後、入江来布氏に師事したのがわずか四、五年の間にめきめきと上達、殊に夫人の方がホトトギス誌上に入選して女流俳人として認められるくらい……。何しろ北上弥太郎は映画界で大幹部になり人気も上々(以下略)。


この頃のことか、もう少し後になってのことか、漣会の句友から聞いた話がある。

嵐吉三郎は酒は強くなかった。地方興行などに行って宴席が設けられると、愛子先生も同席されて、勧進元の杯を嵐吉三郎に代わって受けられた。

愛子先生は嵐吉三郎に同行される時は、いつも心付を入れた祝儀袋を持っておられた。たとえば、嵐吉三郎の着物に糸くずなどが付いていて、それを仲居さんが、「せんせほこりが」とか言って払ったりすると、せんせがすかさず「ありがと」と祝儀袋を渡す。そういう世界です。

いくらあっても足りません。吉三郎さんは東京の人、宵越しの金は持たねえという人。せんせがみな遣り繰りしはる。

東京の役者が大阪に来ますやろ、そしたらご馳走します、歌舞伎の人やのうても、そうです、楽屋への部屋見舞いとか、物入りです。

吉三郎さんは男前です、もてはります、道頓堀で若い娘と歩いてはるところへせんせが行きあたりはりました、せんせ「いつも主人がお世話になっております」て言わはった。家に帰ってきた吉三郎さんに、せんせ「あの彼女はご飯よう作りまへんのか」て言わはった。吉三郎さんはなんも言わはれしませんでした、そうです。これ、せんせから直接聞きました。

愛子先生はどちらかの耳が遠かった。昭和二十年代のことか、ある時、嵐吉三郎の手が飛んできた。まともに当たって鼓膜が破れた。以来、難聴になったという。

歌舞伎役者の妻は、常に妻であり、日程調整など芝居の諸々に関わる世話役であり、批評家でもあるのだろうが、過ぎてはならないだろう。嵐吉三郎の手が飛んだのは、どういう場面であったろうか。

愛子先生の遺品の中の日記でもあり句帳でもあるようなノートに、些か気になる記述があった。いつの頃か特定出来ないが、当時嵐吉三郎は妻である柏貞子宅に余りお金を入れていなかったようだ。あるいは滞っていたのか。それで毎月いくらいくら入れてくださいとの話があって、吉三郎が承諾して帰ってきた云々である。

昭和三十八年七月二十二日、嵐吉三郎の妻、小唄柏流家元の柏貞子が急逝した。前日の二十一日、三越劇場であった小唄柏流の「ゆかた会」の舞台で息子北上弥太郎の唄に三味線をつけた直後に倒れ、立売堀の日生病院に搬送されたが、そのまま逝った。六十三歳。

昭和41(1966)年12月17日入籍

嵐吉三郎は息子と二人で東大谷の墓に妻柏貞子、北上寿貞子の骨を納めた。

昭和三十九年正月、京都南座で嵐吉三郎、北上弥太郎父子は共演した。嵐吉三郎は「今度南座に出るときは東大谷の見える楽屋にしてもらおう」と決めていたら、思うとおりになった。

その年の三月二十八日、北上弥太郎は茶道裏千家家元千宗興の推薦を受けて小唄柏流二代目家元を次いで柏貞を襲名した。

昭和四十一(一九六六)年十二月十七日、愛子先生は北上弥之助(嵐吉三郎)と婚姻、阿倍野区晴明通四十八番地の二を本籍地とされた。平安時代の陰陽師安倍晴明に由来する町。住居は二階建ての五軒長屋、その奥から二番目。各戸に坪庭があった。ここが二人の終の棲家となる。愛子先生四十七歳、嵐吉三郎七十二歳。

二人の住まいの茶箪笥の上には舞台で三味線を弾く浴衣姿の柏貞子の写真が飾られていた。両開きの写真立には訃報記事の切り抜きと、三歳くらいの柏貞子とその母親と思われる女性の写真も納められていた。

映画時代の北上弥太郎

三、北上弥太郎

中村錦之助、大川橋蔵、東千代之介、東映の時代劇俳優の名前を一回り下の若い人と話していて、その彼が松竹の時代劇俳優北上弥太郎について知っているのにちょっと感動のようなものを覚えた。

北上弥太郎は七代目嵐吉三郎の息子、先妻の小唄柏流の柏貞子との間にできた子供である。昭和七年生まれ。後に愛子先生と義理の親子となる。昭和十五年十月、大阪歌舞伎座で四代目嵐鯉昇を名乗り初舞台を踏んだ。

「歌舞伎俳優名鑑 思い出の名優篇」(奈河彰輔)に次のようにある。

戦時中に嵐鯉昇を名乗り初舞台を踏む。戦後は関西歌舞伎で、歯切れの良い、器用な演技で、将来を期待させる若手として、嘱目《しょくもく》された。歌舞伎の再検討を試みた、いわゆる武智歌舞伎でも、『一谷嫩軍記《いちのたにふたばぐんき》』「熊谷陣屋」では、弥陀六を、『平家女護島』「俊寛」では、丹左衛門を勤めた。『新版歌祭文』「野崎村」の小助で、若手に似合わぬ巧者な味を見せた。

嵐鯉昇で初舞台「寺子屋」の弥太郎

昭和二十七年、松竹大谷会長と伊藤大輔監督の推薦を受け、松竹京都に入社、本名のままで、『出世鳶』に主役でデビュー、松竹若手ホープとして売り出された。その後多くの映画に出演するが、昭和三十八年、市川猿之助主演の『残菊物語』を最後に退社、映画界を離れた。松竹京都は昭和四十年に閉鎖されるが、時代劇の衰退期に、時代劇スターとして充実期を迎えたのは、不運であったと言われている。その後、母柏貞子の小唄柏派の跡を継ぎ、二代目家元柏貞として活躍する一方、テレビや舞台に出演を続けた。

昭和五十九年、昔なじみの二代目中村扇雀（現坂田藤十郎）の強い誘いを受け、歌舞伎に復帰し、三月中座で、亡父の名跡を襲いで、八代目嵐吉三郎となった。長い間離れていたとはいえ、基本はしっかりできているから、以後、着実に大きな脇の大役をこなしてゆき、上方歌舞伎の、取り分けて鴈治郎一座の貴重な地位を築きつつあった。『心中油地獄』の河内屋徳兵衛では、歌舞伎畑の外での経験も生かし、的確な人間像を描出した。『熊谷陣屋』の梶原景時では、相応の大きさを見せた。若い頃に痛めた喉のゆえか、調子が少し苦しそうなのは、気になっていたのだけれど、まさにこれからと言うときである。昭和六十一年十一月、国立文楽劇場の『梶原平三試名剣《かじわらへいざためしのわざもの》』の青貝師六郎太夫に出演したのが、最後になろうとは思いもよらなかった。喉頭癌が宿痾になっていたようだ。（昭和六十二年）九月三日没。まだ五十五歳だった。

私の記憶は時代劇俳優、映画スターの一人の北上弥太郎である。

北上弥太郎は昭和二十七年二月から昭和五十二年六月までに七十九本の映画に出演しているが、昭和三十八年十月までに集中している。「出世鳶」「鞍馬天狗　天狗廻状」「月形半平太」「赤城の子守唄」、少し題名を引き写すだけで、当時映画館で観ていたような気になる。「忠臣蔵」映画には二度出演、昭和二十九年が岡野金右衛門役、昭和三十二年は浅野内匠頭役。美空ひばりとも共演している。

将来を嘱望された若手歌舞伎俳優たちが映画界入りして、その後の歌舞伎界に与えた影響がどのようなものであったか。島津忠夫氏の『戦後の関西歌舞伎　私の劇評ノートから』を読む機会があった。島津忠夫氏は大阪大学名誉教授で文学博士。表題は「中村錦之助か萬屋錦之助か」となっているが、上方歌舞伎に与えた影響ということで稿の半分が北上弥太郎について書かれてある。

平成九年三月十日錦之助が死去して、「中村錦之助」か「萬屋錦之介」か、「どちらの名前を強く記憶しているかで、その人の年齢がわかるかもしれない」という（朝日新聞「天声人語」欄）。私などは、どちらでもない。錦之助といえば、三代目時蔵の子の歌舞伎の花形役者だったことが思い出されるだけである。その頃、時蔵の子息には種太郎〔後の歌昇〕・梅枝〔後の時蔵〕・錦之助らの兄弟があって、そのうちでもっとも芸達者で、嘱望されていたのが錦之助だった。それが昭和二十八年に映画界に入ってしまう。その後の映画俳優としての錦之助には、中村錦之助であろうが、萬屋錦之介であろうが、何の関心もない。思えば、その頃は映画界に実に多くの有望な歌舞伎俳優が引き抜かれていったことを苦々しく思い出すばかりである。上方歌

拳で遊ぶ吉三郎と弥太郎父子

舞伎を背負って立つべき先代鴈治郎が一時映画入りしたのには驚きとともに滑稽感を覚えたものである。さすがに間もなく歌舞伎界に復帰したが、市川九団次の子息の筵蔵が市川寿海の養子となって雷蔵を名乗り、名門の将来が約束されることにも一因があったかと思うが、嵐吉三郎の子息の鯉昇が映画界に入り、北上弥太郎として活躍するに至り、それに続いて雷蔵まで映画界入りをしてしまう。雷蔵はそのまま早く世を去り、北上弥太郎の方は、はるか後に、映画がすっかり斜陽の芸能になってしまってから歌舞伎に復帰し、吉三郎を襲名し、かけがえのない上方芝居の脇役となっていたが、それも亡くなってしまった。錦之助の場合は、歌舞伎界の痛手には違いなかったが、まだ東京の歌舞伎には、いくらもそれに代わるべき役者が陸続と輩出したのだから、それほど大きな影響は与えなかった。それにひきかえ武智歌舞伎で延二郎〔後の延若〕・鶴之助〔今の富十郎〕・扇雀〔今の鴈治郎〕らに伍して活躍していた、雷蔵や鯉昇が映画界に去ってしまったことは、上方歌舞伎の将来に大きな穴をあけてしまったのが残念である。今の鴈治郎が近松歌舞伎に熱を入れても、脇役の貧弱なことが致命傷となっていることは余りにも多い。錦之助の死去の新聞報道を見て、またしても私は上方歌舞伎に思いを寄せ、あの頃のことを思って痛恨の感を拭いえないのである。

北上弥太郎は愛子先生とは十三歳違い、年の離れた姉と弟という感じだろうが、先生は北上弥太郎が可愛くてならなかったように聞く。昭和五十九年に歌舞伎に復帰し、三月の中座で八代目嵐吉三郎を襲名してからは、期待は募る一方で出来る限りの支援を惜しまれなかった。それ故に昭和六十二年三月の北上弥太郎、八代目嵐吉三郎五十五歳での旅立ちは随分と応えた。それは容易に想像できる。

追悼の二句がある。

握る掌の温もりいまだ萩散れり

逆縁の経読む日々や秋の風

第四章　俳句入門

愛子先生がいつから俳句に親しまれ、どなたにどのように手ほどきを受けられたのか、どう研鑽を積まれたのか、はっきりしたことは分からなかった。下田實花という俳人の名前と艶寿会《えんじゅ》とか高浜虚子とか伺ったことがあるように思うが、つながりが分からない。ただ高浜虚子の名前から『ホトトギス』系の結社に所属しておられたのだろうぐらいに思っていた。

遺品の中に『艶壽集』があった。四六判、函入り。奥付を見ると、「虚子選　艶寿集　奥附」とあって、「昭和三十七年十一月発行　参百部限定和紙刷本　頒価千参百円」「著作　新橋艶寿会」「刊行　楠本憲吉」「印刷　北島織衛」「製本　熊倉末吉」「発行所　限定出版琅玕洞」「発売所　新橋艶寿会　中央区銀座東三ノ九下田方」とある。二二一頁の合同句集。初めに「新橋の俳句を作る人々」という高浜虚子の昭和二十六年四月二十九日に書かれた新橋艶寿会についての長い文章が載っている。この高浜虚子の文章と世話人六人「五郎丸　染福　小くに　武原はん　小時　實花」の「あとがき」で新橋艶寿会設立から『艶壽集』発行までの経緯、活動、参加者等々が分かる。

――艶寿会は昭和二十五年に発足しまして、その年の十月の第一回から数えて、本書に写真版にして挿みました最後のお葉書（昭和三十四年四月）の御選まで、五十回を重ねました。

先生はこのお葉書の一週間あとに御発病になられ、四月八日遂に御永眠遊ばされました。

このたび御選の艶寿集をまとめますに当り、御遺族ならびに刊行者のお許しを得て、御著『椿子物語』（中央公論社版）の中の一文「新橋の俳句を作る人々」を転載させていただき、序文に代えました。又見返しにも先生の御筆跡を記念してその句短冊をつかわせていただきました。

（『艶壽集』「あとがき」）

實花から葉書で、今度の土曜に一同で伺ふことにしたいと思ふが差支無いかといふ問合せがあつた。これは新橋の芸者仲間で俳句を作る者が、私の家を訪ねることになるかも知れぬといふ事を實花が前に言つて居た、其事であらうと思はれた。

新橋の芸者仲間で俳句を作る者があるやうになったのは二十年余りも前になるであらう。其頃、五郎丸、小くにといふ二人があった。

其の動機を作ったのは中村秀好であつたやうである。秀好は昔新富座の芝居茶屋さるやの息子であつて、以前は今関西に居る阪東蓑助などと一緒に俳句を作つてゐた。其の妹が萬龍といつて芸者をしてをつた。（これは早く人妻となつた。）自然秀好は其の萬龍の先輩であつた小くにや五郎丸に俳句を吹きこんだ。小くには斯んな話をしたことがある。

「私が東踊りに出ようとしてゐるところへ秀好さんがホトトギスを持つて来て、お前の句が雑詠に一句出た。お前は踊は下手だが俳句は上手だ。とそんなことを言つたことがありました。」

そんなことで新橋の芸者仲間に俳句の種子が蒔かれたのであつた。

小時といふのは今日出海兄弟の従妹である。二人よりは稍遅れて始めたが、進歩は早かつた。現に歳時記に

前髪に結ぶ菖蒲の緑かな　小時

といふ句があり、又「ホトトギス雑詠選集」にも

春の夜や岡惚帳をふところに　小時

眼帯をかけてもの憂し春ごたつ　同

といふ句が載つてゐる位である。小くににも

あしたより東踊の髪かたち　小くに

といふのが歳時記に出てをる。

實花は小時よりも更に遅れたが、これは山口誓子の妹で、お酌時代から一茶のものを好んで読んで、其後俳句に親しみ、戦争中は廃業してホトトギス社の事務員となり、又戦後は私の娘の星野立子の家に同居して、「玉藻」の編輯を手伝つたり、一時は専門家になるやうな勢ひであつて、ホトトギス同人にもなつた。が、今は又新橋に復活して居る。

おはんは、大阪の大和屋の初代のおはんで、其後東京に出て一時新橋から、はん弥といふ名前で出てをつたことがある。今は芸者を廃め、東京の灘萬支店の専務となり、傍ら地唄舞の師匠をして居る。これは實花よりも更に遅れてはじめた。おはんは若い頃大阪で有名な芸者であつた。此頃大阪朝日新聞の俳句に

宝恵駕のおはん恵美鶴むかし今　悠象

といふ句があった。「おはんは知る。恵美鶴は知らず」と私は評に書いて置いたら、此の句の作者から次のことを言つて来た。

おはん、恵美鶴は、共に南地大和屋の芸妓養成所の第二期生であります。今やおはんは灘萬の専務になり、恵美鶴は大和屋の女将お雪になりました。恵美鶴は本当は笑鶴ですが、此の二人は其時分宗右衛門町の双壁

であつたやうに聞いてをります。

實花やおはんには斯ういふ句がある。

初髪のおもたきこともうれしくて　實花
寒紅や暗き翳あるわが運命　同
たれかれのうはさの東踊かな　同
青簾ふれたるこゝち髪に手を　同
妙なとこがうつるものかな金魚玉　同
すいつちよのちよといふまでの間のありし　同
苦にしては残暑の外出つゞけをり　同
機嫌とる秋の団扇を取りにけり　同
逢状が風邪の床まで来てかなし　同
吊り皮にしかと風邪気の眼をつむり　同
牡丹にかしづくごとく葉の静か　はん
苗売を呼んで格子をあける音　同
行春のかなしき便り二三行　同

新橋の俳句を話すとなると赤星水竹居を逸することは出来ない。水竹居は三菱の地所部長として、丸ビルを作り、自ら丸の内の長と号して丸の内一帯の三菱の地所を管理してをつた。従つて職務上新橋の芸者とも親しくなる必要があつたのであらう。大概の芸者は知つてゐた。

私が丸ビルの店子であつたところから、自然水竹居も俳句を作るやうになり、又水竹居あることによつて私も新橋の芸者仲間とも知り合ひになつた。水竹居の出る俳句会の時には、小時、實花、赤坂の一江などは常にその席にあつた。又田中家といふ待合はよくその会場になつた。その田中家の老女将千穂も亦俳句を作つた。

或日小時や實花や一江等が丸ビルのホトトギス社に来た事があつた。

「折角来たのだから之から俳句を作りに出かけようか。」

さう言つて折節社に居た立子や赤星水竹居、佐藤漾人、其他の者と一緒に清水谷の皆香園に行つた。荒模様の日であつたがだん〳〵風が強くなつて来て、木々が鳴り渡つて物凄かつた。私等はそれにもかゝはらず句帳を開いて句を書き留めてゐたのであるが、遂に松の枝が折れてそれが足許に転がつて来る様な騒ぎになつた。もう我慢がし切れなくなつて、嵐の中を漸くホトトギス社まで帰つて其処で小句会を開いた事があつた。それが恰も二百二十日に当つてゐた。此の日がもとになつて、二百二十日会といふ会が出来て、其後おはん等も加はつて、それは戦時まで続いた。水竹居は戦時中に亡くなつた。

水竹居の生きてゐる時分にはよく諸所に吟行した。殊に月に一回武蔵野探勝会といつて郊外の景色の良い所に出掛けた。それは百回まで続いた。毎年の月見にも諸所に出掛けた。鮫洲の川崎屋に出掛けたり、隅田川に舟を浮べたり、護国寺に行つたり、百花園に行つたり、其他諸所の月を見た。それ等の時にも小時や實花は同行することがあつた。無論俳人としてゞあつた。

私の記憶の中にこんな句がある。

分菊本より花三升さま桜餅　　虚子

分菊本といふのは小時の家号、花三升といふのは實花の家号、いつか小時が俳句会に欠席する時、其断りの手紙にそへて桜餅を其会の幹事の實花へ宛て送つて来た。その手紙に分菊本より花三升さまとあつた、その事を其まゝ言つたのである。其頃はまだ世の中が良かつた。

（『艶壽集』高浜虚子「新橋の俳句を作る人々」）

「其頃はまだ世の中が良かつた」と高浜虚子が記す昭和の初め頃の句会「二百二十日会」が、戦後の昭和二十五年に下田實花など新橋芸妓の俳人が主になって復活させたのが「艶寿会」である。

或時田中家での俳句会がおそくなつて私と立子とは其処に泊ることになつた。その時、五郎丸、小くに、小時、實花の四人が私等を訪ねて来て暫く話して行つたことがあつた。五郎丸、小くにの二人とは久し振りに逢つたのであつた。話はいつか亡くなつた水竹居の事に及んだ。

「小時さんと水竹居とが喧嘩したことがあつたね。水竹居も癇癪持ちだし、小時さんも負けてゐないからね。」

「は、、、」

それから新橋に俳句の種を蒔いた秀好のことにも及んだ。

「この頃ちつとも逢はないのですが、どうしてゐます。」

「昔の通りだよ。併し少し年をとつた。」と私が言つた。

「前歯が相変らず抜けつぱなしでね。」

と立子が言つた。

「変つてゐるわね。」

とくちぐちに。

又亡くなつた岸田劉生のことにも及んだ。

「劉生さん、自分の句がホトトギスに出てゐる時は御機嫌がよかつたが、出てゐないと、怒つてホトトギスを庭に放り出したのよ。」

と小くには言つた。小くに等を前に酒を飲んでゐる其時分の劉生が想像された。

鎌倉の或所で俳句会を遣つてゐる時分に、劉生は、其頃まだ青年であつた川端茅舎、秀好の二人を引連れて遣つて来た。私には三人共其時が初対面であつた。茅舎はそれまでもホトトギスに投句してをつたが、京都の通天に居つたことがあるので私は坊さんかと思つてゐた。茅舎、秀好には其後屡々出逢ふやうになつたが、劉生にはそれきり逢はなかつた。が、それからあまり年の経たぬうちに死んだやうに思ふ。茅舎も若くして死んだ。

「五郎丸さんや小くにさんは此頃なまけてゐるではないか。又はじめてはどう。」

「作るをりがないから。」

「会をつくりませうか。」

「それもいゝけれど、以前あつた二百二十日会を復活したらどう。」

そんな事を話し合つた。

（『艶壽集』高浜虚子「新橋の俳句を作る人々」）

『艶壽集』の巻末に会員名簿があり、いろは順に五十五名の名前が載っている。俳号と本名から見当をつけて会員の七割は花柳界のひと、それも芸妓さんのように思われる。中に歌舞伎役者が四名いる。半四郎（岩井半四郎・仁科周芳）、里環（嵐吉三郎・北上弥之助）、吉右衛門（中村吉右衛門・波野辰次郎）、吉之丞（中村吉之丞。吉田政吉）。またその夫人と思われる会員が三人いる。千代（波野千代）、稲穂（吉田いね）、愛子（北上愛子）。

これは想像でしかないが、四人の歌舞伎役者のうちの誰かが新橋芸妓との誼で艶寿会に参加し、他の俳句仲間を誘ったのではないか。関西を活躍の場としていた七代目嵐吉三郎は、岩井半四郎や中村吉右衛門、中村吉之丞の誰かに誘われたのを機に二人揃って艶寿会に参加したのではないか。

ところが遺品の中のスクラップブックから愛子先生についての記事の切り抜きが出てきた。「楽屋俳句の女宗匠？」「吉三郎夫人愛子さん」と見出しの付いた昭和三十年頃の夕刊紙『新大阪』の記事である。

それによると、「関西歌舞伎に一座した市川三升丈」の発起で「楽屋俳句会」が催された。「そのとき誰よりも際立って名句を出したのが嵐吉三郎夫人のあい子さん」で「三升宗匠選で高点で抜けた」。その後「入江来布氏を師と仰いで句作に専念」。「関西歌舞伎が上京した際、俳壇の巨匠高浜虚子氏に指導を受け艶寿会メンバーに認められてこの会の一員に加わることが出来るようになった」という。

ともあれ、この『艶壽集』に七代目嵐吉三郎と愛子先生の句が収載されている。俳号は里環、愛子。収載句を拾ってみる。

昭和二十九(一九五四)年、里環七代目嵐吉三郎六十歳、愛子先生三十四歳。

六月、第二十三回新橋艶寿会、里環二句。

日ざかりの楽屋住居のうちつゞき

楽屋にゐいま日盛りの木挽町

八月、第二十四回新橋艶寿会、愛子三句。

むかひ合ふ膝の高さの秋袷

行儀よく坐りし膝の秋袷

流行は追はぬ心よ秋袷

十二月、第二十六回新橋艶寿会、愛子一句。

初芝居開かずの飾りのしあるまゝ

昭和三十(一九五五)年、愛子先生三十五歳。

四月、第二十八回新橋艶寿会、愛子二句。

天長の佳節機上の人となり

そら豆にビールの泡のほろにがし

六月、第二十九回新橋艶寿会、愛子一句。

毎年に女はぐちよかびぬぐふ

十月、第三十一回新橋艶寿会、愛子一句。

茶の花の咲きたる今朝の寒さ哉

昭和三十一(一九五六)年、愛子先生三十六歳。

二月、第三十三回新橋艶寿会、愛子一句

春炬燵出でぬがまゝに便り書く

六月、第三十五回新橋艶寿会、愛子二句

滝しぶき伝説秘めてかゝり来る

白粉のつきし部屋著や梅雨晴る、

八月、第三十六回新橋艶寿会、愛子一句

楽屋出づ浜町河岸の秋灯

十月、第三十七回新橋艶寿会、愛子一句

行幸の松屋町筋初時雨

昭和三十二(一九五七)年、愛子先生三十七歳。

六月、第四十一回新橋艶寿会、愛子一句

声高に芝居帰りか夏の夜

八月、第四十二回新橋艶寿会、愛子二句

昨日より今日が淋しく鉦叩

ねそべりてゐるまゝなりし鉦叩き

十月、第四十三回新橋艶寿会、愛子二句

風除のつゞくところや波の音

この家と決めて帰るさ花八ツ手

十二月、第四十四回新橋艶寿会、愛子三句

句も書きて日記始めの楽しさよ

還暦の軸かゝり居り初稽古

宝恵籠に大きく人の波ゆれて

昭和三十三（一九五八）年、愛子先生三十八歳。

四月、第四十六回新橋艶寿会、愛子二句

新緑や女同士の宴もあり

松蝉の鳴いてゐるなる墓洗ふ

六月、第四十七回新橋艶寿会、愛子二句

初役に古書ひもどけば紙魚はしる

便り来し二階囃子を初めしと

十月、第四十九回新橋艶寿会、愛子二句

白きものまじりふえたる木の葉髪

容赦なき梳き子の櫛や木の葉髪

十二月、第五十回新橋艶寿会、愛子二句

食堂の娘の日本髪初芝居

打出しはしころ太鼓や初芝居

艶寿会はそれぞれ十句投句して、それを高浜虚子が選をした。投句の締め切りや句数について次のようなくだりがある。

「何時〆切ですか。」
「何時にしませう。」
「何時でも。」

「十句ですよ。〆切までにお作りなさい。」
「さうですか。」

並みいる俳人に伍して愛子先生は複数句の選が十回もある。三十四歳から三十八歳のときである。

加えて、「還暦の軸かゝり居り初稽古」、「打出しはしころ太鼓や初芝居」の二句は、石田波郷編『現代俳句歳時記』（昭和三十八年十二月十五日、番町書房刊）の春、夏、秋、冬・新年の全四冊のうちの冬・新年の部に収載された。

高浜虚子選『艶壽集』収載句は後に句集『おかじ満《ま》や』に全句収められる。

艶寿会最後の年になった昭和三十三年二月、七代目嵐吉三郎は大阪府民劇場奨励賞を受賞している。

ちなみに『艶壽集』、艶寿会、艶壽集の「じゅ」の字は「壽」であったり「寿」であったりと定まっていない。

それにしてもこの合同句集『艶壽集』の装丁は並でない。箱入りで、その函は「貼函」、題字を書いた紙が函に貼りつけてある。函は幾分くすんだ白、題字の書かれた紙は白、いずれも和紙、赤色で「艶壽集」とあり、背に当たる箇所には同じ色で「えんじゆしふ」とある。本の表紙・裏表紙の六割が布張りになっている。これについて「あとがき」では、「――装訂の布地は会員有志の方々から着物の供出を仰いでそれに当てました。お蔭様で色とりどりの華やかな本が出来ますことと楽しみにいたしております。」と説明している。

頒価千参百円とある。本好きの知人にに見せたら、今なら五千円を超えるだろう、いや一万円か、と言った。

インターネットの古書店で、次のように紹介している記事があった。

新橋艶寿会著　高浜虚子選　口絵木版画：安田靫彦　★前見返墨書句：此庭も松竹梅に其他かな／虹の橋かかりて高し春の空↓★／琅玕洞(楠本憲吉)　★↓前髪に一片青し菖蒲の矢／爽かな時も心も続けかし／静

かにも屏風のかげの人往来★／昭和３７発行／￥５、５００
初版　函少ヤケ　前見返５句墨書有　本文極少経年ヤケ

『艶壽集』巻末の会員名簿で俳号を吉右衛門としているのは初代中村吉右衛門で、テレビで親しんだ「鬼平犯科帳」の長谷川平蔵役の二代目中村吉右衛門の祖父である。

平成二十四年三月に京都・南座で「京都初お目見得」と喧伝して「秀山祭三月大歌舞伎」が催された。その時の播磨屋一門を代表した二代目中村吉右衛門の口上で、「秀山祭」の由来を、初代中村吉右衛門が俳句をよくして「秀山」の俳号を持っていた、その俳号を冠して、初代の得意とする演目を上演して伝統を受け継ぐ、云々とあった。

演目は「元禄忠臣蔵・御浜御殿綱豊卿」、「猩々」、「一谷嫩軍記・熊谷陣屋」、「平家女護島・俊寛」、「船弁慶」。夜の部の「平家女護島・俊寛」と「船弁慶」の間に「中村歌昇改め三代目中村又五郎襲名披露　中村種太郎改め中村歌昇襲名披露襲名の口上」があった。

中村吉右衛門は、「熊谷陣屋」の熊谷直実、「平家女護島」の俊寛、「船弁慶」で舟長役をやった。

第五章　俳句入門その二　句帖から

愛子先生の「俳句入門」については、『艶壽集』に手がかりを見つけるしかないと思っていたが、句帖が残っていた。市販の青色の「随筆　星は流れて」と表題の付いたいわゆる自由帳に艶寿会へ投句された句がまとめられている。この自由帳はちょっとおしゃれで罫の色が三通り、三分の一ずつ薄緑色、鶯色、桃色の頁になっている。各頁の上下の余白は、五ミリから十五ミリの幅で波型に、それぞれの色で染められている。帳面を閉じて末を見ると三色に分かれているが、天には銀がまぶしてある。

罫の色が薄緑色、鶯色の頁は、概ね左頁だけに五句から六句記載されている。桃色の頁は、両の頁に五句ずつ詰めて書いてある。

最初の罫の薄緑色の頁を追って行くと、二頁目中程に「艶寿会」「○印は虛子先生の入選」「艶寿集にのった句」と三行に分けて書いてある。三頁目には随想風の文章があって、四頁目には一行目の欄外上に「29」とあって、二行目から一行あきに六句記されている。六句中の五句の上に赤い○印が打ってあり、第三句の下に「互1」、第四句の下に「虛子先生　遠藤先生　互4」、第五句第六句の下に「互2」と記してある。「互1」「互2」は句会での互選一点、互選二点の意味、表記は「互1」「互1点」「互選1」「互選1点」などと、その時その時で異なっている。

四頁目一行目欄外上の「29」は、昭和二十九年のことだが、「年」の表記は罫の薄緑色の頁ではその一回だけで、中程の罫の鶯色の頁になって「40年　85回」と出てくる。これは昭和四十年の第八十五回艶寿会の意味である。以後は開催回の表記があって、句が書かれている。

全頁を通覧して思うのは、愛子先生は別に句帖を持っておられ、そこから高浜虛子選の艶寿会での投句をこの自由帳にまとめて書き写し、その後の艶寿会の句帖とされたのではないか、ということだ。

先に見た『艶壽集』では昭和三十四年四月の高浜虚子逝去をもって第五十回で艶寿会は終わったように思われたが、艶寿会はその後も続き、先生の句帖で二〇二回まで催されたことがわかる。

その第九〇回の頁には「今回より実花選」とあり、下田実花が主になって艶寿会が催されたようだ。以来、先生は下田実花との交流を一層深められたのだと思われる。

この句帖には八百四句が記載されている。推敲の跡がはっきりわかる頁もある。行間に違う言葉が書かれてあったり、書かれた句が棒線で消されていたりしている。『艶壽集』収載の二十九句を除けば殆どが未発表句であると思われるが、愛子先生の俳句入門の軌跡を辿る意味で、出来るだけ句帖にそって、以下引き写す。

艶寿会

○印は虚子先生の入選

艶寿集にのった句

明治座の楽屋で暮したなつかしい日々
浜町川岸も、まだ〳〵昔の面影がしのばれて
船宿の軒にこうやくをはった様に枝にのりが干してあった

初めての時は二月の何十年ぶりの大雪で力道山が
角力をやめて新田社長にお世話になり表で雪かきを
してゐた。今は二人共この世には居られない。
栄治郎ちゃんが両親のおよばれに行かれた留守に熱を出して
私は自分の児のつもりでお医者さんへ走った　一尺以上も雪がつもって

29年

○日盛りの楽屋住居のうちつづき　互1

○楽屋に居今日盛りの木挽町
　今日涼し着物きる気になりにけり　虚子先生　遠藤先生　互4

○むかひ合ふ膝の高さの秋袷　互2

○行儀よく座りし膝の秋袷　互2

○流行は追はぬ心よ秋袷

千土地のストで初めて戦後お正月の芝居がなくて
楽屋だけは何日でも初日のあく様　おかざりもして待った
のんびりと人事の様にお芝居のないお正月を楽しく
過した事を思ふと有難い時代をなつかしく感じる。

○初芝居開かず飾りのしあるま、
水仙に今の幸せ思ひつ、
水仙の好きなあの娘にふさはしく
旅先に東踊りのうはさ聞く　　　　遠藤先生
紙雛にそなへし餅の小さきこと
クローバに語りし頃のなつかしく

東京かぶき座打上げて生れて初めて飛行機に乗る。
雁治郎さんご一家御寮人様扇雀さん　それに　玉緒ちゃんも本当に可愛い！
お嬢さんで　おばちゃん〳〵となついて下さった　なつかしい‼
なんや空の上も地べたもかわれへんがな
そうでんがな　まだとんでへしまへんのでっせ　　雁治郎さんと私の会話
このスープたゞで頂けるんですか
そうです　サービスでござゐます　　主人とスチアーデス嬢との会話
ではもう一杯下さい
なつかしい　天長節の晴々とした　お天気の日でした
富士山がとても美しく　大井川と共に今も目に残ってゐます

遠藤先生

○天長の佳節機上の人となり

○そら豆にビールの泡のほろにがし

大空にとけ入る如き若葉かな

○毎年に女はぐちよ　かびぬぐふ

そこゝに砂地をみせて夏の川

あけそめて今日の暑さの油蝉

朝顔の名残の花の二輪ほど

のびるほどのびてコスモスみだれ咲き

流星に願ひしことのたゞ一つ

○茶の花の咲きたる今朝の暑さかな

片側の山ふところの小春かな

一ひらの枯葉にのりて小春かな

茶の花の家をはなるゝ嫁荷馬車

初夢を見るべく今日の早寝かな

○春炬燵出でぬがまゝに便り書く

あたゝかく幾月ぶりに犬洗ふ

炭つぐを忘れて今日の暖かく
緑蔭にバトミントンの軽ろやかに

洗ひたる色あざやかに苺かな
◯滝しぶき傳説秘めてかゝり来る
◯白粉のつきし部屋着や梅雨晴るゝ
◯楽屋出づ浜町河岸の秋灯
単衣ありうすものありてまだ暑し　遠藤先生
水草のせまきをしぐる金魚かな

◯行幸の松屋町筋初時雨
時雨来し湯豆腐茶屋や南禅寺
さそはるゝまゝに来し道散もみぢ　遠藤先生
せゝらぎに岩に土橋にもみぢ散る
御手洗ひの列つくりたる初詣
横文字の賀状のおくれとゞきけり
祝膳にどさりと賀状とゞきけり

年甲斐もなく嬉しくて春の雪
たんぽゝの綿に夢のせ空青し
豆飯に京のみやげの花ざんしょ
○声高に芝居帰りか夏の夜
夏の夜のむづかりし児をもてあまし

話の間扇打つ癖なほらずに
○風除のつゞくところや波の音
○この家を決めて帰るさ花八ツ手
風除に砂吹きたまる白さかな
身を屈し風除をして老いしかな
切り張りの障子に影す花八ツ手

遠藤先生

○昨日より今日が淋しく鉦叩
○ねそびれてゐるまゝなりし鉦叩
同じ時同じこと云ひ稲妻に
神域にいにしへうつし薪能
○新緑や女同志の宴もあり

遠藤先生

○松蝉の鳴いているなる墓洗ふ

伊予路来て松蝉を聞く旅ごゝろ
○初役に古書ひもとけば紙魚はしる
○便り来し二階囃子をを初めしと
思はずも声あげにけり紙魚なりし
牛遅々として白き道トマト熟る
とまどひて蜻蛉入りし楽屋かな

空瓶をならべる音や秋の風
とんぼつり夕焼雲を背に受けて
○白きものまじりふえたる木の葉髪
○容赦なき梳き子の櫛や木の葉髪
気ぜわしく挨拶かはし冬の町
色街のをどり初まり水ぬるむ　遠藤先生

かぎりなき命草の芽うすみどり
○食堂の娘の日本髪初芝居

○打出しはしころ太鼓や初芝居
八ッ橋を菖蒲に渡しかへしたる　遠藤先生

34年
ここより素十先生
○百合といふ花を好まず活けもせず
芭蕉忌にめぐり合ひたる縁《えにし》あり
山百合の道しるべあり三千院

○珍らしく一役だけの初芝居
天皇の御手高々と参賀の日
新弟子の屠蘇祝ひゐる頬固し
おくれたる婚期苦もなし雛かざる
病室の模様替えして薄暑かな
月明り屋根重なりて幾重にも
秋扇毎年しまふ小抽出
○初芝居おかるのまきし紙吹雪　平右ヱ門でお付き合いして

（若き時蔵の美しさ）

○形よき籠に入りたる柏餅
○久々の稽古始めや衣更へ
七條を過ぎれば疎水柳の芽
夏萩のみだるゝ原や一茶の碑

暖冬に小窓明けゐし先斗町　互
京に来て思はぬ冬の暖かく　互
来ぬバスも冬暖かく苦にならず
暖冬にブラ〱歩き京の街
書道展の賞を受けたり春の風　互
春寒し猫家を出て早や七日　互
○芝居なく春の寒さのつゞくかな　互

春寒し又消防車走りすぐ
先生の活けてゆかれし猫柳　互
○年回の顔揃ひけり松の花
役僧の渡る廊下や松の花　互

この頃の誰に遠慮もなく朝寝　　　　互
起さるゝことを予期して朝寝かな
滝みちを登りつめれば桜散る

昭和（ママ）

珍しく父子空の旅秋晴るゝ
めぐらせし屏風の内や老孤獨
子が画きし屏風なりたるそのまゝに
夜使ひに冬木の影のおそろしく　　　　互
轉轍手肩いからせて冬木かな
顔見世や序幕を終へて朝食事
また、けばまつげにふるる春の雪　　　　互

風流の心も消えし雪便り
初午や巫女の振る鈴絶間なし
初午や一の鳥居の揚げどうふ
初午や奈落に續く名提灯
花便り昨日の雨の憎らしく

○一ひらの座敷に入りしさくらかな
日永さや用事のすべて片づきて

走馬燈縁につるして今日静か
さそはれて思ひがけなき舟遊び
夏芝居顔ぞろひなる絵香附
命日の佛に上げしりんごかな
ふるさとのリンゴ近所へくばりけり　互
りんご成るふるさとありて羨まし　互
秋晴れて平凡な日々有難く　互

天覧の那智の御滝我も見し
さくらんぼ好きと云ふ児の歯の白さ
夜嵐に実梅の落つる固き音
毎年のかつけ封じや実梅する
梅雨晴れて東山峰美しく
帰り来てまづ打水の栓をあく
走馬燈ぐる〳〵廻る人と犬

弟子のもむ肩のほぐれや日の永さ
日永さや遊び疲れて子のい寝し
今日涼し着物着る気になりにけり　互
青畳香り正座の肌涼し　互
秋めくや湯かげん少し熱いめに　互
秋めきて下着の着かへ二三日
小さくも大きくなりて踊りの輪　互

朝顔の咲くを待たずに逝きし人
大輪の朝顔咲いて初七日　互
キリンの子生まれしニュース秋日和
行く秋を惜しみて今日の遠出かな
秋日和楽屋を出でて広小路
秋灯テレビ塔に人動く
尋ぬれば今は亡き人柳散る

顔見世の紋提灯の赤きかな　互
目印しの木々皆枯木坂の家　互

結びたるみくじの白き枯木かな　互
店先きの水仙の束無造作に　互
おでん屋の看板娘名はくにと
信号はまだ赤のまゝ春時雨
広小路屋台に人に春時雨

それぐに思ひをこらし梅の宴　互
あれこれと雛の顔見て百貨店　互
御園座の千穐楽の小春かな
一坪の庭に舞ひ来し春の蝶　互
舞い降りし蝶に我が家の庭せまく　互
見事なるつゝじ三十年経しと云う
つゝじ燃え新郎新婦神殿へ

角かくし白くつゝじは赤く燃え
外出は一寸ゆるめに單帯　互
夢の字の白く浮びし單帯　互
ほうらくの素焼きに鮎の塩かげん

奥八瀬の岩間に食うぶ鮎の味
○梅雨晴れや好きな着物を出して見て　素十先生入選

この頃はビルの合間の大文字
こゝよりは妙法のみの大文字　互選
新涼や思ひ立ちたる探しもの
機嫌よく主人帰りて秋涼し
殺し場の血のりの色や夏芝居

固き桃車中で買ひて悔多し
桃賣りの急に忙し發車ベル
秋の日やガイドの唄ふ流行歌
秋の日やかげりの早く物干かず
秋の日の思ひがけなき場所にあり
四ッ辻は人影もなし今日の月

40年

85回

ものぐさとなりてこたつの起居かな

清水の舞台に立てば冬霞

こたつの座きまりて幼児膝に来る　互

布団裾あげて招きし炬燵かな　互

86回　岐阜梅林

梅見頃茶店の主じ古稀と云ふ　互

盆栽の手初め黄梅選びけり　互

春寒の祭りのすみし国府宮

入歯して少し悲しく春寒し

川浪先生お母様米寿御祝記念個展に

春着着て壵ぶ母の米寿かな

皆母の爲なればこそ母の日に

母の日に米寿を祝ふ母すこやか

衣替へ母新調の晴着かな
出先きより母の好物初がつを

87回

ほんのりと酔のまわりて春の風
花かがり音立てゝ雨降り出でし
浮見堂まこと浮びて春の風
拝観を許されし御所春の風
草餅の入りしお重時代めき

88回

せまき庭茂りの中にうすぐらき
三叉路の大神木の茂りをり
血ぶくれし一匹の蚊のたくましし
一匹の蚊に責めらるゝむなしさよ

宮川町川端
互1点
円山公園
互3点
びわ湖はり丸
互1点

血ぶくれて飛べもせぬ蚊のありもする

89回

祈らる、地蔵並びて赤のまま

ひぐらしに湯宿の奥のほこらかな

問ひたれど赤のまんまは知らざりし

ひぐらしに杉の木立の天までも

かりそめの宿のひぐらし鳴きつづく

今回より実花選

90回

○さわやかに錦帯橋を渡りけり　実花入選　互2点

早發ちの汽車に遅れけりそぞろ寒　互2点

飛梅のいわれ聞きゐる秋日ざし　互1点

宮島に紅葉をたづね旅つづく　互1点

筥崎の鳩はおとなし秋慕情　博多にて

秋の朝与一人形訪れて　博多にて

原ばくの跡に立たづむ晴れた秋　長崎にて
夫恋ふる蝶々サン昔も晴れた秋　長崎にて
秋晴れやバスガイドさんよかと声　長崎にて

91回

○一ト月も早き初雪南禅寺　実花入選
命日の大谷御廟笹子鳴く　互選2点
初雪が嬉しく蛇の目さしもせず　互選2点
笹鳴きす一寸しゃれたる茶店にて　互選1点

2月名古屋御園座川田会
胎動の便り嫁から春隣
春寒や稲むら出でし定九郎
春隣り小窓明けゐし楽屋かな
道行きの小娘可れんさ春隣
花八ツ手白き丸さの丸さかな
春寒やサルベージ船活躍す

92回
梅の寺尼の生ひ立ち聞きもして　互選5点
年々に尋ぬる庭や梅の寺　互選1点
春寒や夜更けし街を救急車
春寒や稲むら出でし定九郎
春寒やサルベージ船活躍す

93回
艶寿集又讀み返し虚子忌かな　互4点
春の雨好きな蛇の目をさしかけて　互2点
人出いや花は見頃と聞きつつも　互2点
めぐり逢うこともなき人夕ざくら　互2点
知恩院の御寺浮びて花の雲　互2点

94回
大力と見たり小蟻のもの運ぶ　互2点
蟻必死のがるる事もあるまじに　互2点
名園の記念撮影南風　岡山後楽園にて

主人今謡にこりて南風
南風や移民としての友送る

95回
新涼や幾日ぶりの熟睡か　互選1点
新涼やＴＶドラマの続きをり
威勢よくたゝく西瓜の味のよく
縁日の西瓜の山と賣り声と
新涼や隠忍なせし過ぎし日日

四十二年
96回
○末々のことあれこれと秋の雨　実花選　互3点
見上ぐれば柿の赤さと夕日かな　互1点
山柿の色今もなほ去年の旅
秋晴れて鏡台運ぶ楽屋かな
秋の蟻生れしことがあわれにて
悪酔のへそにはらるる柿のへた

97回　　4月

○大方の用事残りて日短か　　実花入選

○短日の客うとましく話好き　　実花入選　互選2点

思ふ人あれば楽しく毛糸編む　　互選2点

好きならば肩もこらずに毛糸編む

流行の本とりよせて毛糸編む

（98回記載なし）

99回

○まだ寝ぬと云ふ児をあやす春の月　　実花入選　互選2点

春雨をかこつけて呑むあるじかな　　互選2点

花便りよそごとに聞く病母居て　　滝川さん母

芝居なく梅雨災害をもたらせり

口小言云へど我が庭花吹雪

すこやかに初誕生や祇園会に　　（七月十七日岸田よし枝ちゃん）

100回

○着ることの少なく単衣派手なまゝ
蚊遣して煙の中の昔かな
訪ふ家の蚊ばしらの横通り抜け

101回

毀れ家のビルの谷間の芭蕉かな
芭蕉葉のおほいかぶさる狭庭なる
芭蕉葉の根本ぬらさず雨過ぐる
立秋やプランを立てし小旅行
暦見て秋に入りしと主じ云ふ

102回

○しんがりの稚児背はれゆく秋祭り
一日は雨となりたる秋まつり
長月のかくすに惜しき秘めし恋
秋耕の畦にモーター轟きて
長月の車窓を追ひし旅づかれ

10月
実花入選　互選2点
互選4点
互選1点

12月
互選1点

12月
実花入選　互選5点
互選2点
互選1点

四三年一月

芝居なく起こす人なき寝正月

１０３回　43年2月

足袋をはく人待たせいてもどかしく

色足袋の女の世帯やつれして　互2点

午後からは雪となるらし酒支度　互2点

○寄りそうて人急ぎ行く京の冬　実花入選

足袋縫ふてはきし戦後は遠きこと

国立劇場句会

国立へ初出演や五月晴

石川さん誕生祝句

若やぎて今日の佳き日や夏衣

主留守祭ばやしの初まりて

あじさいの紫濃ゆく又淡く

住吉の田植神事の時代めき

妊もりし嫁は田植の外にあり
たくましきはだか町行く夏まつり
つばくろの巣づくり妙や土はこぶ

村上三島先生院賞祝句
浪速路に今ぞほまれの桜花

１０４回　4月
ランドセル左右にゆれて春時雨　互3点
会へば又若き日かへる春時雨　互2点
眼帯もとれて小ばしり春時雨　互2点
昨日今日と思ふに早き春隣　互1点
自ら品ととのふる梅の客　互1点

１０５回　6月
○信号を待つチンドン屋春の暮　実花選　互3点
○春寒や宿の廊下の長きこと　互5点
○靖国の花のさかりを訪れて　互2点

新婚の便り菜の花さかりとか

切れ長の目もとはぢぢ似初節句

１０６回　8月

若竹や面白き程丈のびて

若竹に雨戸繰りゐて気ふさぐ日

若竹に隠れマリアや詩仙堂

夏霞フェリーボートの淡路島

観音のおはす御寺や夏霞

１０７回　10月

○朝顔にこの頃早き目ざめかな　実花選　互選４点

○ぬか漬の味とゝのふや秋の立つ　互１点

○外出も残る暑さのきびしくて　互１点

１０８回

○寝つかれぬ雨戸にあたり秋の風　互１点

離婚せし友悔ひもせず秋の風

○寺男せじも云はずや秋の風　互1点
○主じなる人の指図の松手入れ　互1点
松手入親子二代の植木職

109回　44年2月
○壁すりて布団を運ぶ宿女　互2点
○布団積む舞台稽古の廊下かな　実花選　互5点
○枯芝に色あざやかなゴルフ人　互1点
枯芝を背なかにつけて帰りし児
○顔見世のまねき今年も名を列《つら》ね　互1点

川浪先生母上四四年三月
容赦なく母乗り給う花の雲　三月十七日
天寿の母逝き給ふ春時雨　三月十九日
春の雪はかなく消えて初七日　三月二十二日
三津寺に春の日そゝぎ人集ふ　三月二十四日
風薫り弥陀の浄土に今生まる　五月三日

国立五月
梅若忌
ねぎ坊主お玉じゃくし藤春惜しむ
時雨るるや隅田のほとり梅若忌
哀れなる子方の母呼ぶ梅若忌
女形の化粧前なるねぎ坊主
水磐に娘のてぎわねぎのぎぼ
手しぶきに蝌蚪《かと》一瞬に四散せり
集団のお玉じゃくしや右往左往
葉がくれにお玉じゃくしの生れけり

１１０回　４月
○野仏のいわれさまざま草萌ゆる　互３点
わき出づる泉水しぶき下萌ゆる
○児の傘を借りて隣りへ春時雨　互２点
○地下街を通りぬく間の春時雨　互２点
下萌に心ほぐれし姑の座

藤の花まこと紫好もしい
定宿に藤棚ありて手のとどく
帯〆をあれこれ選りて春惜しむ

国立六月

額の花ひそとさきゐる尼の寺
額の花一輪ざしは青磁色
ほとばしる水に料理のかつを生く
さくらんぼ歯にかみ舌にもて遊び
過去未来美男子なりし業平忌
尋ぬれば庵主手折りし額の花
もてなしの主機嫌の初かつを
梅雨晴るる祇園をぬけて清水へ
梅雨に入る楽屋より見る東山

111回 6月

師を待てる弟子春光の楽屋口
山吹の八重大輪に重みをり

○一条の春光ビルの谷間にも　互選一点
○風薫る街角に又会ひし人　互選一点
　靖国の社は人出花吹雪

112回　8月
○揚幕に出を待つ今日の暑さかな　実花入選　互五点
○梅雨晴れ間祇園をぬけて清水へ　実花入選　互三点
戸まどひて障子に当る蝿愚か
廉賣の店頭長蛇の列暑し
噴霧器に蝿一撃の急降下

かやぶきの屋根おおかりき佐賀の秋
長崎の灯は美しき秋の夜
弓張りの山は間近く秋晴る、
秋晴れの西海橋を渡りけり

113回　10月
○朝顔の蔓思ひがけなき方へのぶ　互1点

朝顔のつぼみかぞふる宵楽し
朝顔の蔓かたくなに生ける如
○宿の昼廊下を秋の通りぬく　互1点
通勤のバスにも秋の気配して

114回
縣涯の小菊日に日に部屋を染む
菊の香は強く楽屋に杵のひゞき
菊大輪白粉濃ゆき女形
や、寒や猫すりよりて他愛なし
ロータリーに菊の植はりて人和ごむ
や、寒や今日より主日本酒に
○や、寒や素顔の舞妓束ね髪　互選2点

115
着く筈の小荷物着かぬ師走かな　互1点
雑炊に昔しのびて戦中派
京に来て幾夜も續きまる雑炊

訃知らす通知重なる師走かな
もの好きの仲人引き受け師走かな

116
おごそかに睦月の神事行ひぬ
睦月とて決めかねたる小旅行
絵馬とどき尼公睦月をすこやかに
○幼稚園送り迎へや下萌ゆる　実花入選
訪れし聖地巡りや下萌ゆる

117
墓参帰途思ひがけなき花の門
聞こえ来るピアノ幼く春の昼
家中のほこり目につく春の昼
人ごみをさけて知恩院花昏る、
老ひとなる一しを恋しさくら花
命ある限りは行かん花の山　互選3点

118
大粒の苺二粒銀の皿　四五年五月
御詞を賜ふ豊明殿薄暑　互選2点
今年まだ苺食せず高きまゝ　互選2点
人形の与一は逝きて五月雨
○五月雨や道行き着たる舞妓行く　実花入選

119
秋雨に身も清まれり一の橋　互選3点
聖地なる高野蜩鳴きわたる
○朝顔に早きめざめの續きをり　実花入選　互選2点
蜩に貧女の一灯今もなほ　互選1点
爆心地平和の鐘に秋来る

120
巡業の荷物もほどき冬支度　互選2点
せつかくの東京に来て秋ついり
冬支度気になりながら旅に居て　互選1点

秋晴れて宿の干場の高きかな　互選1点
秋晴れて出歩く用事多かりき

121

結納を持ちて師走の新幹線　互選1点
世話好きの兄忙しき師走かな　互選1点
京の宿白川しとゞ冬の雨
腹立たし酔ふ人多き師走かな
小窓明け鏡台移す冬の雨　互選3点

122　46年

そつけなく電話切らるゝ春寒し
春寒の猫きず受けて帰り来し
紅梅や嫁荷の着きて賑やかに　互選2点
荒磯に神官入りて若布刈る　互選1点
春寒や用件のみの赤電話　互選1点

123

去りがたき中千本の花むしろ　互選1点

念願の吉野山なる花の冷え　互選1点

花の雲如意輪堂も手の中に

春の日の浮きたることも無く過ぎぬ　互選2点

○義経の駒止めし跡花あしび　実花入選

124

梅雨宿の窓に干しもの重ねゐし　互選1点

梅雨籠りつゝがなき日を送りをり

○旧家あり茂りの深く人住みて　実花入選　互選2点

降れば降れ田植いよいよはかどりて

見上ぐれば茂りの中の御堂かな　互選1点

125

千年の古木のいはれ秋の蝉　互選2点

白木槿高野の聖も往きし路　互選4点

思ひ出の尽くべきもなし盆の月

○盆の月明るき程になほ淋し　実花入選

ケーブルカーゆれてゆれゐる花木槿

126　四六．十．

手折り来てなほいじらしき野菊かな　互選4点

○むづかしき病ひにいどむ十三夜　実花入選　互選2点

石佛に野菊かためて供へけり

石段の一つ一つの十三夜

胸高に皆帯〆めて十三夜　互選4点

127　四六．十二

退院の日取り決って日向ぼこ　互選4点

堂島川ゆるく流れて冬入日　互選1点

手袋に子の成長を思ひけり　互選2点

病室の窓に鳩まで小春かな　互選3点

紅つけて退院の朝冬ぬくし　互選3点

顔見世が見たいばかりの食養生　（十二月二十四日）

退院の噂ちらほら日向ぼこ
○雑炊主の心有難く
検温の看護婦ノック冬の朝
紅つけて退院の朝冬の川
夢に見し祝ひの膳や今朝の春

（十二月七日）

128

忌明けの通知とゞきし余寒かな
友病母に仕えて久し余寒かな
通院の信号待つ間春時雨
老ひし身に友先立ちし余寒かな　互選1点
病癒えお礼詣や草萌ゆる　互選1点

129

約束の人来ぬまゝの日永かな　互選2点
日永さや写経に心奪はれて
一線を引きし菜の花空に入る
つゝがなく過しゐて聞く花便り　互選1点

菜の花や赤きペダルの郵便夫　実花入選　互選2点

130

京の宿蛙鳴きゐる昼下り　互選2点

夏衿の舞妓をくれ毛うひうひし

蚊の声のまた近寄りてねつかれず

夢なかに蚊の声聞きて夢續く

一匹の蚊とのたゝかひ明近き

白川の流れにそはぬ暑さかな

いげん持て暑さの中の仁王門

131

白球の飛ぶ甲子園秋近し　互選1点

珍らしき名ぞかしおぼゆきりん草

なすこともなさず打過ぐ残暑かな　互選3点

谷汲にひぐらし鳴いて人おもふ

秋近しガラスを通る風を見る　互選1点

132
鉄道百年紅葉の谷を列車行く　互選1点
命得て紅葉の紅忘れ得じ
友好の北京空港秋晴る、
パンダ来る噂のしきり秋日和　互選1点
住吉の社に無事を秋晴る、

133
冬の日の心せきゐて百貨店
○京の宿障子明りの目ざめかな　実花入選　互選5点
冬の日や片側の家あたたかく　互選2点
我が庭はさゝず冬の日通り過ぐ
祇園街障子洗ふや隣同士　互選2点

134
四八・二・十一　出句せず

135
行末を頼む谷汲花さかり

○好物を供へて見ても春寒く　実花入選　互選4点

思ひ出の盡きぬがまゝに春深し　春の水　互選1点

花便り去年は浮かれてゐしものを

墓石の朱色も消して春深く　春寒し

136

一人居の又涙して梅雨しきり

けだるさの人の来ぬ日の暑さかな　互選2点

○百ケ日過ぎし狭庭の茂りかな　実花入選　互選2点

その人は遠き旅立ち茂り濃く

探しものまだ見つからぬ暑さかな　互選1点

（137回記載なし）

138

秋深し主形見のめがねかな

秋深し一人盃重ねゐし
それぞれに菊批評して菊花殿
誘はれてまこと気高し菊の宴
○白菊が好き一人身となりてより　実花入選　互選5点

139

約束の人来ず冬の日早や落ちぬ　互選1点
冬の日のくぢ運弱き女かな
○訪へる人襟巻をポケットに　実花入選
一瞬の陽ざしに冬の日有難く
形見とて襟巻頬にあてもして　互選1点

137（ママ）

○秋めくや一燈ゆらぐ奥之院　実花入選　互選2点
新盆や親しき人のこころざし
秋めくや一の橋にてごまどうふ
夏草履好みの色を選り過る
路の辺のカンナ朱にして土かわき

140
何となく寝られぬ夜の余寒哉
未熟児と聞いて愁へる余寒哉
紅梅やするどき枝に蕾あり
○紅梅の紅に幸せ探しゐて　実花入選
紅梅や人の噂の程もなく
つゝがなく法事終りぬ春の雪　互選1点

141
○思ひきり背伸びしたき日菜種梅雨　実花入選　互選2点
雪柳そへて花びんの花やぎて
雪柳白さが哀れ友病みて
人来ると云いてまだ来ず春深し
吟行の橋幾渡り春深し

142
長き梅雨と云ひし予報や梅雨に入る
○梅雨ごもり熱き香茶を一人呑む　実花入選　互選2点

病又出しかと憂う梅雨ごもり
病む人を案じて幾日梅雨に入る
憎しみをこめて打つ蠅ちぎれもし
雨近し蠅のしつこく入り来る

互選1点

143
朝顔のつるをきまゝにのばし置き
○大輪の朝顔供ふ佛の日
秋めきて馬車のひづめや女人堂
御無沙汰の詫びは毛筆秋めきて
扇風機廻り續きて句座開く

実花入選

144
思い立つ旅のはづみて秋日和
○幸せの吾が身一つに秋晴るゝ
野菊ふと見つけし道に人待ちて
哀れさが好きよ野菊の乱れしも
吾が想い野菊に寄せて遠き日を

互2点　実4点

互1点　可

145
短日やつきあい悪しく友帰る
一坪の庭のくまなく時雨濡る
雑炊や親しき者をもてなして　互1点
○押売りの世辞にいらだち日短　実花入選　互選2点
雑炊や猫舌ゆえにもの悲し

146
春浅き幸せの日々続きをり
病む人に早春を告げる花とどく
庚申の宵をはげしき猫の恋
はげしさを傷つきてゐる猫の恋
指先きにふるゝも惜しき薄氷

147
○春泥にはなやぐ声の通り過ぐ　実花入選　互4点
眠る子の手にげんげ束車ゆれ　互1点
春風に病む人の気思ひゐて

ひとしきり校庭賑う春の蟻
久々に屑屋路地来て春の風

１４８
病む人と床を並べて明易し
ドライブの闇に蛍の走り過ぐ
病癒ゆこともなき人苺食ぶ
砂糖かけることを好まず苺食ぶ
○釣り船の波にまかせて明易し　実花入選

１４９
仏事皆相済みて秋めけり
○人垣のうしろより見る揚花火　実花入選　互２点
手しぶきに目高一瞬散る早さ　互２点
おびえいる犬がをかしく花火鳴る
偲ぶ草とゞけば悲し秋めきて　互１点

150
◯人住まぬ家ともなりぬ秋寒み　実花入選句評附
や丶寒や夕刊おそくとゞきゐて　互2点
句碑読みてたどる高野路秋暑し　互1点
そこ丶を閉めて留守居のや丶寒く
手にふれてみれば草の実つぶれゐし
草の実の小溝に流る哀れにも

151
ひたすらに柏手打ちて神無月　互1点
一人住むことにも馴れて冬構　互6点
返り花噂ばかりの人出かな
◯返り花一つ二つの蕾つけ　実花入選
冬の日の小窓にのせし小盆栽　互1点
冬の日の狭庭さす日の片かげり

152
女生徒の溢れる駅や春時雨　互1点

嬌声と共に人来る春時雨　互2点
○おそ咲きの梅や終日《ひねもす》賑って　実花入選
わざ〱に梅を尋ねて女連れ
船宿に海苔干してある昼下り
命有ることの慶び初明り

153

海碧き頃の思ひ出桜貝　互4点
桜貝拾ふ娘の指細き
久々に市場通りや春の風
ころころと笑ふ娘や春の風　互1点
○田楽をあつらへおきて寿語る　実花入選　互2点
花菜漬橋のたもとの漬物屋

154

二、三日留守の門より蟻続く　互1点
また会う日約して別る五月雨
畳の目つぶせし蟻や雨きざす

○背のびして女世帯の菖蒲葺く　実花入選　互4点
海ほうづき鳴るとて人を手招きて　互1点
無表情パックの女五月雨

155

黒々と西瓜の種の盆に落つ
○ござ敷いて円座の中の西瓜哉　実花入選
捨てかねし香水の瓶恋過ぎし　互4点
高野路の秋の気配や一周忌
秋めくや一の橋より馬車揺れる

156

人見しりする児あやせば秋の風
売家の立札傾き秋の風　互2点
○人影の絶えし家並や秋出水　実花入選
児に与ふ栗の歯型や母のもの
渋皮の少し残りし栗御飯　互1点

157

幼子の咳込む夜半の暗恐き

咳込めば果つるを知らぬ病ひかな

日短読経に暮れし寺を出づ　実花入選

○毛染してたゞそれだけの日短か

還暦と云ふ人若し冬うらゝ　互2点

心浮く事もなきまゝ冬隣

春寒をかこちて一人日《春》を過ごし　互1

独り居の気まゝ暮しや朝寝ぐせ

春寒や寝酒の味を覚えもし　互1点

158

○命日を《も》写経にすごす春寒く　実花入選　互選2点

初蟻に風あることを確めり

ふるさとと云へり町あり春の風

幸せを口にして住む《しもして》朝寝かな
鳥揺する枝花びらの降りそゝぐ
茶せん塚新たに建ちて花むしろ

159　実花さん忘れて句ぬける　春寒をかこちて一人日《春》を過ごし　互1
写経せん心に清《すが》し青芒
青芒自転車の娘《こ》横切りぬ
梅雨寒くわれに珍らし長湯哉
○久方の旅は田植の真盛りて　実花選
夏ざぶとん白きが並ぶ句座清し　互2

160
写経せん心に清し青芒
青芒自転車の娘横切りぬ
梅雨寒くわれに珍らし長湯哉
久方の《久々の》旅は田植の真盛りて

久々の
○久方の旅をりからの田植え中　実花選
夏ぶとん白きが並ぶ句座清し　互2点

161

秋めくや仔犬の数をたしかめて
○噴水に道頓堀の灯のともる　実花選
すこやかをたしかめあいて夏見舞
踏切に地蔵の建ちて盆の月
のど自慢続く屋台や盆の月

162

や、寒く両手でぬくめる膝頭
○や、寒や膝にあてがふ掌のぬくみ　実花選　互2点
や、寒や仏に供ふ茶のぬくみ　互2点
秋果盛る店のみ明し終車過ぐ　互1点
無我の儘土に馴じみて甘藷掘る　互1点
爪染めし指に蜜柑の青さ満つ

や、寒や常より熱き湯にひたり

163
○独り居の冷たき部屋の鍵開ける　実花選
襟巻に息の熱さを受け止めて
凩や立看板の女の眼
山粧ふ浮びて映ゆる多宝塔
寝起き肌冷たきま、のものを着る

164
福引の列特賞の鐘にゆれ
去年の釘さびいて柊挿し終へり
○誰れかれを誘ひあはせて初詣　実花選
寒菊の黄色に耐へし初七日　互1点
吐く息の白きが指をもれる朝

165
春先や孔雀の羽化のうちふるえ　互1点

囀りのいよよ高まり軒広し

砂風呂に体埋めて春の海

○巣燕に留守をまかせし山家哉　実花選　互4点

雛飾るあの日戦火に彷徨ひし

166

幽玄に誘ふ一管汗すがし　互1点

南風薬師三尊眉まろし　互1点

鳥の巣を見付けて揺れる潮来笠

○涼しき座めざして写経堂に入る　実花選

汗の肌もて余しゐて帰路急ぐ

167

遊船や時代めきたる名札額

○夕凪の舟曲りゆく入江かな　実花選

誰かれの会釈して行く門涼み　互1点

坂道に止まりて仕掛花火待つ　互1点

一瞬の静寂もある蝉しぐれ　互3点

168
緋袴のま、に銀杏拾う巫女
初雪の富士や小田原駅過ぐる　互　3点
○待宵や宿下駄弾む音のして　実花選
草の実の命たしかと覚えたり
天高し今日より初む稽古ごと

169
敷松葉してお茶席の静まれり
燈篭の辺りにまるく敷松葉
小盃欠けし湯豆腐茶屋に酔ふ
○案内乞ふ湯豆腐茶屋の旗古りし　実花特選

54年
170
春の花ゆへに愁ひの残るかも
○風少し強きま、にて春立つ日　実花選
臥龍梅土塀くづれしそのま、に　互　1点

末黒野やうねりて貨車の影捕ふ
一輪の黄が誘へる迎春花

170
○諍ひの悔残りたり花の冷え　　実花選　互　4点
筆塚の見える小座敷春の雨
熱に寝て一人住ひの春の昼
長閑さや男手前の野点傘　　互　1点
春昼や小部屋に地震身を伝ふ

171
○筆塚の辺りに実梅落つる音　　実花選
命日を過ぎての墓参五月晴　　互　2点
龍安寺卯の花曇り石有情
襟あしのまぶしき女や春日傘　　互　1点
花種を分けて互ひの庭に蒔く

172
信号に止まれば汗のどっと出づ　互　2点
○背を流る汗意識しつ客と会ふ　実花選
夏痩の習慣となりてつ、がなく　互　2点
新涼や揃へて見たるひざがしら
走馬燈廻る早さや想夫恋

173
大佛殿鴟尾《しび》金色に秋晴る、　互　1点
毎年の柿の荷着かず訃報聞く　互　2点
○妻の座のしかと在りけり秋刀魚焼く　実花㊕
初嵐田舟つなぎしそのま、に
歓声の闇に燃え盡く大文字　互　2点

S55―2　174
~~毎年の柿の荷着かず訃報聞く~~
静寂のまにまに木の葉散り急ぐ
悔まる、湯ざめ気にしつ長電話　互　1点

切り貼りのそこだけ白き障子かな　　実花選

枯菊をそのまゝにして鉢仕舞ふ

振り返りふりかえり過ぐ返り花

175(6)(ママ)

朝の日のまぶしさの中春を待つ　　実花選

書き添へしことば嬉しく寒見舞　　互　6点

室咲きと云へる彩どり愛しめり

日脚伸ぶ一人住ひを整へて　　互　1点

177

浮き立ちし心見すかす花便り　　互　3点

碑をたどる坂ゆるやかに花の冷

鶯の一声のみの旅愁かな　　実花選

一日の怠り悔ゆる春埃　　互　2点

178

○露地ぬける五月雨傘の傾きて　　実花選　互　2点

茂り葉や一枝手折りて風通す
卯の花が導べとなりし園巡う
くるぶしに着丈を決めし初浴衣

179
藤椅子の背に安らぎの風を受く　　実花選　互　6点
掌の囲ひに崩る氷水
すれ違う人の香りに涼しさが
一隅にひそと易者の夜店の灯　　互　2点

180
朝寒や乗りおくれたる電車見ゆ　　実花選
子の歯型母の歯型や栗をむく
盲導犬寄りそひ坐る秋の冷え
行末を月に尋ねん我の秋　　互　1点

181
○寝そびれて枕屏風の内にあり　　特　実花選

広告塔文字確かなる枯木立　互　1点
小盆栽冬日に移す二三日　互　1点
大打鉄冷たし四方に火花散る　互　2点

182
○鈴の緒を強めに引いて厄落し　特　実花選　互1位　9点
白壁の人寄せつけず寒の月　互　1点
水仙の葉先きねじれしまゝを活く　互　1点
夕べの雨狭庭の彩や春を待つ

183
一管の指定まらぬ花の冷　互　2点
横坐りして一人居の春の昼
荒目篭土こぼしつゝ蓬摘む　実花選
宮前の絵馬ふれあへり蝶の舞ふ

184
短夜や残りし酔の水うまし

青芒月まだ浅きまゝに昏れ　実花選
入梅のきざしに指の疼きけり
麦藁を編む障害児無心の瞳　互　1点

185
旅程了へ夏の月ある駅に立つ　実花選
咲き続くカンナの花に夕日濃し
わずかなる風がゆれゐる野面かな　互　1点
独りゐてうちわの風を味へり

186
みかんむく指しなやかに懐紙染む　互　1点
いつもより長湯となりし夜寒かな　互　1点
草の実のありやなしやの愛おしく　実花選

187
襟巻に歯痛の頬を埋めけり　実花選　互　3点
寒き朝頬に残りし枕襞

わが生活《たつき》戸惑ひがちの初寒波
湯豆腐に無口の人と差向ふ

188
風花や四条小橋の櫛老舗
心浮く事もなきまゝ春を待つ
温泉の番の飼ひし鶯競い啼く　互　1点
カーテンを引く手に拝む寒の月
春を待つむづかしきこと秘めおきて　実花選　互　2点

189
春の月ためらいもなく猫戻る　互　3点
花御堂釈迦仏無心に在わします　互　1点
たんぽゝは踏むまじ畦のせばまりて　互　1点
黄水仙一人の部屋を明るうす　実花選　互　3点

190
花街の粧ひ新た五月雨

をりをりに水面を撫でる夏柳　実花選
鼻づまり気にして梅雨の足袋を穿く
糠つきしま、の穀象捕へけり　互　2点

S58
1月　191
中元の売場メモ帳置き忘る
夜濯の水ひそやかに流しきる　実花選
七夕の笹飾りたて園児ゆく
新涼や渡り廊下の写経堂
3月　192
○高々と柘榴残りて枝撓う　特　実花選　互2点
活けて見てまことやさしき野菊かな　互　1点
「ふみつづり」相寄り祝う秋の晴れ
せきれいの小岩を渡る野天風呂　互　4点
5月　193
熱の顔伏せ風花の町急ぐ

女同志温泉の中に初笑ひ　互　1点
初詣赤福餅の店賑はう
島の子も馴染みとなりて避寒宿　実花選

7月　194

新緑を背に渡月橋渡りけり　互　1点
お替りをそっと頼みし豆御飯　互　1点
苗売りの箱土少し貰いけり　実花選　互　1点
一芯三葉初体験の茶摘みかな　互　1点

9月　195

通天閣人案内して雲の峰
人案内して通天閣雲の峰
夏柳椅子ごと運ぶ湯上りの児
常連の床几置きある夏柳

196

秋草の名をたしかめつ古都巡る

破れ土塀続く大和路秋の空　互　1点
みほとけの御ン目美し萩の寺　実花選
山萩に嫁のぐち聞く小道かな

197
面影の似し人見かけ初時雨
法事了ゆ渡り廊下のつはの花
浅漬を買いに四条の橋渡る　実花選
冬ざれの狭庭に朝の息を吸う

198
父の名を継ぐこと決る松の内
宿帳に筆初めなる女文字　互選2点
常磐木の緑に結ぶ初みくじ　実花選
山見える向きに位置して初鏡

199
展望鏡とらへしところ山笑ふ

入学児鏡の前のランドセル　互選2点
葉柳のほぐる、青さ水にあり
○矢印の茶店開きて春の山　実花特選

200

声上げて薔薇の束ねに顔埋づむ　互選1点
旅馴れし人の荷嵩や衣替
吹流し鯉にからみて風を切る　互選1点
信号に一歩踏み出す薄暑かな　実花選　互選6点五位

201

口元を扇子にかくす娘のしぐさ　互選1点
○水中花ひとゆれゆれて開きけり　実花特選　互選2点
神の田の青田になりて幣白し
撫で仏に病を預け山つつじ　互選1点

この稿にて実花女最後の選となる

202
ちちろ鳴く闇にその名を呼んでみる
耳よりな話に弾む仲の秋
朝刊の露にしめりしま、とどく
耳さとき齢哀しも夜半の秋

第六章　句集『おかじ満《ま》や』

昭和五十四(一九七九)年、愛子先生は五十九歳であった。

この年の主な出来事をさらうと次のようなこと。

一月、米、中が国交樹立。米証券取引委、グラマン社を海外不正支払いで告発、日本にも「グラマン疑惑」が波及。三月、米、スリーマイル島原発で大量の放射能漏れ事故。五月、英総選挙で保守党が勝利、党首のサッチャーが首相に就任、同国初の女性宰相誕生。六月、東京で初の先進七カ国首脳会議(東京サミット)開催。十月、朴正熙韓国大統領が暗殺される。

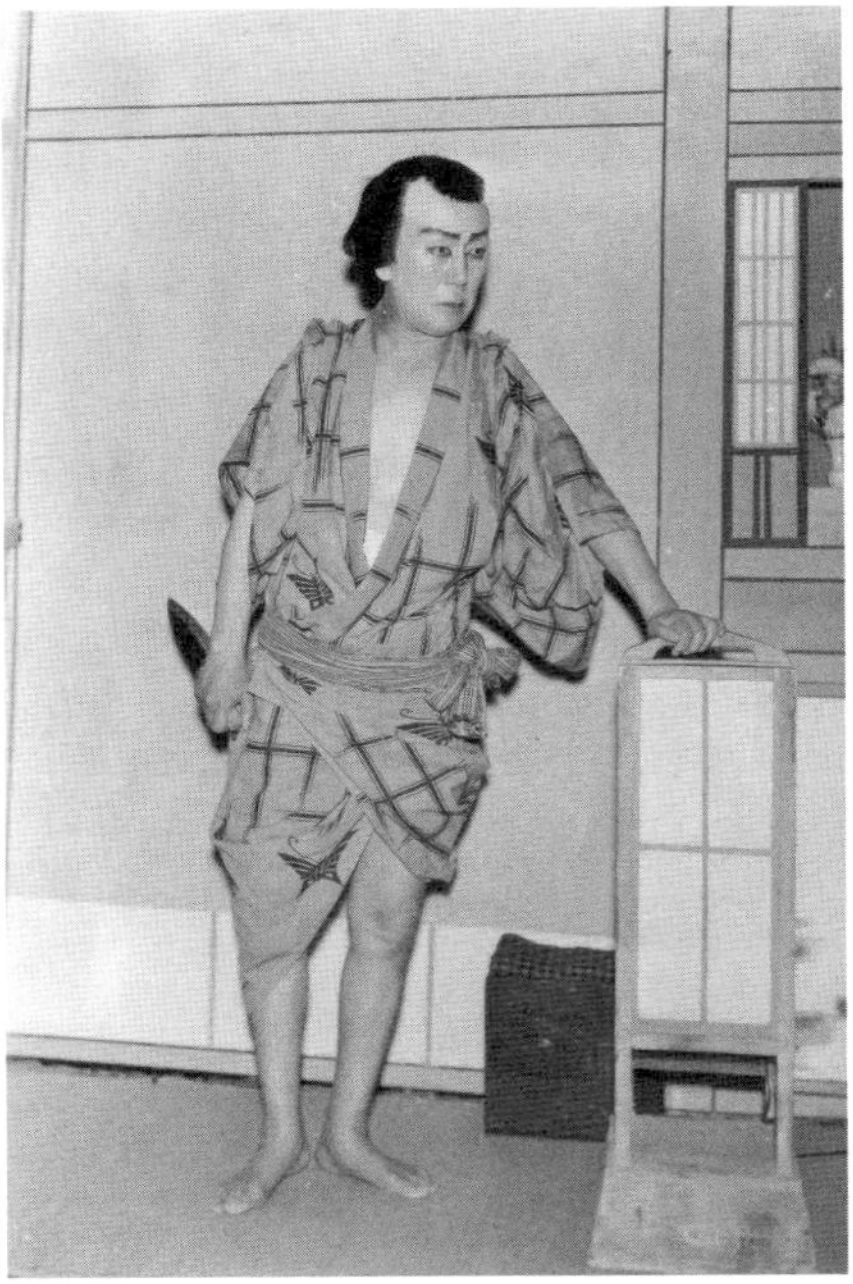
「四谷怪談」の直助権兵衛を演じる吉三郎

二月十一日、七世嵐吉三郎の七回忌が安養寺で営まれ、お斎の席でこの日に向けて上梓した句集『おかじ満《ま》や』が披露された。B6判大の少し大き目の変形、本文百二十頁に写真・序文等十八頁を加えた百三十八頁。簡易装丁だがカバーが良い。緑地に菱形に模様化した「吉」の字が白くいくつも抜いてある。嵐吉三郎の楽屋暖簾、手ぬぐいの模様だろう。
一頁目は茶色で岡嶋屋の紋。六角形を三つ重ね、二重目と三重目は三つの角でつながっている。
三頁目は「岡嶋屋が好んで画いた色紙」と注

定九郎を演じる吉三郎(70歳)

のある達磨の絵。

五頁目から十一頁目にかけての奇数頁には写真が五葉並ぶ。

五頁目は定九郎を演じる七十歳の嵐吉三郎、破れ傘を肩にした立ち姿、名古屋御園座での写真。

七頁目は「嬉しい父子の競演（新歌舞伎座）」の注で嵐吉三郎と息子北上弥太郎の「待っていた男」の一場面（昭和三十六年七月の「夏の演劇まつり」）。写真右上には「吉蝶」の岡嶋屋くずし紋、左下には嵐鯉昇（北上弥太郎）の紋。「荒磯に鯉」「歌舞伎名嵐鯉昇（北上弥太郎）」の注がある。

九頁目は上段に蕪と鯛を組み合わせた「吉三郎襲名披露興行（昭和3年3月中座）」「天満青果市場とざこば魚市場より贈らる」の写真、下段に「中座正面飾り付け 株式会社北浜より贈らる」の写真。

十一頁目は米俵を五俵四俵三俵二俵一俵と十五俵を積み上げて屋根を掛け、二張りの提灯が下がっている写真。提灯には「堂島濱」と記されている。「道頓堀芝居茶屋前へ飾り付け　堂島より積俵」の注がある。積俵の上に幕があって、岡嶋屋の紋と「心斎橋食堂より」の字が見える。

次いで目次。

句集「おかじ満《ま》や」

『おかじ満《ま》や』は里環（七世嵐吉三郎）遺句三句、芝居七十二句、追悼三句、楽屋六十五句、楽屋　つづく七十五句、千穐楽八十二句、計三百句を収載し、松竹の中川芳三氏に「序にかえて　乍憚口上」を頂いている。松竹の中川芳三氏とは演出家奈河彰輔氏でもある。

岡島屋さんの七回忌に、奥様愛子様が、岡島屋さんを偲ぶこんな美しい句集を、おまとめになりました。その懐《おも》いをこめられた一句、一句を拝見すると、私どもには、岡島屋さんの「どうだい！」とおっしゃって、あごを一寸あげられたお得意の嬉しそうな顔が目に浮びます。岡島屋さん。良い奥様をお持ちになって、本当にお幸せですね。

奥様の御感慨をお察しし、お二人の記念碑「岡島屋」の御上梓を（追悼句集には、いさゝか不似合いでしょうけれど）敢えて、おめでとうございます………　と申し上げさせて頂きます。奥様。本当に宜しゅうございましたね。

さて、私の仕事は、歌舞伎の「奥役」です。今様《いまよう》では、プロデューサーと云うのでしょうか。座組み・狂言《だしもの》・配役を決めるまではともかく、その役を、俳優さんに伝え、承知して貰う、所謂「役を納める」のが、奥役の腕の見せ所です。人一倍、自惚れが強く、競争心が激しい役者方、ましてや、格や順序の難しい歌舞伎界の事ですから、常に御満足のいく良い役ばかりを持って行く訳には参りません。多少の御不満はあっても、あれこれと口上を並べて、役を納め、気持よく舞台に出て頂いて、初日にその成果が表れた時の嬉しさこそ奥役冥利です。しかし、役者さんも、それ位のやりとりは先刻御承知で、欺されたように見せかけ、奥役に貸しを作っておいて、舞台でその技倆《うで》を発揮出来れば、十二分に元《もと》はとれたと云うもの。之も役者冥利ではないでしょうか。したがって、本当の役者と、まともな奥役との〝かけひき〟にはお互いの深い信頼がなければならないのです。

私にとって、七世嵐吉三郎丈は、そんな奥役冥利を味あわせて頂いた最後の役者さんです。しかし、丈と私のおつき合いは、丈の晩年の十余年でしかなかっただけに、立役・二枚目・敵役から女形と、すべての役をこなし得た丈にとって、まことにたより甲斐のない奥役だった事でしょう。

むしろ劇界の大ベテランとして、孫のような年若な奥役見習を指導するような度量で、私の無理を聞いて頂いた事が多かったようで、今改めて、一方通行だった奥役冥利をお詫び申し上げる次第です。

楽な役を喜び、役数の少いのを望む俳優の多くなった近頃ですが、その点でも、岡島屋さんは本当の役者でした。自分の役所《やくどころ》をよく御存じなだけに、配役の都合上、お得意の役が他の俳優に廻った時や、役数の少い時の、淋しそうなお顔。反対に、たとえ脇役でも、自分の気に入った役を受け持った時の打込みよう……。一興行中に、奥様が観客席に顔を見せられる回数によって、岡島屋さんの、その月の御機嫌がすぐにはかれたものでした。

御存じ上方の名狂言「時雨の炬燵」紙治内の場で、晩年の岡島屋さんの持役は、治兵衛の兄孫右衛門でした。幕開きに、一寸出るだけですが、治兵衛に意見をし、おさんとの夫婦仲をとりもって帰るまことに気の良い役で治兵衛役者と同格か、それ以上の人でも出られる役だけに、勿論、厭がられる事はなかったのですけれど、必ず「中川さん、この次は五左衛門をやらしてや」とおっしゃいました。舅《しゅうと》五左衛門は、クライマックスに出て来て、娘おさんを無理やりに引っぱって戻るにべもない昔人。手強い演技を要求される役なので老巧な脇役者が受け持つ事が多いのです。格の上の孫右衛門よりも、仕所《しどころ》の多い五左衛門を好む所に岡島屋さんの真骨頂があります。

岡島屋さん、吉祥院釈演弥里環居士は、その百ケ日に当る昭和四十八年五月二十日、生前に供養をすませて居られた天下茶屋の安養寺のお墓に入られました。奇しくも、治兵衛女房おさんの墓と真向いの位置です。五左衛門が好きだった岡島屋さんには、恰好の墓所だなと思いながら手を合せていると、丈の声が聞こえてきました。

「何や、中川、今頃五左衛門を持って来よって。わしの本役は、治兵衛だよ。おさんの前で、小春の来るのを待ってるんだ。」

岡島屋さんの前では、私は何時までも奥役見習いのまゝ、のようです。

五月風《さつきかぜ》を間《あい》におさんと　さしむかい

『おかじ満《ま》や』

里環遺句

絵初めに習ひおぼえしさくらんぼ

日盛りの楽屋住ひのうちつゞき

楽屋に居いま日盛りの木挽町

芝居

初芝居開かずの飾りのしあるまゝ
打出しはしころ太鼓や初芝居
食堂の娘《こ》の日本髪初芝居
初芝居おかるの撒きし髪吹雪
珍しく一役だけの初芝居
初芝居長老としてつゝがなく
芝居なく春の寒さのつゞくかな
初午や奈落に続く名提灯
初午や一の鳥居の揚どうふ
追善の口上舞台梅の花
春寒や草むら出でし定九郎
一ト月も早き初雪南禅寺
午後からは雪となるらし酒《ささ》支度
春炬燵出《い》でぬがまゝに便り書く
昨日今日と思ふに早き春隣り
春雨をかこつけて呑むあるじ哉
あるじ今謡にこりて南風

天長の佳節機上の人となり
浮見堂まこと浮かびて春の風
今晴れて妻の座を得し春の空
花かゞり音立てゝ雨降り出《い》でし
野仏のいわれさまざま草の花
京の宿蛙鳴きゐる昼下り
靖国の花の盛りを訪れし
念願の吉野山なる花の冷え
義経の駒止めし跡花あしび
命ある限りは行かん花の山
もてなしの主《あるじ》機嫌の初がつを
白粉のつきし部屋着や梅雨晴るゝ
梅雨に入る楽屋よりみる東山
梅雨宿の窓に干しもの重ねゐし
御詞《みことば》を賜う豊明殿薄暑
五月雨や道行着たる舞妓行く
久々の稽古初めや衣更
初役に古書ひもどけば紙魚走しる

話の間扇打つくせなほらずに
夏芝居顔揃ひなる絵番付
揚幕に出を待つ今日の暑さかな
殺し場の血のり色や夏芝居
便り来し二階囃《ばやし》を初めしと
声高に芝居帰りか夏の夜
滝しぶき伝説秘めてかゝり来る
暦見て秋に入りしとあるじ云う
秋めくや湯かげん少し熱いめに
ここよりは妙法のみの大文字
さわやかに錦帯橋を渡りけり
飛び梅のいわれ聞きゐる秋日ざし
宮島に紅葉を尋ね旅続く
秋日和楽屋を出で、広小路
楽屋出づ浜町河岸の秋灯《ともし》
機嫌よく主人《あるじ》帰りて秋涼し
白木槿《むくげ》高野聖《ひじり》も往きし路
むつかしき病《やまひ》にいどむ十三夜

菊の香の強く楽屋に杵のひゞき
主人《あるじ》留守祭りばやしの始まりて
一日は雨となりたる秋まつり
しんがりの稚児背《お》はれゆく秋祭
昨日より今日が淋しく鉦叩
白きものまじりふえたる木の葉髪
末々のことあれこれと秋の雨
布団積む舞台稽古の廊下かな
京の宿障子明りのめざめかな
冬支度気になりながら旅にゐて
行幸の松屋町すじ初時雨
珍らしく父子空の旅秋晴る、
早発ちの汽車遅れけりそゞろ寒む
顔見世のまねき今年も名を列《つら》ね
顔見世の紋提灯の赤きかな
顔見世や序幕を終へて朝食事
暖冬に小窓開けゐし先斗町
店先きの水仙の束無造作に

清水の舞台に立てば冬霞

追悼
好物を供へてみても春寒く
花便り去年《こぞ》は浮かれてゐしものを
盆の月明るきほどになほ淋し

楽屋　二十九年より三十九年
御手洗ひの列つくりたる初詣
天皇の御手高々と参賀の日
新弟子の屠蘇祝ひゐる頬固し
水仙の好きなあの娘《こ》にふさわしく
年甲斐もなく嬉しくて春の雪
春寒し猫家を出て早や七日
初午や巫女《みこ》の振る鈴絶間なし
また丶けばまつげにふる丶春の雪
先生の活けて行かれし猫柳
色街のをどり初まり水温む

かぎりなき命草の芽うすみどり
紙雛にそなえし餅の小《ち》さきこと
クローバーに語りし頃のなつかしく
松蝉の鳴いているなる墓洗う
年回の顔揃ひけり松の花
書道展の賞を受けたり春の風
七条を過ぎれば疎水柳の芽
信号はまだ赤のま丶春時雨
病室の模様替えして薄暑かな
形よき籠に入りたる柏餅
役僧の渡る廊下や松の花
大空にとけ入る如き若葉かな
新緑や女同士の宴もあり
八ツ橋を菖蒲に渡しかへしたる
毎年に女はぐちよかびぬぐふ
さくらんぼ好きと云ふ児の歯の白さ
梅雨晴れや好きな着物を出して見て
そら豆にビールの泡のほろにがし

水草のせまきをくゞる金魚かな
神域にいにしへうつし薪能
奥八瀬の岩間に食《く》うぶ鮎の味
とまどいて蜻蛉入りきし楽屋かな
夏萩の乱るゝ原や一茶の碑
百合といふ花を好まず活けもせず
山百合の道しるべある三千院
天覧の那智の御滝我も見し
帰り来てまづ打水の栓ひらく
朝顔の咲くを待たずに逝きし人
大輪の朝顔咲いて初七日《はつなぬか》
秋扇毎年しまふ小抽出し
走馬燈ぐるぐる廻る人と犬
小さくも大きくもなり踊りの輪
隆盛に願ひしことのたゞ一つ
今日涼し着物着る気になりもして
青畳香り正座の肌涼し
ねそびれてゐるまゝなりし鉦叩き

空瓶を並べる音や秋の風
秋灯《ともし》テレビ塔に人動く
むかひ合う膝の高さの秋袷
行儀よく座りし膝の秋袷
流行は追はぬ心よ秋袷
雨月とはわかりて宵のそなへもの
月明り屋根重なりて幾重にも
四ツ辻は人影もなし今日の月
誘わるるままに来し道散りもみじ
容赦なく梳子《すきこ》の櫛や木の葉髪
芭蕉忌にめぐり逢ひたる縁《えにし》あり
この家と決めて帰るさ花八ツ手
風除のつゞくところや波の音
茶の花の咲きたる今朝の寒さ哉
結びたるみくじの白き枯木かな
おでん屋の看板娘名はくにと
夜使いに冬木の影のおそろしく

楽屋　つづく　四十年より四十七年

梅見頃茶店のあるじ古稀と云ふ
盆栽の手初め黄梅選びけり
初雪が嬉しく蛇の目さしもせず
自《おのず》から品と丶のふる梅の客
春寒や宿の廊下の長きこと
紅梅や嫁荷の着きて華やげり
春寒や用件のみの赤電話
老ひし身に友先立ちし余寒かな
春寒や裸町ゆく国府宮
病癒えお礼詣りや草萌ゆる
胎動の便り嫁から春隣
泣き声の聞こえるような春の宵
絵馬とどき尼公睦月をすこやかに
幼稚園の送り迎えや下萠る
聞こえくるピアノ幼なく春の昼
拝観を許されし御所春の風
襟替へのちょっぴり大人春の宵

まだ寝ぬと云ふ児をあやす春の月
ほんのりと酔ひのまわりて春の風
眼帯もとれて小走しり春時雨
信号を待つチンドン屋春の暮
手しぶきに蝌蚪《かと》一瞬に四散せり
児の傘を借りて隣りへ春時雨
時雨る丶や隅田のほとり梅若忌
女形の化粧前なるねぎ坊主
春の雨好きな蛇の目の半びらき
艶寿集又読み返す虚子忌かな
人出いや花は見頃と聞きつ丶も
めぐり逢うこともなき人夕ざくら
知恩院の御寺浮びて花の雲
国立へ初出演や五月晴
切れ長の目元はぢぢ似初節句
若竹に隠れマリアの詩仙堂
夏袷の舞妓をくれ毛うひくくし
観音の在わす御寺や夏霞

旧家あり茂りの深く人住みて
着ることの少なく単衣派手なまゝ
朝顔にこの頃早きめざめかな
蚊遣して煙の中の昔かな
朝顔の蔓思ひがけなき方へ延ぶ
外出も残る暑さのきびしくて
ひぐらしに湯宿の奥の祠《ほこら》かな
白球の飛ぶ甲子園秋近し
祈らるゝ地蔵並びて赤のまゝ
ぬか漬けの味とゝのふや秋の立つ
宿の昼廊下を秋の通りぬく
聖地なる高野蜩《ひぐらし》鳴きわたる
手折りきてなほいじらしき野菊哉
石段の一つ一つの十三夜
秋の朝与一人形訪れて
筥《はこ》崎の鳩はおとなし秋慕情
茅葺の屋根多かりき佐賀の秋
弓張の岳の間近し秋晴るゝ

長崎の灯は美くしき秋の夜
原爆の跡に立たづむ晴れた秋
寺男世辞も云はずや秋の風
命得て紅葉の紅を忘れ得じ
菊大輪白粉濃ゆき女形
やゝ寒や今日より主人日本酒に
やゝ寒や素顔の舞妓束《たば》ね髪
せっかくの東京に来て秋ついり
秋晴れて宿の干場の高きかな
秋雨に身の清まれり一の橋
長月の隠すに惜しき秘めし恋
花八ツ手白き丸さのまろきかな
流行の本取り寄せて毛糸編む
病室の窓に鳩来て小春かな
退院の日取り決りて日向ぼこ
紅つけて退院の朝冬ぬくし
壁すりて布団を運ぶ宿女
色足袋の女の世帯やつれして

命日の大谷御廟笹子鳴く
短日の客うとましく話好き
着く筈の小荷物着かぬ師走かな
結納を持ちて師走の新幹線

千穐楽　四十八年より五十三年
句も書きて日記始めの楽しさよ
還暦の軸かゝり居り初稽古
宝恵籠に大きく人の波ゆれて
命あることの慶び初明り
箸紙のわが名今年は筆太に
着飾りし女あるじの御慶かな
初夢の醒むるな瞼《まぶた》閉じしまゝ
逢へば好しそれが楽しき初句会
誰れかれを誘ひあわせて初詣
餅花のゆれてほのぐ華ぐ日
福引の列特賞の鐘にゆれ
修二会僧眼《まなこ》に燃ゆる火の写つる

紅梅の紅に幸せ探しゐて
紅梅や句碑読めぬまゝ通りすぐ
探梅や道なきことも好もしく
つゝがなく法事終りぬ春の雪
未熟児と聞いて愁へる余寒かな
すこやかを確めあひて寒もどり
春寒く病む人案じ句にも書き
病む人に早春告げる花にとゞく
雪解道バス乗り降りて旅続く
命日を写経にすごす春寒さ
少し熱あるらしきまゝ春炬燵
会釈する舞妓の素顔春寒さ
童謡の終日《ひねもす》きこゆ雛の市
茶筌竹干しあり春の野に続く
吟行の橋幾渡り水温む
春光や孔雀の羽根のうちふるえ
窓少し開けて自《おのず》と春の情
船宿に海苔干してある昼下り

賑やかに音立てて洗ふ蜆ざる
海碧き頃の想ひ出桜貝
春泥に華やぐ声の通りすぐ
眠る子の手にげんげ束車ゆれ
田楽をあつらへおきて寺詣る
カトレアに魅せられた花窓離れ得ず
松蝉に今が幸せ日々新らた
終《つい》彼岸引導鐘に列つづく
思ひきり背のびしたき日菜種梅雨
百ヶ日過ぎし狭庭の茂りかな
緑陰《みどりかげ》山水掬ふ掌の白さ
梅雨ごもり熱き番茶を一人呑む
船べりを扇流る、祭りかな
三船祭献句競ひて川のぼる
船に吊る短冊ゆれて青葉雨
しつけ取ることも嬉しき衣更
病む人と床を並べて明易し
病癒ゆこともなき人苺食む

背のびして女世帯の菖蒲葺く
久々の旅折からの田植中
巣燕に留守をまかせし山家かな
紫陽花の触るれば紺の染まるごと
噴水に道頓堀の灯のともる
涼しき座めざして写経堂に入る
南風《みなみかぜ》薬師三尊眉まろし
幽玄に誘《いざな》ふ一管汗清《すが》し
夏座ぶとん白きが並ぶ句座清し
初蝉の去年《こぞ》より早しと記し置く
一人住む気儘の家に初夏の色
朝顔を蒔く日を選ぶ暦見て
朝顔を蒔きて色分く小札書く
象牙箸替へずくずれし冷奴
二、三日留守の門より蟻つづく
ナイターの燈一基づ、消えゆけり
新盆や親しき人の心ざし
十六夜や高野を降《くだ》る女連れ

赤土の付きし松茸送らる、
襟もとに小菊重ねし菊人形
筆塚に師の報恩や時雨晴る
久方に会ふて弾みて秋さやか
パンダ来る噂のしきり秋日和
それぞれの秋を迎へしすこやかさ
うち連れて桜紅葉の道明寺
白菊が好き一人身となりてより
秋菓盛る店のみ明し終車過ぐ
名所《などころ》と聞く石庭や仲の秋
売家の立札傾き秋の風
晩秋の入日に鹿の動かざる
や、寒や膝にあてがふ掌の温み
図書館の列を受け止む破芭蕉
一人住むことにも馴れて冬構
毛染してたゞそれだけの日短
案内乞ふ湯どうふ茶屋の旗古るき
賑やかな句会納めや年の暮

片付かぬま、に出前の晦日そば

幕

「あとがき
念願の句集をこの様な思ひで出せるなどとは本当に複雑な気持で胸がつまります。でも考へてみましても、私の青春も生涯も岡嶋屋と共に、そして芝居と共に歩んで来たと申しましても過言ではありません。

どの句も、どの句も、岡嶋屋のこと、お芝居のこと、楽屋のこと、一句一句が昨日のことの様に胸に瞼に甦って参ります。

俳句にこれからの生涯をかけて懸命に生きてゆこうと決心したことを、きっと岡嶋屋も喜んでくれてゐると信じます。

この句集を出させて頂くことが岡嶋屋に対する何よりの供養になりますこと、私の拙句を敢へて皆様に読んで頂きたい念願から出版の運びとなりました。御笑覧賜はらば幸甚に存じます。

序文を頂きました松竹の中川芳三氏の岡嶋屋生前より今日に至る迄の御厚志に対し衷心より御礼申し上げます。

昭和五十四年二月十一日　七回忌の日に　北上愛子」

手もとにある『おかじ満《ま》や』には折角の句集なのに残念なところがいくつかある。まず乱丁、『艶壽集』を読んでわかることだが、誤植、収載箇所の誤りがある。

誤植箇所は「楽屋　二十九年より三十九年」の中の「ねそびれてゐるまゝなりし鉦叩き」。どこが誤植か、句の意味は通っているようにも思われるが、『艶壽集』では、昭和三十二年八月第四十二回の章に「ねそべりてゐるまゝなりし鉦叩き」とある。「ねそべりて」と「ねそびれて」では句の意味が違ってくる。先に紹介した句帖では「ねそびれて」となっている。

収載箇所の誤りは「千穐楽　四十八年より五十三年」の中の三句、「句も書きて日記始めの楽しさよ」、「還暦の軸かゝり居り初稽古」、「宝恵籠に大きく人の波ゆれて」。三句とも昭和三十二年十二月の第四十四回新橋艶寿会での句である。従って「楽屋　二十九年より三十九年」に収められていないといけない。

おそらく愛子先生おひとりでの、多忙の中での原稿整理、校正であったと思われるが、残念である。

第七章　俳句指導

一、書家川浪青漣師と愛子先生

愛子先生は書家の川浪青漣師を恩師と仰いでおられた。川浪青漣師は夫の嵐吉三郎氏を亡くされた愛子先生に俳句で生計の道を立てるように示され、当座の生徒さんをも手当されたと聞く。愛子先生は書の川浪青漣先生を大恩人とも思っておられた。川浪青漣先生について何度か伺う機会があったが、既に故人であられて、どのような方であったか、どのような稽古場であったか、想像するしかない。

愛子先生の俳句の生徒さん、私の句友でもある松尾豊子さんの著書『ほんまにおおきに』（二〇〇三年一二月　浪速社刊）に「看板娘に看板をくれた先生」との一文がある。それを藉りて愛子先生の先生の姿を偲んでみる。松尾豊子さんは大阪天満宮門前で「豐」という小料理屋を営んでおられた。川浪青漣先生と共に愛子先生も「豐」の常連客であった。

川浪青漣先生は、私と母の親子二代にわたる書道の先生です。母は仮名を習い私は漢字を教えていただきました。私は十八歳で入門して四年間の修業を経て結婚し、おひまをいただきました。「豊子ちゃんは叱るほど成長する」と言われましたが、今にして思えば本当によく叱られました。

私が二十九歳で開店したときのことです。これは嬉しかったなぁ。

「わたし、豊ちゃんに看板を書かしてもらわなあきまへんなぁ」

と言ってくださったんです。今も表に出ている看板の字、あれは川浪先生の直筆です。

なんと先代の鴈治郎さんのご学友やそうで、そう言えば船場ことばの美しい方でした。お酒にもハンナリしたという上方言葉がよく似合いました。カウンターで盃を傾けながら、「ああ、ほっこりしましたな……」と言われると、それこそ上方ことばの文化を感じたものです。でも書道についてはとても厳しいんですよ。

お弟子に小学校一年生の男の子がいましてね。その子が先生に、

「おばぁちゃん……」

と言ったとき、どんな反応があったかと言いますと、まじめな顔して、

「いいえ、わてはキムスメだす」

もしその男の子が、

「キムスメてなあに?」

と尋ねたら、先生なんと答えたかと考えると笑ってしまいます。

私が目ばちこをつくって眼帯をつけてお稽古に行ったときには、

「目ばちこつくるほど、ようきばったんやなあ」

と褒めていただきました。

厳しい一方で褒め上手なんです。

お弟子さんはほとんどが船場のいとさんやこいさん、ほんまによき時代のほんわかした大阪の空気が漂うたお稽古場でした。

松尾豊子さんは「冬紅葉　手先に墨の　香りして」と詠んでいる。川浪青漣師も北上愛子先生もこの句の

中に在る。

書家の川浪青漣師について客観的資料はないかと思っていたら『日本書道大系8』(一九七一年刊)の「現代書作家系統図」に出会った。編者は竹田悦堂という方。その系統図は日本史の教科書にある藤原氏や平氏の略系図と同じ形で編まれている。

その「漢字」の部。初めに日下部鳴鶴(一八三八〜一九二二)の名があり、その系列に十数人の権威が居られ、その中の一人に比田井天来(一八七二〜一九三九)という方が居られる。

全国女流名品展会場
右・川浪青漣、中央・北上愛子

比田井天来の弟子に二十数名の権威が居られ、その中の一人に辻本史邑(一八九五〜一九五七)という方が居られ、その弟子に十一人の権威が居られ、その中の一人に村上三島という文化勲章受章者が居られる。

村上三島の弟子として八人が居られ、その八人の中に川浪青漣師の名前があった。

川浪青漣師は、比田井天来の曾孫弟子ということになる。日下部鳴鶴から辿ると五代目、比田井天来からは四代目に当たり、辻本史邑の孫弟子ということになる。

比田井天来の他の曾孫弟子、辻本史邑の孫弟子、村上三島の弟子に、井上澄慶、大田左卿、栗原蘆水、西奥鳴琴、平井麗水、古谷蒼韻、山内観の各氏。川浪青漣師はこの方々と切磋琢磨されたのだろう。

また、『日本書道大系8』には書家各氏の名簿が掲載されている。川浪青漣師の項は「104 川浪青漣　華・大阪・明治32・大阪市南区鍛治屋町八・毎日書道展審査会員・日本書芸院評議員審査員・聖筆社主催・漢字　釈文＝風雲月露」とあった。末尾の「釈文＝風雲月露」とは、別途掲載されている川浪青漣師の漢字横四文字の「書」の読みである。

川浪青漣師はご自宅の書道教室を漣会の教室、句会の場として提供された。漣会が発会して一年経って定められた会の規約「漣会のさだめ」に「2　所在地　本会及び教室を大阪市南区鍛冶屋町八番地川浪清漣先生方に置きます。」とある。更に「4　主宰者及び顧問」の項に「川浪清漣先生を顧問として総合運営の助言を仰ぎます。」とある。

川浪青漣師は愛子先生の強い後ろ盾となっておられた。明治三十二年生まれの川浪青漣師と大正八年生まれの愛子先生とは二十歳違い。書の教室の単なる師弟関係を超えて母と娘のような間柄であったように思われる。

しかし、残念なことに川浪青漣師は昭和五十年二月頃には体調を崩され、一旦回復されたようであるが、七月頃に亡くなられている。愛子先生の残された会報の綴り「漣会　教室報告」を繰ると、第三〇号（昭和五〇年二月一〇日発行）に「春寒く病む人案じ句にも書き」、「まず川浪先生のご入院のことを案じ合い、経過順調の報告に愁眉をひらいて」とあり、第三五号（昭和五〇年四月二八日発行）には「川浪先生のご退院も近く御全快を念じつつ楽しい時間を過しました」とあるが、第四一号（昭和五〇年九月八日発行）には「川浪先生の忌明けも無事終りましたことを紙上にてご報告御礼申し上げます」とある。会報の綴りは第三六号から第

川浪先生遺墨展　昭和50（1975）年11月

四〇号が欠けていて、その間の川浪青漣師の病状の経緯は分からない。

川浪青漣師が亡くなられた後も教室は十二月二十二日の「第四八回教室・定例句会」まで「かじや町　川浪教室」で開催されている。

九月二十一日（第四二回教室・定例句会）は川浪青漣師のお墓参りを兼ねての高野山吟行、十月六日（第四三回教室・定例句会）は句会終了後に「川浪先生の面影をしのびつつ遺品整理」をし、十一月二日には「堺筋周防町東へ一筋目南へ入り東側」の「道仁会館」で「川浪先生遺墨展」を開催されている。来場者が百人からあったという。

十二月八日発行の第四七号に「お知らせ」として「いよいよ川浪教室ともお別れの時が参りました。最後の教室終了後、五時頃より、なつかしい川浪先生の面影を偲びつゝお別れさよなら会を致します。川浪教室でのなつかしい思い出をお話しながらゆく年を送りたいと存じます。」とある。

「かじや町　川浪教室」は、愛子先生はじめ漣会会員の多くには川浪青漣師の書道教室であり、漣会の「教室・定例句会」の場であった。

十二月二十二日の最後の川浪教室について、第四八号は「華やぎし中に別るゝ冬至の日」、「本年最後、そしてなつかしいかじや町の教室ともお別れをする日となりました。席題の句作にも川浪先生をお偲びし、句会終了後、賑やかにお別れの会を致しました。」と記す。席題は「年惜しむ」、出席は十五名だが、郵送の句を含めての参加者は二十四名である。

愛子先生は書の恩師であり大恩人である川浪青漣師への当座のご恩返しの思いを果たされて、漣会主宰として独り立ちされたようである。心細くはあっても、これからが正念場との思いが強くあったのではないか。ちなみに会報の表題「漣会教室報告」は第四三号(昭和五〇年一〇月六日発行)から「漣会」となっている。川浪青漣師の「青漣」の表記は初期の手書きの会報等には「清漣」とある。後の印刷物や出版物では「青漣」となっている。この一節の引用個所はそのまま「清漣」とした。「青漣」が正しいとされるが、当時は川浪青漣師自身「清漣」とされても許容しておられたのであろう。手書きの会報は先生のまとめられた原稿を筆耕する方がおられ、コピー用の原稿を作ってコピーをし、ホチキス止めされていた。

二、俳句指導

私が初めて漣句会に参加したのは平成十年八月六日の第五九一回である。句会がどのようなものか知らないままの参加であったが、俳句を作る以上は批評が付いてくるくらいは思っていた。

ところが、投句、選句、披講と進んで、それで終わりになった。その後はお茶になり、あれこれの話がなされたが、先生から句の講評はなかった。拍子抜けしたが、ほっとした。

その日の句会を記録した会報『漣会』を見返すと、表紙の一句は「新会員迎えて楽し句座の涼」。四行のコメントは「八月六日　五十三回目のヒロシマ原爆忌を迎えた。今日は久しぶりの新会員さんを迎えての句会となり、廊下に鈴虫の清々しい声を聞き楽しい句会。大雷雨と同時に三時半すぎ散会。」とある。二頁目の会員名簿には、愛子先生を含めて二十八名の名前。私の名前の横には「入会」とある。席題「申」、兼題「雷」。入選八句、二句賞、五句秀句とあって、五句秀句に先生の評が付いている。秀句への評だからどれも褒めてある。

万緑や鏡のごとく湖《うみ》澄めり　和子

(評)外国への旅の写真に撮った夢の国のような湖と緑の色。作者の感激は写真にも伝わり見るものはおどろく。外国に万緑の美しさを教えられたとか。

かき氷サクサク崩す音軽き　秀子

(評)この句を読んだだけで身内も涼しく爽やか。匙で氷の山を崩すサクサクサク。厚さの中の涼味満喫。

留《とど》まらぬ働き蟻の一ト日かな　千代子

（評）作者自身に当てはまるような一句。少しも休むことなく動き続ける蟻のエネルギー。何を楽しみ何を喜ぶ、尊敬してしまいます。

七十の身にも煩悩草いきれ　　三智

（評）昔は七十才は「稀」なる長生きの歳でした。現代の七十才は、若々しく歳等感じさせない。でもやはり生身の人間、大いに煩悩を燃して当然に思えます。

百合供う思いも寄らぬ女《ひと》の喪に　　若津也

（評）漣会員でもあった丸三楼の女将 島田美代子様のあっと云う間の御他界、程なく四十九日忌となります。百合の大輪の似合う華やかな存在でした。悼句に敬意を捧げ心よりご冥福を祈らずにはいられません。合掌。

後で知ったことだが、句会では披講が済むと主宰者の選評の時間となり、主宰者は投句された一つ一つの句に対して、評や助言を与えるのが普通で、選評のない句会などないとか。しかし「漣句会」はそうでなかった。私は、楽しく負担なく続けられる一つの工夫かと解釈して、以来、最後の第八一五回まで、二二五回出席した。その間に「漣句会」は余りにもぬるま湯、為にならないだのと不満を持って脱会された方もあった。愛子先生は、「漣句会」は句会ではなく、「喰う会」です、と泰然としておられた。

「漣句会」がいつごろから「喰う会」に変わったのか知らないが、発会からしばらくは投句、選句、披講、選評と進む当たり前の句会であったと思う。時にはその場での厳しい指摘、指導などもあったであろうが、会報『漣会』の「漣のことば」を通しての緩やかな、しかし毅然とした指導ではなかったか。初期の『漣会』を見てそう思う。

「漣のことば」

先日ＮＨＫ・ＴＶにて、中村汀女さんのお話を伺い誠に共感を得てこの稿となりました。俳句は心の日記。家庭内の記録であり消し去るにしのびないものを十七字に、十七字はあまりにも短い故にこそ真実であり、嘘はつけないのであって、こちらが求めさえすれば、必ず与へてくれる。心やさしい時こそ俳句は作れるものです。

美しい花や風景を見て誰がやさしい気持にならないものがあるでせうか、その美しい花や風景に気がつくか。つかないか。十七字にするか。しないか。それに依って幸せを感じるか。感じないか。それぞれが大きな気持になれるものを。私はとても幸せですよ。と仰いました。選は創作なり、作句の力と選の力とが相まって云わんと欲するものにふれる。と、虚子先生が汀女さんへの句集の序文に書かれたそうです。選こそ前進です。

茄子の苗ありてひとりの時たのし　　汀女

御自分の句を披講されその思い出をお話になり、只それだけのことですよ。とさらりと云われるその素直さこそ俳句の道を一筋に来られた汀女さんの偉さが感じられ、梅雨のうっとうしい天気も晴々と過すことが出来ました。私達は季節の先取りをし次に来るものへの意欲に燃えられる。こんな幸せがあるでせうかと結ばれました。

以上五日間に渡るお話を感じたまま皆様へお伝へしました。

No.59　1976年　昭和51・6・14

「漣のことば」

発会以来の句友佐藤玉泉様が十一月十六日あまりにも突然に永遠の旅立ちを致されまして、悲しいお見送りを致して参りました。

「秋天や命尊きものと知る」等と今から思へば心にかゝる終句でした。お通夜の席にてはからずも残されたノートの中に多くさんの句が書きつけてあり、皆自分の老いの身のつらさ、淋しさ、命の果つる日の近づいてゐる事を誰にもぐち一つこぼさず毎日書きつけて心の安らぎとされてゐたのです。

私の艶寿会の句友に柚木久枝様とおっしゃる方があります。その方から伺ったお話なのですが、故坂東三津五郎丈の奥様がやはり亡くなられた時、柚木様がはからずも枕の下の手帳を見つけられ、それにやはり苦しい病ひの事、色々の事を辛棒して居られた苦しみ、くやしさが俳句に激しくぶつけられ書かれてゐたそうで日頃私も存じ上げてゐるのですが笑顔のやさしいぐち等こぼされた事のない奥様だっただけに心を打たれましたとおっしゃったのを覚えてゐます。又二人して俳句をお互ひ様にたしなめて好かったですねと云ひ合った事も心に深く残っております。俳句と云ふものはそう云うものですね。

美くしき人の逝く日の朝しぐれ　愛子合掌

No.70　1976年　昭和51・11・23

「漣のことば」

俳句ってどうしたらよいのですか?と発会当時におっしゃった皆様がどうしてどうしてこの頃の進境著《いちじる》しくむつかしい質問や作句で私は嬉しい悲鳴を上げております。

でも今一度《ひとたび》初心に返ってみる事もよいと思うのです。虚子先生の教へを守る私達はあく迄も写生。写生。物を見て作る事を教へられました。真実を見る。真実を作る。嘘は絶対駄目です。心が無いからです。二十年も前の話ですが楽屋句会を初めた頃、今は立派に活躍していられる中村亀鶴さんがまだ小学校へも入っていない時でした。おしゃまな彼が俳句を作ると云ひ出しました。とりあへず何でも正直に五、七、五、に数へて作る事を教へ出来た句が、〝石段をすべってころべば月が出た〟と云うのです。清水坂の七味家の向ひに家のあった彼には石段は遊び場だったのです。滑ってころんだのですから仰向けに転んだのでせう思はずそこに月が目に入ったのです。今迄気付かなかった月が転んだ為に目に入った。月が出たと云う実感はピッタリです。何と純真な人の心をつかまへた句ではありませんか。月光に照らされた清水坂の石段が…　子供の遊ぶ姿が…　絵に画いた様に浮びます。短い俳句には人の心を打つのは真実しかないのです。嬉しい目悲しい目痛い目に会った者にしかその喜び悲しみ痛さは分らず表現出来ないものだと思います。

No.77　1977年　昭和52・3・13

俳句歴未だ十五年の私が言うのもおこがましいが、愛子先生の句は衒いのない句、日常、身辺に起こった変化や、ちょっとした驚き、それを五七五の制約を信頼し、季語や切れ字の約束事を大切にして、文字化したものである。写生の姿勢を心がけている。細部、微笑を尊んだと言っていいだろう。出発点は艶寿会、高浜虚子の選句、選評である。それを基本に据えて、緩やかな、穏やかな、しかし確かで、毅然とした指導をなさったと今更ながらに思う。そして何よりも「漣句会」は句会ではなく、「喰う会」です、と普段に話しながら、集うことの、一座することの楽しさを追求された。

三、ある日の漣句会

昭和四十八年九月二十四日の発会以来、漣句会には恒例となっている行事が少なくとも五つはあった。初句会・新年会、吟行、三船祭、作品展、納め句会・忘年会である。

吟行はどの句会でも行われる。作句の題材を求めて野外や名所旧跡を訪ねることだが、それは「季語の現場に立つこと」である。四季の折々に触れて吟行するに越したことはないが、私が入会した頃、漣句会では年に一、二回しか行われていなかった。私が初めて参加した吟行は、平成十一年四月の第六〇七回だったか、あるいは翌平成十二年四月の第六三一回であったか、定かでないが、第六三一回の参加ははっきりしている。入会して二年近くなっていて漣句会にもなじんでいた。

第六三一回は京都東山臨済宗東福寺塔頭正覚庵《しょうがくあん》「筆の寺吟行」であった。

「花びらのささやかな紅に高ぶりぬ」。「四月十三日　最適の花日和、いち年ぶりの筆の寺へ、伊丹句会も合同で楽しい一日を過す。桜は最高の見頃。筆塚も句碑も私たちの誉れとして、新しい句友も感動して下さり、幸せの一日を過させて頂く。車を連らね、四条へ出て春の一日を満喫する」。

参加者は十五人。「花も天気も絶好を得て、泉仙の鉄鉢精進料理が殊の外美味しく、皆々満足の様子に今日の嬉しさ満点。若人のお手伝いを得て、好々日。四時散会」。

ちなみにその日の拙句「春の句座寿《ことぶ》く風と師の入場」、一点入った。


平成十四年十月二十四日の第六九一回は秋の吟行であった。「秋の大阪湾巡り　一二時　南地丸三楼　集合　ホテルシーガル　てんぽーざん大阪　ラ・メール　丸三楼にて食事と句会」と案内された。

「コロンブスの迎える甲板秋の晴れ」。「十月二十四日　夜来の冷雨もすっかり晴れて最高の吟行日和に、一同嬉々とシーサイドホテル内丸三楼にて美味しい昼食。若主人らのサービス船乗場迄の御案内。サンタマリア号にロマンを感じつつ五十分の船遊びを楽しみ、丸三楼にて句座を開き六時散会」。参加者は九人。


最後の吟行は平成十九年四月五日の「筆の寺吟行」、第七九八回連句会である。

「寒戻りすさまじき哉筆の寺」。「四月五日　青空広がり吟行への沿線は桜の通り抜けの花を始め、七条へ着くまでの春景色に一同喜色満面。京へ着くと正に寒戻りの最高、冬仕立てをした甲斐も有り、一日を無事句に過ごし、六時散会」となった。

正に寒の戻りで「筆の寺」までの道中は寒く、参加者も八人であったが、大変に心和む、暖かな会であった。

その日の吟行句と選ばれた三秀句とその評を覚えとして挙げておきたい。

まず吟行句。

禅寺に句碑しずもるや花の冷え　愛子
何鳥か知らず飛翔す花の寺　愛子
春深し句碑に残りし句友《とも》思う　秀子
手を借りて飛び石伝い花日和　秀子
寂として佇む寺の花の庭　昭
大樹かげ苔むす春や筆の寺　昭
山門をくぐれば久し玉椿　千鶴子
今日一と日心和みし花の寺　千鶴子
つくばいに桜一片《ひら》正覚庵　玉枝
春の日に歴史を秘めて句碑建ちぬ　玉枝
花の句座歴史を刻み東福寺　輝生
花冷えやまづ健やかな一句選　輝生
筆塚に春風薫る苔の庭　貴美子
花ふぶき念仏手向け筆の寺　貴美子
読経の膝に這いくる花の冷え　けい子(伊丹)
友というやさしいひとあり桜満つ　けい子(伊丹)

君しのぶ木魚に添いし落花かな　三智（欠席出句）

句座までの道のり楽し花の頃　三智（欠席出句）

三秀句。

打ち寄せる波激しくも春の水　輝生

評　高々と岩にも浜にも打ち寄せる激しい波、浪、然しどこやら春の季を運んでくる。しぶきにも春への思いが感じられる。塩の香の匂ってくるような一句。

卒業子指切りをして門を出る　秀子

評　青春の最高の人生、恩師との別れ、親友との涙の別れ、幸せを約しての指切りの別れ、いつまでもこの情熱、純情を忘れないで!!

春の宮飴売る人と顔見知り　三智

評　飴細工の小父さんへの子供のあこがれ、手先きより生れる動物や花、おまけには美味しい甘い蜜も呉れた春のおおらかな日差しの氏神の様子がなつかしい。

川浪青漣筆塚建立

漣会20周年記念句碑建立除幕式　平成5(1993)年5月

「筆の寺」は京都東山臨済宗東福寺塔頭正覚庵《しょうがくあん》、毎年十一月に筆供養が催され、絵や書に親しむ人たちが使い古した筆を奉納して賑わう。昭和四十二年十一月には筆塚が建立された。筆塚建立の経緯を語る碑文の裏には、発起人の一人として愛子先生の書の先生であった川浪青漣師の名前も刻まれている。昭和五十二年五月には川浪青漣師個人の筆塚「天蓋無私」も建立された。また、門の脇には川浪青漣師の「筆の寺」の碑がある。

「筆の寺」正覚庵の間口は案外に狭いが、奥行きは山に沿ってのかなりのものだ。門を入って玄関、本堂のあたりから梯階式に建物がある。その一番奥の大広間で三方に庭を眺めながら句作して、泉仙の鉄鉢精進料理に舌鼓を打った。庭の一隅には平成五年五月三十日に漣会の二十周年を記念して建立した句碑がうかがえた。

この句碑建立の時の弾んだ様子が『漣会』四六七号の「漣のことば」に記されていた。

「五月三十日空模様は雨が降り残る。午前十時京阪淀屋橋集合。予定通り十一時過ぎに東福寺着。一同の願いも叶い待望の二十周年記念句碑が思いもかけぬ立派な自然石で、筆の寺の庭の最上席へ。おごそかに除幕式が十二時三十分行わる。

左右より北上愛子、山村若津也を先頭に綱を持ち一同で最高の幕を開らく、大きな歓声が上る。お天気も上々、時には日射しが美しい緑の寺庭を映えさせる。座敷にて乾杯手〆めで祝う。

石面に十三名のそれぞれの句が、それぞれの胸へ句作の思いが蘇《よみがえ》る。二十年の重みが重なってくる。何らかの都合で御縁を得られなかった句友には心から残念を思わずには居られない。

句を志す者に取っての最高の行事であり幸せの日。」

今昔にときめくものや春の雪　愛子
雫みな春の彩してふくらみぬ　久江
切り株にひと、き憩う花疲れ　みち子
賜わりし八十路の春の舞扇　若津也
海凪いで千畳敷に春の潮　秀子
花に逢い人に出逢いし佳日かな　千恵
元旦や音の始めの魚板かな　玉喜
もの、芽の何かは知らずいつくしむ　三智
小春日や残る町名なつかしき　京子
舟唄の天に香まる、川下り　千代子

漣会の恒例行事　嵐山「三船祭」の俳諧船
昭和53(1978)年5月21日

初日記母すこやかと記しけり　若女
雛あられ昔の彩の交じりけり　田鶴子
口紅をグラスに移す春の宵　好子

三船祭は五月に催される嵐山車折神社例祭の神事。歴史は浅く昭和三年以来の行事で延長神事などと言われる。大堰川に御座船・竜頭船・鷁首船を浮かべてその船の上で様々な伝統芸能が披露され、平安時代の船遊びの趣がある。

漣句会ではその船遊びに参加する。その日は、愛子先生を始め女性陣はみなさん清少納言になった気分で振る舞われた。車折神社境内には清少納言社があって、祀られているのは才色兼備にご利益のある神様となっている。それでみなさんはそのご利益を大いに預かろうとしておられた。

平成十八年五月の三船祭は第七七七回漣句会で「車折《くるまざき》のうちわを配り幸分《さちわか》つ」と報告された。

平成十九年五月二十日が最後の三船祭参加となった。五月二十四日の第八〇一回漣句会報告の「漣のことば」で、それまでの会の歩みに重ねて楽しい一日が記されている。

「漣句会初回より三十有余年、恩師川浪青漣先生の書の船を受継ぎ、俳諧船として五月第三日曜、嵐山車折社夏祭の三船祭に参加。今年も無事晴天に恵まれ波少し高しと云えど、新緑の山並が大堰《おおい》川に写り、平安の雅びを今に龍頭船を先頭に、献茶船（今年は裏千家当番）、小唄船、酒船、尺八船（外国人の女性が見事に吹奏大拍手でした）等々、三時間余りを短冊を船の軒辺《べり》に珍しい花筏の緑葉を添え飾り付け、皆さんの一句が、酒と替りうちわ船より扇と替り、昔人の気分を満喫、四時すぎ上陸後、嵯峨吉兆離れ座敷にて会食、一同満足して暗闇を照らす置灯篭の明りに送られ、八時嵐山を名残りに帰途に着きました」。

作品展というのは何をするのか、当初分からなかった。絵画や書道の集まりなら展覧会開催で容易に分かる。音楽教室なら発表演奏会だ。俳句の会の集まりでの作品展、発表会は何をするのか。平成十二年十月、私はこの作品展に初めて関わった。様子が分からないままお手伝いしたのだが、いつもの句会とはかなり趣の違う「漣句会」、発表の場、それぞれが精進の跡を確認する場であると受け止めた。それまでの句会で点を得た句、評価を得た句、作品展に向けて新たに詠んだ句、それらを吟味して数句を短冊にしたためる。会場を借りて設営し、展示する。「漣会」の句友はもちろん、不特定多数の人に自作の句を見せる、読ませる、味わわせる、それで新たな評を得て自身の精進の糧にする、「漣会」作品展はそのような催しであると理解した。

第七六四回漣句会は平成十七年十一月十日開催で、「松竹座前　ギャラリー　香　二階作品展会場　十二時集合」と案内された。第三十回作品展の会場での開催。

「秋日和三十回の作品展」。「十一月十日　作品展搬入の日、お天気に恵まれ一時頃より順調に飾り付け終

第12回漣会俳句作品展　昭和63(1988)年1月

り皆様の御奮闘を厚く感謝、句友の御子息も黙々と御協力下さり有難く感謝。予定通り定時に賑わいの道頓堀を帰路に着く。」

記念すべき第三十回作品展は四日後の十五日に無事に終わった。「エレベーターを降りると金屏風、寒桜、百合の満開に迎えられる会場。十一月十五日皇女紀宮様御結婚。作品展無事終り万歳。四日間、記帳が百人を超す盛会。晴天にも恵まれ、御堂筋祭りも会期中にある。誠に有難いことに一同感激。三拍子の手打ち目出度く千穐楽」。

第七八八回漣句会は平成十八年十一月九日開催で、「31回作品展搬入日につき投句のみ　正午より松竹座前　ギャラリー　香　2F」と案内された。「道頓堀冬灯かがやき句を飾る」。「十一月九日　木枯一号が吹き一夜明けた秋日和、誠に晴天に恵まれ、作品展搬入日の有り難さに感謝、総出に無事飾り付け終り明日から発表の盛会に思いを託し無事帰途に道頓堀を後にする」。

翌十日から第三十一回作品展が始まった。「初日より多数の方々の御来場。今年は昨年より出品の方少なくなりしがそれなりにまとまり美しく、伊丹句友よりの贈り物、秋の鳴り物、柿、ざくろ、かりん、柚子、れもん等香り豊かに飾り会場の清々しく、一同うれしく喜ぶ。十三日、千穐楽を迎え、宗右ヱ門町串の坊にて打上げ会。十四日、雨天となるも片付け終る。来年は十月二十五日より開催決定。目出度シ　目出度シ」。しかし、作品展はこれが最後になった。愛子先生は、翌平成十九年九月は「いよいよ十月末の作品展の準備に移り気持ちも高揚」していて、十月十一日の第八一〇回漣句会は「作品展の打合わせ等に話が弾み久しぶりに楽しい句会」を過されたが、体調は悪かった。第三十二回作品展の企画はおのずと立ち消えた。

漣会の定例句会は、毎月第二、第四月曜日の午後二時から五時まで開催され、逐次会報「漣会」を発行していた。私が参加して以来十年の定例句会二二五回の会場は、吟行や作品展など特別な会を除いては御津八幡宮の会議室であった。おそらく一八〇〇回を超える。

御津八幡宮は島之内八幡宮とか御津宮とも呼ばれ、「八幡筋御堂筋西へ一つ目筋角」にある。大阪市の歴史史料として「御津八幡宮文書」を残す由緒ある八幡宮であるが、境内はさほど広いものではない。しかも喧騒のアメリカ村の中に位置している。正面に建つ鳥居を挟んでの間口は一〇メートルもないか。奥行きは南北の道路沿いの献灯提灯の数から推して三〇メートル程はあろうか、そこまではないか。ちなみに久しぶりに訪れて数えた献灯提灯は七十三張りあった。

石畳の参道が本殿に真っすぐ延びている。本殿の西側に社務所のある二階建ての建物がある。その中の一階に小学校の教室くらいの広さの会議室が二部屋に仕切られてある。床は絨毯敷き。玄関を入ってすぐの右手の部屋にコの字型に机を並べて漣句会を行っていた。

参道の左手、社務所のある建物の前はやや広く、桜の木が二本ある。一本は社務所のすぐ脇、もう一本は右手前方にある。ともに古木だが、右手前方にある木は、幹がかなり太く、根の周りが盛り上がって枝を大きく広げて立っている。その桜の木の西と南はビルがのしかかるように建っている。花の頃には観桜会が開かれていた。その頃を除けば御津八幡宮境内は幾分くすんだ感じであることは免れない。

本当に何度も何度も足を運んだ境内だが、改めて一人で立って見渡すと、なんとも感慨深いものがある。

平成十三年十一月二十二日、漣会は大きな行事を催した。愛子先生は満八十二歳になられるちょっと前だった。当時の会報「漣会」で辿ってみる。

十一月八日、第六六八回漣句会。

「立冬に身の引き締まる今日の句座」、「思いがけず八幡宮への国旗掲揚台奉納の記念事業の話の進み、次回教室の日に一同ご奉仕することに弾み、句会も自作句を読み上げ句座盛り上がる」、「次の教室11月22日(木)午後1時より御津八幡宮庭 国旗掲揚台建納式 式典後二時より句会続いて直会」(「漣会」第六六八号)。

十一月二十二日、御津八幡宮境内に国旗掲揚台を建納し、式典後に第六六九回漣句会を催し、その後に直会《なおらい》をした。

「由緒あるこの地に建碑小春の日。雲一つない青空に有難い冬晴日。皆さん笑顔に溢れ、ご神殿にてお祓いを受け待望の日の丸掲揚、玲紫女のリードにて君が代を声一杯歌う感激。三智女の孝行に肖《あやか》り漣会一同清々しい一刻を味わい、句会の後直会も盛り上がり、五時散会」(「漣会」第六六九号)。

十二月二十七日、第六七一回漣句会。

「手打ちして納め句会のつゝがなき」、「世間の騒々しさを外《よそ》にして、初めて宮社の二階の座敷句会。丸三楼主人の心入れの年納めの美味しいぜんざいに舌鼓。柔らかいつき立て餅入りの夢心地、幸せでありました今年に感謝。皇孫誕生、国旗掲揚台奉納。有意義な年に手〆めで〆くくり、暮の町へ五時散会」、「次の教室2002年1月10日(木)午後1時　2時今宮戎福娘来駕　初句会引き続き宴会　南地料亭丸三楼」(「漣会」第六七一号)。

わたしも漣会のみなさんの輪の中にあった。漣句会に一座する喜びに浸っていた。六十七歳だった。

鳥居を潜ってすぐの左手に、漣会の建納した「国旗掲揚台」がある。左手は御手洗の場。真向いは朱の鳥居の小さな祠。

掲揚ポールを囲む四本の石柱には「奉納　十河美代子」、「奉納　福水　十河文子」、「島田徳次」、「会主　北上愛子」、「俳句　漣会」、「平成十三年十一月吉日　建之」と刻まれている。

掲揚ポールも石柱もまだ新しく、あの日のままのように見える。

本殿に向かって深く一礼して境内を出る。東側の道を北に進む。途端にアメリカ村の喧騒に取り巻かれた。

後日、「御津八幡宮・三津家文書」に目を通してみた。昭和六十一年二月に発行された「近世初期大阪関係史料」。それに寛文七(一六六七)年当時の「御津八幡宮境内絵図」が収載されていた。境内は長方形、鳥居の建つ南側の辺は東西に「表口五間」(九・一メートル)とあり、南北の辺は「裏行弐拾弐間」(三九・九メートル)とあった。絵図には「三津寺　八幡宮」と本殿の位置が示され、本殿奥の両脇に「八王子」社と「弁才天」社の位置が示されている。

大正七年の地図「嶋之内」を見た。昭和十八年の地図「南区」を見た。共に長方形の境内の中央部が四角い形で西側に少し突き出ていた。

現在の境内地は幅広のLの字を逆さにした形になっている。本殿と社務所のある建物の裏は隣地でビルがあり、ビルの前は周防町通り、アメリカ村そのものだ。

御津八幡宮は三五〇年前と同じ場所にあるものの、境内地の南北の奥行きは一〇メートル（六間）は浅くなっているようだ。

四、ある日の愛子先生

漣句会では愛子先生は俳句の先生で、皆さんの前に在る。凛とした姿勢が際立つ。句会が引けての酒席などではむろん寛がれたが、それでもやはり先生として過ごしておられた。

ある時、誘う方があって先生と一緒に淀の京都競馬場に遊びに行くことになった。先生は初めての経験であったかと思うが、京阪電車の車中から既に弾んでおられた。競馬開催日の京阪電車京都線ではレース状況が放送される。競馬ファンはなんとなく落ち着かない気持ちになる。先生がその時そうであったか分からないが、武豊の名前には敏感に反応されていた。その頃の武豊はその騎乗ぶりは進境著しく、ジョッキーとしての人気は上昇中、まだ独身で甘いマスクが女性ファンを引き付けていた。愛子先生もその一人、孫世代の武豊が大の贔屓であった。その日は第４レースから最終の第１２レースへ単勝馬券で投票してそれなりの戦果を上げられたように思うが、私の記憶は定かでない。ただ、愛子先生のレースごとのはしゃぎようは童女のようであった。随分と楽しまれたと思う。

愛子先生の甥の生駒寛さんの夫人である京子さんから伺った話。

生駒さん夫妻は羽曳野に住まわれるようになってからＰＬの花火大会に何度か先生を招待された。ＰＬの花火は日本一の規模を誇る催しと言う。

「誰でもそうでしょうが、おばさんも最初は静かに見ておられます。だんだんと興が乗ってくると声を上げられます。普通はタァマヤーとかカァギヤーでしょう、おばさんはオォカジマヤーです。嵐吉三郎さんの屋号の岡島屋を叫ばれました。オォカジマヤーと叫ばれる時のおばさんはとってもいいお顔、すてきなお顔をしておられました」

その頃は岡島屋、七世嵐吉三郎は既に亡くなっておられ、岡島屋も絶えていた。

「おばさんはとってもお話が好きで、お話もお上手で、お酒もお強くて、私の主人の寛も営業マンでしたから話は上手で、おばさんとの話はいくらでも続きます、切れないんです。横で聞いていても面白いんです。二人は気の合った叔母と甥の仲でした」

「嵐吉三郎さんにはお会いしたことがあります。主人との結婚前に二人でご挨拶に伺いました。芝居を見て楽屋に伺いました。歌舞伎役者さんですから当たり前と言えば当たり前ですが、面長の男前の方、おばさんの好みだと思いました。後でおばさんの方から嵐吉三郎さんにモーションを掛けたと聞きました」

愛子先生の方から七代目嵐吉三郎に近づいたという話は意外だった。愛子先生と七代目は親子ほど年が違う。大阪松竹歌劇団スターの「都滋子」と出会って可愛く思ったのがきっかけとなって、その後発展したものとばかり思っていた。七代目とのなれ初めを先生から伺う機会は私にはなかった。先生は、私にはやはり先生であった。

第八章　合同句集『句集　漣』上梓

昭和五十三（一九七八）年三月十二日の定例句会は一〇〇回目となった。会報「漣会」も第一〇〇号発行となった。巻頭には「謡曲の聞こえて春の句を詠みぬ」を置いた。

九月二十四日、漣会は五周年を迎えた。漣会は十一月三日付で『句集 漣』を上梓した。三十一名による合同句集（三名の遺句を含む）である。「あとがき」に愛子先生のこの五年間の思いが溢れている。

昭和四十八年九月二十四日上本町白蓮寺に於て発会させて頂きましてより満五周年を迎える事となり感涙にむせんでおります。

故恩師川浪青漣先生のお力強いお励ましを頂き、その上暖い皆様の友情に包まれて今日迄共に勉強させて頂いて参りました幸せは終生忘れる事ではございません。

俳句をつくり本当に楽しかったと喜んで頂けるようにと念願致しました甲斐あって皆様も相寄れば何よりも楽しいひとときと、何十年ものおつきあいのような友情を得られましてこんな嬉しい事はございません。

五年間に詠まれました思い出の句を待望の句集に出来たらと、急に思い立ちまして記念句集として刊行させて頂く事となりました。

出版に対しまして、発会以来よりの
東京の　下田実花先生
京都の　水野深草先生
大阪の　東川紀志男先生
には特にお力添えを頂きました事はこの上もない幸せでございました。

この上は、皆様と御一緒に益々仲よくがんばって第二、第三の句集の出来ます様念願致しております。ただこの五年の間に恩師川浪先生を失い、なつかしい方々とも悲しいお別れのありました事のみが残念で残念でなりません。

心より御冥福をお祈りして遺句を御一緒に記させて頂きました。

益々漣会の発展を願いまして、あとがきとさせて頂きました。

愛子先生は五十八歳、「愛」二十句を発表された。

幸せの満つるとおもふ初鏡
初芝居目礼うけし桟敷かな
宝恵駕に大きく人の波ゆれる
神妙に柏手打ちて厄落し
吐く息の白きが指を漏るる朝
会釈する舞妓の素顔春寒さ
童謡の終日《ひねもす》聞こゆ雛の市
山も野も動くと見ゆる陽炎いて
今ここに在わすと思ふ花吹雪
田楽をあつらへおきて寺詣づ

一人住む気儘の家に初夏の色
巣つばめに留守を頼みし山家哉
御神船揺れてゆれいる藤の花
捨てかねし香水の瓶過ぎし恋
一瞬の静寂もある蝉しぐれ
望みなき事に望みを雲の峰
幸せの吾身一つに秋晴るる　　実花選
尼君の出でます寺に秋遊ぶ　　実花選
四ツ辻に人影もなし今日の月
無我の儘土に馴染みて甘藷掘る

うちの一句「宝恵駕に大きく人の波ゆれる」は、昭和三十二（一九五七）年十二月の第四十四回新橋艶寿会で選になった三句のうちの一句で、『おかじ満《ま》や』にも収載されている「宝恵籠に大きく人の波ゆれて」を一字改めたものであるが、高浜虚子選の句をわざわざ改めるということは考えにくい。原稿整理の上での誤りではないかと思われる。

また、「幸せの吾身一つに秋晴るる」と「尼君の出でます寺に秋遊ぶ」の二句は「実花選」と注が付いている。「実花」とはいうまでもなく「東京の下田実花先生」である。

ちなみにこの年、昭和五十三（一九七八）年の主な出来事をさらうと次のようなこと。

三月、成田空港開港反対派、空港管制塔などを破壊、三十日の開港が五月二十日に延期。五月、植村直巳、犬ぞりで北極点に単身到達。六月、日中平和友好条約に調印。九月、エジプト、イスラエル両首脳、米大統領の仲介で中東和平会議（キャンプデービット会談）、電力、ガス各社円高差益還元の料金値下げ申請。十月、東京外国為替市場、一ドル一七五円五〇銭の最高値。十二月、円急落、二〇三円四〇銭。

愛子先生は六十一歳。

合同句集『句集　漣』はその後十周年、十五周年、二十五周年、また西暦二〇〇〇年を記念して上梓され、都合五冊になった。発行の年の主な出来事を拾い、愛子先生の「あとがき」と発表句を順に追っていく。

昭和五十七（一九八二）年、愛子先生は六十二歳。

五月、英領フォークランド諸島（アルゼンチン名マルピナス諸島）をアルゼンチン軍が占領、両国の紛争始まる。六月、東北新幹線開業。十一月、上越新幹線開業。中曽根内閣成立。

六月十日、第二〇〇回漣句会、「漣会」第二〇〇号発行、「二〇〇句会迎えて贈る夏のれん」。

昭和五十八（一九八三）年、愛子先生は六十三歳。

六月、大韓航空機、サハリン上空でソ連戦闘機に撃墜され、乗員、乗客二六九人全員死亡。

九月二十四日、漣会十周年。十一月十五日、四十二名による第二合同句集『句集　漣』発行。

十年一ト昔あっと云う間の年月でございました。昭和四十八年の秋故恩師女流書家川浪青漣先生の一字を頂き、漣《さざなみ》と命名、小波の打ち寄せる如く、ささやかな句の集いとしての積み重ねが今ここに実を結び、この様な立派な二冊目の句集が出来上りました。

五周年の時の一冊目より頁数も倍になりましたこの発展を、下田実花先生も、お祝のことばの中におっしゃって下さった様に、青漣先生が泉下できっと喜んで下さっていることと存じます。

只々逢えば嬉しく楽しく何ごとも打ち明け合って固い契で結ばれた友情を、大切にして行きたいと存じます。そして又第三、第四の句集の出来ます様勉強して行きたいと念願致しております。

この度は、美人画の第一人者小川雨虹先生の御好情にて、御立派な扉絵を頂戴致しましたことは何よりも嬉しいことでございました。

東川紀志男先生よりも友情の祝句頂き、発会以来の御厚情を改めて御礼申し上げます。

益々漣会の発展と皆々様の御健康を願いましてあとがきとさせて頂きました。

「愛　その二」二十句。

柏手に群れ翔つ宮の初雀
戎橋渡るや春着の妓に逢ひし
鈴の緒を強めに引いて厄落し
日脚伸ぶ一人住ひを整えり
枝くぐりくぐりて次の梅ほむる

帯揚げの色を定むる春の情
土手少し斜めに下りて蓬摘む
大げさに音立て浅蜊洗ひけり
椿餅その葉懐紙に納めおく
一管の指定まらぬ花の冷え
群集に見守られ鹿の子乳さぐる
苗売りの箱土少し貰ひけり
一日を無口に過ごす梅雨じめり
黴の辞書開けば朱線ある頁
ケーブルカー桔梗見つけて遠ざかる
摺鉢に母の掌が舞ふとろゝ汁
高々と柘榴残りて枝媚ふ
お火焚祭清めの鈴を肩に受く
顔見世の桟敷舞妓の肩身揚げ
犬小屋に声掛けて出る師走かな

昭和五十九(一九八四)年、愛子先生は六十四歳。
二月、植村直巳、北米マッキンリー冬季単独登頂に成功、下山途中に遭難。

三月、北上弥太郎歌舞伎に復帰、三月中座で八代目嵐吉三郎襲名。


昭和六十(一九八五)年、愛子先生は六十五歳。

三月、科学万博つくば八五が開幕。八月、日航ジャンボ機、群馬県御巣鷹山中に墜落。

定例句会を毎月第二、第四月曜日午後二時から五時まで開催し、逐次「漣会」を発行。


昭和六十一(一九八六)年、愛子先生は六十六歳。

四月、「前川リポート」発表。五月、ソ連チェルノブイリ原発で爆発事故の発生が判明。東京サミット・英皇太子夫妻来日、ダイアナ・フィーバー巻き起こる。

八月二十八日、第三〇〇回漣句会、「漣会」第三〇〇号発行、「耐えがたき秋の暑さを云いあえり」。九月十一日、第三〇一回漣句会、「会報三〇〇号達成　祝句会」と題して「北新地本通り　ニュー大錦」で開催。


昭和六十二(一九八七)年、愛子先生は六十七歳。

四月、国鉄が分割民営化、ＪＲ七社スタート。五月、朝日新聞阪神支局に猟銃男が侵入、記者二人を殺傷。

十月、ニューヨーク株式大暴落(ブラックマンデー)。十二月、米ソ、中距離核戦力(ＩＮＦ)全廃条約に調印・円、ニューヨークで急騰。一ドル＝一二〇円九五銭を記録。


昭和六十三(一九八八)年、愛子先生は六十八歳。

九月三日、八代目嵐吉三郎(北上弥太郎)逝去、五十五歳。

三月、青函トンネル開業青函連絡船が八〇年の歴史に幕。六月、リクルート汚職事件発覚。八月、イラン・イラク戦争停戦。

九月二十四日、漣会十五周年。十二月十二日、四十一名による第三合同句集『句集 漣』（二名の遺句を含む）発行。

漣会も発会より早や十五周年を迎えました。

五十八年に第二冊目の句集を出版以来又も五年を過ごし、念願の第三冊目の出版を致すことになり感激ひとしをでございます。

金四個、銀三個、銅七個、計十四個のメダルを獲得、爽やかな高校生コンビの体操競技が光った、ソウルオリンピックの意義ある年。そして日本国民にとりまして非常事態とも言える、天皇様の御大病に連日一喜一憂の年となりました。

漣会にとりましても、この五年の歳月には大切な〴〵方々との悲しいお別れがありました。第一に大先輩、東京新橋艶寿会下田実花様、発会以来の名幹事渡辺容造様、名世話役の上野慶子さん、伊丹漣会の八木一様、私事乍ら、かけがえの無い跡つぎをあっと言う間に失い途方に暮れるしばらくでございました。八世嵐吉三郎を襲名には、皆様の絶大な御支援を頂き乍ら、不甲斐ないことでお詫びの申しようもございません。

然し、この悲しみを乗り越えて次の目的の第四冊の出版出来る日まで、益々漣会の発展と、皆々様の御健康を願いまして、この度びのお喜びのあとがき御挨拶とさせて頂きます。

序文を頂きました、上方芸能誌の編集長にて、第一冊から句集出版に当り、一方ならぬお世話になりますあゆみ印刷の前オーナーでいらっしゃる木津川計先生に、何よりのお言葉を頂きましたことは、誠に有難いことでございます。

改めまして厚く御礼申し上げます。

「愛　その三」二十句、故八世嵐吉三郎（北上弥太郎）、句友・故上野慶子の追悼三句。

初旅や宿の女将《おかみ》の一つ紋
初夢の逢うべき人に逢いにけり
福笹の土鈴がゆれる酔心地
寒蜆キユッと水吐く静夜かな
解けがての薄氷《うすらい》うごく桶の底
東塔も西塔も見ゆ猫柳
早春の池廻り来る郵便夫
手折りたき桜にみくじ結びけり
万葉の恋の辺りや子鹿啼く
手招きに答え梅雨傘まわしけり
まだ覚めぬ笠屋町筋日傘ゆく
心太《ところてん》押し出す手元のぞきけり

竜安寺の石も灼けたり石有情
地蔵盆今日移り来し家の子も
闇を裂き稲妻天地つなぎけり
萩の風季の移ろいをせかせけり
秋の水いつもの芥よせつけず
一ツ橋渡りきる間の初しぐれ
鳰一羽もぐれば二羽もぐる
二の酉やその頃のこと夫のこと

追悼
故八世嵐吉三郎（北上弥太郎）
握る掌の温もりいまだ萩散れり
逆縁の経読む日々や秋の風
故上野慶子
梅雨晴れ間句座に遺影の微笑めり
昭和六十四（一九八九）年、愛子先生は六十九歳。

一月七日、昭和天皇崩御。元号が平成に改まる。米国、ブッシュ政権発足。二月、佐賀県内の吉野ヶ里遺跡で弥生期最大級規模の集落跡発見。六月、宇野内閣成立。中国・天安門事件起こる。八月、海部内閣成立。九月、東欧各国で民主化相次ぐ。十一月、ベルリンの壁崩壊。十二月、マルタ島で米ソ緊急首脳会談、冷戦終結を宣言。

平成二(一九九〇)年、愛子先生は七十歳。

三月、ソ連初代大統領にゴルバチョフ選出。七月、イラク軍、クウェート侵攻。十月、東ドイツが西ドイツに編入、統一ドイツ実現。湾岸危機などで株価暴落。

十一月八日、第四〇〇回連句会、「連会」第四〇〇号発行、「神の庭桜もみじに染まりゆく」。

平成三(一九九一)年、愛子先生は七十一歳。

一月、湾岸戦争勃発(九月PKO法案決定)。六月、雲仙・普賢岳で大火砕流。四大証券による巨額の大口投資家損失補てんが判明。ソ連、ロシア共和国大統領選挙でエリツィン勝利(七月大統領就任)。七月、米ソ、戦略兵器削減条約に調印。九月、一九八六年十二月に始まった景気拡大が「いざなぎ景気」(五十七ヵ月)を超え戦後最長に。十一月、宮沢喜一内閣成立。十二月、ソビエト連邦消滅。

平成四(一九九二)年、愛子先生は七十二歳。

三月、ボスニア内戦へ。八月、中韓国交樹立。東証株価、一万五千円割る。九月、学校五日制スタート。

平成五（一九九三）年、愛子先生は七十三歳。

一月、欧州連合（ＥＵ）発足。三月、江沢民が中国国家主席に。八月、細川護煕内閣成立。八会派による連立政権。九月、イスラエルとＰＬＯが相互承認。十三日、パレスチナ暫定自治に合意。公定歩合、史上最低の一・七五％に。コメ凶作（指数八〇）で緊急輸入へ。

五月三十日、第四六七回漣句会、筆の寺吟行。漣会二十周年を記念して筆の寺・東福寺塔頭正覚庵《しょうがくあん》に句碑を建立。石面には十三名の句が刻まれている。

九月二十四日、漣会は二十周年を迎えたが諸事情からだろう合同句集上梓はなされなかった。


平成六（一九九四）年、愛子先生は七十四歳。

一月、小選挙区制導入。二月、英仏海峡トンネル開通。六月、長野県松本市で有毒ガス、サリンで七人死亡。東京外為市場で一ドル＝九九円九三銭。戦後初めての一〇〇円を突破。村山富市内閣成立。自民・社会・さきがけによる連立政権。

十月二十七日、第五〇〇回漣句会、「漣会」第五〇〇号発行、「五百回重ぬ歓喜や萬年青《おもと》の実」。


平成七（一九九五）年、愛子先生は七十五歳。

一月十七日、阪神淡路大震災。ＷＴＯ（世界貿易機関）発足。三月、地下鉄サリン事件。七月、米とベトナムが国交正常化。十一月、新食糧法スタート。

平成八(一九九六)年、愛子先生は七十六歳。
一月、橋本龍太郎内閣成立。自民・社会・さきがけ連立政権。六月、病原性大腸菌O一五七による集団食中毒。九月、国連、包括的核実験禁止条約採択。「民主党」結成。十二月、ペルーの日本大使公邸を武装グループが銃撃、占拠。

平成九(一九九七)年、愛子先生は七十七歳。
四月、消費税五%スタート。五月、イギリス、ブレア内閣(労働党)発足。六月、総会屋への利益供与事件で山一証券、日興証券など不祥事続発。七月、香港、中国に返還される。タイ、バーツ危機、アジア通貨危機の始まり。十一月、山一証券が自主廃業決定。十二月、地球温暖化防止京都会議。日本を含む一二一ヵ国が対人地雷禁止条約に署名。韓国大統領選挙で、野党・国民会議の金大中が勝利。行政改革会議、中央省庁再編案を決定。

愛子先生の「あとがき」にあるようにこの年は漣会にとって佳事が重なった。それで一年前倒しして四月十日、二十五周年記念として三十二名による第四合同句集『句集 漣』(三名の遺句を含む)の上梓となったようだ。

あっと云う間に、漣会も二十五周年を迎えました、昭和六十三年の第三冊目句集発刊より、年号も平成と改まり、地下鉄サリン事件、未曾有の阪神大震災と試練の歳月でございました。然し佳いことも多々。漣会の句碑建立と云う念願も果たしました。伊丹漣会句碑は故久保勇様敷地内に、本部大阪漣会は、東福寺筆の寺寺内の、お庭に川浪青漣先生の筆塚をお守りする如く、いづれも皆様方の御協力を得て目出度く立派な句碑が出来ました。その上、今年は、序文に山村若津也師のお言葉通り、若津也様の卒寿、不肖私の喜寿、句友方も傘寿、古稀、還暦と、それぞれ寿齢を迎えられました。この期を祝し遅くなりましたが、念願の第四冊目刊行の運びとなりました。

長生きするのも芸の内と、古人が申された如く、生きることの喜びを一入心に銘じ益々皆様の御健康を願い、俳句を学び楽しんで参りたいと存じます。句集第五冊を目標として。

扉字の歌は、先年水戸偕楽園へ参りました時、感動を覚えました。光国公のお軸で拝見し寄れば楽しい漣会の趣旨にぴったりと存じ印させて頂きました。

追って、故人となられました方々の、御冥福を心より念じ、私達の長寿健康を喜びまして、この慶びの御挨拶と致しました。

「愛」二十句。

初鏡喜寿なる姿勢正しけり
初詣千の石段登りけり
初髪や乱れぬことのいとおしく
恋の詩読めば己づと春ごころ

砂風呂に春の日傘を挿しくる、
舟頭に京の訛りや春の湖
スヰトピー句座に明るさ誘いけり
定礎石砕け被災地春の雨
でで虫や大地の広さ知らぬま、
土買うて朝顔苗の鉢増やす
掛香や女ひとりの生活《たつき》ぶり
行者滝女聖者の乳房かな
おもかげは去年の祭りの役者船
結界として秋のすだれ巻かず置く
定まらぬ着こなしとなり秋暑し
下呂までは一人の旅路山錦
筆塚の師の文字たしかしぐれ寺
面長は明治の愁い一葉忌
顔見世や親子口伝の芸の巾
水掛の納め不動や酔少し

表題がただ「愛」とあるが、第三合同句集までの流れから見ると「愛　その四」とされるべきであった。

平成十(一九九八)年、愛子先生は七十九歳。

二月、長野冬季オリンピック開催される。七月、小渕内閣成立。

九月二十四日、漣会二十五周年。十二月二十四日、第六〇〇回漣句会、大阪天満宮門前「豊」で祝う。「漣会」第六〇〇号発行。


平成十一(一九九九)年、愛子先生は八十歳。

一月、EU共通通貨「ユーロ」発足。三月、コソボ紛争(NATOユーゴ攻撃)。十月、自民、自由、公明三党で連立内閣。世界人口六〇億人に(国連発表)。十二月、マカオ、中国に返還される。


平成十二(二〇〇〇)年、愛子先生は八十一歳。

四月、小渕首相急逝、森内閣発足。六月、金大中韓国大統領、金正日朝鮮民主義人民共和国総書記と会談。

七月、先進国首脳会議(沖縄サミット)。九月、ロシア、プーチン大統領就任。十二月、アメリカ大統領選挙混乱。


十一月三十日「漣会」発行の三十三名による第五合同句集『句集 漣』(四名の遺句を含む)発行。

西暦二千年と云う、記念すべき世紀の変り目に、待望の句集第五冊目を刊行出来る事となりまして、嬉しさ、感激この上もございません。

2001年の新年句会、丸三楼にて

漣会発会　　昭和四十八年九月二十四日
句集初刊行　昭和五十三年
第二冊刊行　昭和五十八年
第三冊刊行　昭和六十三年
第四冊刊行　平成九年
第五冊刊行　平成十二年

御一緒に楽しく勉強させて頂きましたこの歳月、五年目を目安の刊行には、世の中は勿論のこと、それ〲の喜び悲しみもドラマの如く句に記され意義深い事と、改めて一冊目から、拝読しております。

昨年より殿方の参加にて、一同華やぎ活気を増し、益々楽しい句席となりました。

句友、最長老の山村若津也師には、この春栄誉有る、大阪舞台芸術賞を受賞され、句友一同お祝句を申し上げました処、早速手拭に染めて下さいましたので、この度句集の見開きに、御披露いたしました。又この句集が、お手元に入る頃洩れ承れば、お喜びごとのございますとか、待ち遠しく筆を持っております。

5冊目の合同句集刊行記念会
右・山村若津也師と

漣会の重鎮として、益々のご長寿を願い、第六冊目へ向って、皆様の御努力をよろしくお願い申し上げます。

この度の序文は、南地丸三楼若主人　島田愛一郎様に、お願い申し上げました。

『愛子礼讃』
十七文字に込めた思い…
想い…重い…？
北上愛子先生は、
「もっと素直に、もっと軽く」と評する。
しかし作り手は「言葉」に
二重・三重の意味を紡ぎ合わす。
作り手の熱意を
その生き方の様に軽妙に受け止め、
ほんの一文字書き換えて
名句にしてしまう
愛子先生。

まさに「言霊の幸ふ国」の女流俳人である。

「愛」二十句を発表。

二千年一歩を照らす初明り
一点の曇り無き瞳《め》に初御空
読み初めにルーペの鎖たぐり寄す
消し忘る門灯春の日に溶ける
恋猫の首尾を聞いても深眠り
育ち来し昭和が見えるみどりの日
逢いし日は云わずにおきし春の風邪
花疲れこはぜ一つのもどかしく
めざしやのめの字達筆詣で道
母の日に母の生涯真直ぐなる
パスポート手続き多し梅雨の入り

南地　丸三楼　若主人　島田愛一郎」

筆塚の師の文字なぞる仏生会
ロザリオも数珠も平和を原爆忌
化粧水掌に溢れさせ夏初め
秋の冷指輪くるりと廻りけり
月見酒われより先きにゆきし人
平常心写経に委ね秋彼岸
丸めたる嵩恐ろしき木の葉髪
日向ぼこ卒寿の姉の画き眉毛
逢うことを約して別る年の暮

愛子先生は「第六冊目へ向って」とそれぞれの努力を求められたが、これが最後の合同句集となった。

漣句会はその後も回を重ねた。

平成十五(二〇〇三)年三月十三日、第七〇〇回漣句会、「漣会」第七〇〇号発行、「宮の木々芽吹きけなげに命見ゆ」。南地「丸三楼」で祝宴を張った。愛子先生は八十三歳。

平成十九(二〇〇七)年五月十日、第八〇〇回漣句会、「漣会」第八〇〇号発行、「矢車の高きに音す宮の庭」。

五月二十四日の第八〇一回漣句会は「会報八百号達成に、思いがけず句友による祝宴となりケーキで祝い、ぶどう酒で乾杯、ばらの花が盛られ最高の句会」となった。愛子先生は八十七歳。

会報800号達成記念　平成19(2007)年5月24日
左より桐山みち子さん、梁玉枝さん、乾秀子さん、
愛子先生、斉藤昭さん、著者、早田千鶴子さん

平成二十（二〇〇八）年一月十日、新年句会として第八一五回漣句会、「漣会」第八一五号発行、「初句会顔揃いして華やげり」。愛子先生は八十八歳。

第九章　終焉

一、終焉

平成十九年師走の句会は十二月十三日に第八一三回をいつもの御津八幡宮で催された。「ささやかにお弁当の忘年会」。参加者は八人。席題は「保」。「急に寒さきびしくなるが、皆さん張切って句席に並び、旧丸三楼の名残のお弁当も感慨深く、御酒にて乾杯、一年の締めくくりも楽しく、暮れの早い師走街へ　五時散会」。

十二月二十七日に第八一四回の句会を催された。会場はいつもの御津八幡宮。参加者は九人。席題は「立」。「納句会手〆めして年送る」。「寒気急に厳しくなる。宮の用意の〆め飾り、新暦を頂き、無事一年の句会を終わる。暦に来年の運気佳きを確め力強い、四時半機嫌よく御神殿前にて　散会」。

平成二十年の新年句会は一月十日午後二時、「初句会」として「上町線　東天下茶屋　晴明通　安来屋」で催され、「5時より　宴会」となった。第八一五回。「初句会顔揃いして華やげり」。参加者は七人。席題は「火」。「何も彼も新らしく今日は十日戎、会場を晴明通り安来屋に移して頂き二時より句会、皆さん勢揃い。新年会掛け持ちの方もあり、和やかに句会、会食と佳日を楽しみ、九時散会」。

記憶では、愛子先生は体調が思わしくなく、一階の床几でしばらく臥せっておられ、席題の出ない会になったかと思うのだが。

次回は、二月十四日午後二時から引き続き晴明通の「安来屋」で催し、「5時より　会食」となった。会場が「安来屋」となったのは参加者皆の総意だった。愛子先生が弱っておられることが誰にも見て取れた。「安来屋」は先生の自宅に近い。会が引けてからそこで一緒に夕食をとってもらおうという思いであった。

愛子先生は五十歳の頃に子宮がんを患われた。幸いにも手術を受けて回復されたが、当時は死を覚悟されたように聞いていた。放射線治療を受けながら般若心経を一心に唱えられたとも聞いた。夫の七代目嵐吉三郎は七十五歳、愛子先生の心のうちには不安が渦のように巻いていたと思われる。無事回復された後、愛子先生は夫の七代目嵐吉三郎と二人して天下茶屋の安養寺を訪れ、生前に戒名を頂かれたという。嵐吉三郎は吉祥院釋演弥里環居士、愛子先生は玉祥院釋尼妙愛大姉。また、その後、薬師寺に写経に伺われるようになったとも聞いた。

私が出会った頃の愛子先生は既に七十八歳であったが頗る元気だった。大病を経験されたなど全く感じられなかった。しかし、その後の十年で病の影は老いと共に確実に忍び寄っていたのだと思う。子宮がんが案外早くに再発していたのではないかと思われるが、愛子先生の気丈さが押し隠していたと思う。『漣会』第八〇八号の「漣のことば」に、体調不良を理由に辞任した安倍首相に触れた後、自分のことを書いておられる。「次の首相は誰方なのか、健康な人が出ればよろしいが、かく云う私も、美味を味わう入口より突如として只今出口のかくも大変なものと思い知らされている日々です。長生きするのも芸の内、御用心　御用心」と、初めて病気であることを公にされた。平成十九(二〇〇七)年九月十三日のことである。

それでもまだ周囲に頼ることはされなかった。事情は知らないが、永年縁戚の方々とは疎遠になっておられ、身寄りというものがないのに、である。

お宅にお送りしても玄関先までだった。家の中にはどなたも上げられなかったと聞く。その理由は後で一瞬にして分かることになる。

愛子先生、もっと早くに頼ってくだされば良かったのに。

その日から八ヵ月後、愛子先生は亡くなることになる。

メモふうに綴ると次のように進んだ。


九月十三日、第八〇八回連句会、御津八幡宮。

九月二十七日、第八〇九回連句会、御津八幡宮。

十月十一日、第八一〇回連句会、御津八幡宮。

十一月八日、第八一一回連句会、御津八幡宮。

十一月二十二日、第八一二回連句会、御津八幡宮。

十二月十三日、第八一三回連句会、御津八幡宮。

十二月二十七日、第八一四回連句会、御津八幡宮。

一月十日、第八一五回連句会、安来屋。

一月二十一日、会報の件で先生に電話をした。安来屋に鰻丼の差し入れを依頼した。

一月二十八日、北上慶子さん(故北上弥太郎夫人)の電話番号を聞き出した。

一月二十九日、日生病院を紹介され、先生を入院させようとしたが断わられる。阿倍野区役所に生活保護
について問い合わせの電話をした。

一月三十日、先生を新大阪の回生病院に入院させた。

二月十四日、第八一六回連句会を中止した。

二月二十一日、先生の甥の生駒寛さんと連絡がつく。夫人の生駒京子さんと回生病院で会う。先生への月

謝を渡す。


三月二十七日、先生、選句の後にビールを所望して看護師に注意される。先生よく眠る。

三月二十九日、ビールを持ってきた男の見舞い客がある。先生、少しビールを飲む。幻覚症状が起きる。

四月二日、危篤状態。

四月三日、正気に戻る。

四月二十七日、五月一日に生駒京子さん、早田千鶴子さんと共に愛子先生の治療方法を問うため担当医師への面談を申し入れ、了解を得る。

五月一日、愛子先生と話す。生駒京子さんらと泌尿器科の医師に先生の今後の治療方法について説明を受けた。手術をしないで様子を見ることとなる。

五月四日、木津川計さんがお見舞いに、握手する先生の顔にほほ笑みが。

五月七日、午前五時二十分逝去。

五月九日、通夜(八日が友引のため)。

五月十日、十一時から告別式。

六月九日、三七日法要、安養寺。

六月二十二日、四十九日法要、安養寺。


平成二十年五月七日、北上愛子先生は亡くなられた。八十八年五ヵ月のご生涯であった。

北上家の墓は天下茶屋の安養寺にある。七代目嵐吉三郎、北上弥之助が先に行って待っていた。

九月、『上方芸能』一六九号に演出家中川芳三氏の追悼記が掲載された。

「芝居と共に歩んだ生涯――北上愛子さん

関西歌舞伎の大幹部として活躍した七代目嵐吉三郎丈のお墓は、天下茶屋の安養寺にある。「時雨の炬燵」の紙屋治兵衛の女房おさんの墓と真向かいの場所である。同じ狂言の父親五左衛門役では、他の追随を許さなかった岡島屋さんには恰好の墓所だなと思い、納骨の日に発句をたむけた。

五月風を　間におさんと　さしむかい

その法事の席をこまやかに取りしきっておられたおかみさんの愛子さんが、五月八日(七日)に亡くなられた。岡島屋没後、三十五年が経っている。

北上愛子さんは、若き頃、OSKのスターであった。その頃よりのロマンスを大事にはぐくみ、紆余曲折、幾多の障害を乗り越えて、やっと正式に入籍できたときの、披露の喜びようは、当時劇界のほほえましい話題になった。

ご自分の青春も生涯も岡島屋と、そして芝居と共に歩まれた愛子さんだが、岡島屋が亡くなった後は、俳句の結社「漣会」を主宰し、良き同人に囲まれて目ざましい活躍を続けておられた。七回忌には、追悼の句集「おかじ満や」を上梓されている。ずっと岡島屋さんを偲びつつ、幸せな晩年を過ごされたのではなかろうか。

漣会の方々の心温まるお見送りを受けて旅立たれた。にこやかな遺影に手を合わせ、晩年は、兄の孫右衛門や、舅の五左衛門が持ち役だったが、「私の本役は、二枚目の治兵衛だよ」といって笑っておられた役者

吉三郎さんの面影が重なり、三十五年ぶりに付句が浮かんだ。奥様、やっと……。
　さざなみによせ　小春みもとに
合掌」

二、惹きつけたもの

私は愛子先生晩年の十年程、俳句を通じての師と弟子という以上に親しくさせて頂いた。俳句の先生であり、人生の先達として仰いだ。私が先生に惹きつけられたのだが、先生は男女を問わず周辺の誰をも惹きつける方だった。先生の何が魅力で、どこに惹きつけられたのか。何とかここまで先生の足跡を辿ってきて改めて思う。

愛子先生の俳句の生徒さん、私の句友でもある倉智貴美子さんの愛子先生評は、先生と関わりのあった方々の一般的なものだろう。

北上先生は本当に女性として気品があり、身も心も美しいお方だと、私は非常に尊敬いたして居りました。自然を愛し人を愛し、いつも笑顔で、意欲、根気、そしてそれを支える好奇心をお持ちのお方だったからこそ、この道一筋に、今日を精一杯生きられた事に、本当に頭が下がります。日本女性のお手本として、大切に大切にしたい。

北上先生は今も泉下でじっと見守って下さっていると思います。
倉智貴美子さんは、先生の数ある句の中から吟味して、気に入りの五句を挙げる。

刷鉢に母の掌が舞うとろろ汁
犬小屋に声掛けて出る師走かな
気ごころの知れてくつろぐ心太
枝豆の塩の加減や古女房
牡蠣船や道頓堀の今昔

早田千鶴子さんはお母さんの早田樹代さんが参加する漣句会について行って、いつのまにかというか、なんとなくというか、句を詠むようになった。五度上梓された五冊の合同句集にも参加した。早田千鶴子さんは五冊の合同句集から先生の句を三句だけ選んでコメントを付ける。

第一集から
一人住む気儘の家に初夏の色
広い縁側で、お風呂上がりの初老の女性（先生）が、うちわ片手にすだれ越しに入ってくる風を受けて涼む姿を想像して、羨ましく思いつつ選んだ。

第三集から
初夢の逢うべき人に逢いにけり
私が何年か前に浮かんだ句によく似たのがありました。
第四集から
おもかげは去年《こぞ》の祭りの役者船
この句はご主人の嵐吉三郎さんの面影をうたった句でしょう。

松尾豊子さんは著書『ほんまにおおきに』の中に客であり俳句の先生である愛子先生について「役者の妻、スターの母」と題して次のように書いている。

北上愛子先生は私の俳句の先生です。ＯＳＫ時代は京マチ子さんと同期やとか。ご主人は歌舞伎俳優の先代嵐吉三郎さん。東京の方ですが関西歌舞伎の名脇役として活躍されました。店のカウンターで、問わず語りにふたりの出会いやおのろけ話が始まると、隣に坐ったお客さんはシーンと聞き入ったり大声で笑ったり感心したり、それはそれは面白いのです。
息子さんは映画俳優の北上弥太郎さん、のちの嵐吉三郎さんです。時代劇の映画では二枚目の容姿でファンを魅了したものです。なつかしく思い出される方も多いでしょう。
歌舞伎の楽屋などで若い役者さんたちに俳句を教えておられたので、愛する吉三郎さんに先立たれたとき、川浪先生の勧めで俳句の先生になられたんです。

役者さんたちばかりではありません。私たち観客のほうも入門する人が多かったんです。

美しさと品の良さは今も変わりません。たまにひとりでフラーッと入ってきてお酒と雰囲気を楽しむ風情がなんともけっこうで……。

そんな先生を待ち構えている常連さんも何人かおられます。

「北上先生の話、ちゃんと書き残したら上方の芸能文化の立派な資料にもなるで。このままにしといたらもったいないなあ……」

とつぶやくのは棚橋昭夫さん（元NHK芸能プロデューサー）です。

「筆塚の師の文字なぞる仏生会」

先生の自作です。お人柄がしのばれますね。

『ほんまにおおきに』（浪速社刊）

松尾豊子さんはこの出版企画に寄せて次のように手紙を寄越された。


愛子先生に初めてお会いしたのは十八歳の春でした。二回り違いの先生は四十二歳でした。

書家川浪青漣先生のお宅へご指導頂きに伺った時でした。

愛子先生は五十歳の頃に「子宮ガン末期」を宣告され、覚悟はされたものの二回り以上年上のご主人（嵐吉三郎丈）を残して逝くわけにはいかないと、辛く苦しい治療に耐えられ、しっかり闘病されて無事（？）ご主人を先に見送られ、その後奇跡的に再発もなく、頗るお元気に活き活きと俳句の先生として楽しい日々を過ごされました。

先生と私の母と小唄のお師匠さん（柏貞君師）は同年配で、ご自分たちで「三婆会」などと笑いながら、よく私の店「豊」でお食事をしてくださいました。

母、お師匠さん、先生の順で旅立たれ、おそらくあちらでまた「三婆会」を再結成して楽しくおしゃべりされていることでしょう。

愛子先生は酔われるとよく「私が死んだら大好きなスイートピーをお棺に入れてね。豊ちゃんに頼んでおいたら安心やから……」と口癖のようにおっしゃっていました。

私の娘がそれをよく覚えていてくれて、先生が旅立たれたとき、スイートピーの季節ではなくて、お花屋さんに頼み込み、ウェディングドレスの花嫁さんが持たれる大きい花びらの真っ白な長い長いスイートピーを用意することができ、ご葬儀の日、故北上弥太郎夫人の慶子さんに訳をお話しいたしましたら「まあ、それは有り難うございます！　きっと喜んでいる思います」とおっしゃってくださり、余りにも大きく長いスイートピーでしたので、お棺の中ではなく蓋をされてから上にのせさせて頂くことになりまして、娘と二人「先生、昔からのお約束通りスイートピーをお持ちしましたよ。どうぞ安らかに」とお声をかけました。

五十年近いお付き合いですから、もっともっと、思い出はいっぱいありますが、また時々夢に出てこられたときに、懐かしいあれこれを、一杯頂きながらお話しするつもりで、ほんのちらほらおもいつくままに書かせて頂きました。

早田千鶴子さんは先生の最晩年に本当によく尽くされた。お母さんの代からの親しい付き合いで、家の缶函に母と先生の写真がいっぱいある、と言われる。そうであるにしても、一緒に動いていて、頭が下がる思いだった。

愛子先生の病気再発、入院手配、親族捜し、葬儀手配、その後の居宅の片付け作業は、有体に言って難儀であった。気丈で、他人に弱みを見せない先生に、私たちは惹きつけられるところが大きかったが、互いに不肖の弟子として、愚痴を言い合うこともあった。

先生が亡くなられて十二年になる。今も早田さんと会えば、愛子先生についての話は尽きることがない。

早田さんには漣会最初期の句会の場、愛子先生の書の修練の場、川浪教室のあった場所に連れて行ってもらったことがある。

「大阪市南区鍛冶屋町八番地」、昭和五十七（一九八二）年の地名表示変更で「中央区島之内一丁目二十一」となっている。明治十八（一八八五）年創業の筆の店、「きくや筆本舗」のある辺り、その店の一軒置いた左隣りの、今では南北両側で五〜六台収容できるモータープールになっている一角に、川浪教室、愛子先生の書の先生、川浪青漣師の書道教室はあった。

一人で訪ねたのでは分りにくかっただろう。

「きくや筆本舗」の、今では珍しくなった、いかにも商家という看板を眺め、店の玄関に目をやると、左の隅に「鍛冶屋町6番地」と「高津宮氏子総代」の小さな白いプレートが貼られていた。

案内をしてくれた早田千鶴子さんの家は、当時、川浪教室の筋向いにあった。お母さんの早田樹代さんが小料理屋を営んでおられた。庭に竹を植えこんだ縦長の店だったという。早田樹代さんは発会当時からの漣会会員、第四の合同句集に「その昔女将《おかみ》と云われ竹植える」が収載されている。

川浪教室はない。案内をしてくれた早田さんの家もない。縋るよすがの何もない場に立って、往時この場に集った方々、後に御津八幡宮で出会うことになった方々の、懐かしい姿がしのばれた。その殆どの方が、愛子先生の先になり後になりして旅立っておられる。

第十章　会報『漣会』掲載句（第六一一号から第八一五号）抜粋

第六合同句集の上梓は愛子先生の目標としてあった。平成十二（一九九八）年十一月発行の第五合同句集の序文で、漣会発会から第五合同句集発行までの経緯を辿り、「第六冊目へ向って、皆様の御努力をよろしく」と記しておられる。順調ならば五年後の先生八十六歳の年、平成十七（二〇〇五）年頃の上梓、発行となったか。そうなっておれば、愛子先生は第五合同句集発行後の発表句の中から吟味して少なくとも二十句を「愛その六」として収載されたはず。

愛子先生は句の発表の場を基本的に会報『漣会』としておられた。会報『漣会』の第六一一号（平成十一〈一九九九〉年六月十日発行）から第八一五号（平成二十〈二〇〇八〉年一月十日発行）を読み直してみた。八年七ヵ月、月二回の句会で会報は二〇五冊発行され、愛子先生の掲載句は八五〇句あった。

その全句を収載したいと思った。しかし、愛子先生はこれまでの合同句集には吟味を重ねて二十句ずつ収載しておられる。会報の掲載句は兼題の例句や句会の報告を兼ねてサラッと詠まれたものもある。そのまま全句収載することを、弟子として憚る気持ちもあった。どなたか優れた先達に選句をお願いして、その分を収載することも考えたが、周辺知己はみなさん高齢で頼みづらい。思いついてからも時間はどんどん経っていく。やむを得ず僭越を承知の上で、私自身で八五〇句に向き合い、選句した。

選句の基準は、概ね次のようなことに置いた。①言葉が付きすぎた句を省く、②取り合わせの妙、展開に驚きのある句を採る、③人の一生や縁、「命の終焉」や、覚悟を決めた後の穏やかな諦念、それらが感じられる句を選ぶ。

師の句の選句は、始めてみたら案外面白いものになった。漣句会で票を入れた頃の感覚が思い出されて懐かしかった。

八五〇句から私が選んだのは次の九六句。
選句は作句につながる。選が甘い、粗いなどと愛子先生からのお叱りがもしあらば、そのまま受けるしかない。

第六一二号
梅雨入りや呪文に浄む裏鬼門

第六一四号
昼顔の巻蔓支《ささ》う草細し

第六一五号
盂蘭盆や愛《いと》しき人のことばかり

第六一六号
ロザリオも数珠も平和も原爆忌

第六一九号
同じこと又言うている日永かな

第六二〇号
小利口に言いまわされて秋暑し

第六二三号
在りし日の夫婦湯呑みや片しぐれ

第六二四号
二〇〇〇年の一歩われにも大旦日《あした》

第六二六号

一隅に下萌えを見る我が和《なご》み

第六二七号

寒の雨素顔の眉を画き足しぬ

第六三〇号

うるうると揺れつ、生まるしゃぼん玉

第六三一号

花散る散る木魚ボコボコ句の縁《えにし》

第六三三号

花びらの集まる小溝彩の綾

第六三九号

玉音を聞いたあの日の夾竹桃

第六四五号

良き便りあれかし冬の初めかな

第六五一号

根廻しの出来て歌留多は子の勝利

第六五五号

えひめ丸

彼岸波鎮魂祈る海千尋《ひろ》

第六六六号

百年の有史敬う子規忌かな

第六六七号

でで虫や空の広さを計る角《つの》

第六六八号

拓本に馬棟の力萩の詩

第六六九号

母のこと天王寺《てんのうじ》蕪の肌白し

第六七三号

危うさや翔べ翔べ鉄路寒雀

第六七四号

三十回忌祥月にて

巡り来し二ン月又も我泣かす

第六七五号

たんぽゝやその日は幼き日のまゝに

第六七八号

今更に句碑在る庭の春景色

第六八四号

縁遠きまゝに過せし蓮浮葉

第六八七号

鈴虫や君車椅子句座出づる

第六九四号

隠しごと図星さゝれしおでん酒

第六九七号

寒月や常夜灯影地に這わす

第七〇〇号

気配りを受けて春風邪納めけり

第七〇七号

好々爺昔は昔初がつを

第七一四号

初夢は末の世までの若さかな

第七一六号

しぐれ傘傾け神前潦《にわたずみ》

第七一七号

相聞歌今もときめくしぐれ傘

第七二二号

奴凧天の広さを思い知れ

第七二三号

物欲は捨てたつもりや春浅し

第七二五号

春水や小虫溺れる洗面器

第七二六号

句作りの日進月歩しゃぼん玉
花溜り苔のくぼみを明るうす

第七三一号

安らぎは子無きがゆえか青すだれ

第七三七号

保母さんの持て余しいる大飛蝗《ばった》
跡取りは保育器の中星月夜

第七四一号

木登りの上手が哀れ熊撃たる
逢いにゆくきみの碑初雀

第七四五号

歩行器にくくりつけたる〆飾り

第七四九号

一つことばかりを悔み春の雨

第七五三号

若竹の天へ通じる道ひらく

賽銭を茅の輪に挿してくぐりけり

第七六〇号

秋の昼庭のそよぎに波動見る

第七六一号

万物に秋光そゝぐ世の広さ

第七六五号

初夢も逢いに来ぬ人回忌年

第七六七号

霜月の記憶に悔やむ開戦日

記念日は二人の秘密冬ぬくし

第七六八号

愛着の捨てられずいる冬帽子

古日記愛失いし日の涙

第七六九号

いつの世も母の笑顔や福袋

第七七〇号

萌ゆるもの見つけ小石を除きやる

第七七四号

ゆかり人わずか筆塚花の冷

第七七六号

点々と苔に彩置く落椿

追憶の汚点となりし春の泥

第七七八号

口元のほくろが怪しサングラス

第七八〇号

襲名の引き幕涼し藤十郎

第七八一号

何となくどことも無しに秋めけり

第七八三号

浮き沈み経て余生生く走馬灯

第七八四号

清爽な人でありしよ迎え鐘

第七八五号

完治して早や三十年八十路秋

第七八七号

有りの実と縁起かついで秋果食む
有り余る恩恵秋の空広し

第七八八号

来世まで解けぬ秘めごと愁思燃ゆ

第七八九号

米寿今みな優しくて年賀状
恋の反古煙りとなりて遠霞
果しなき命を願う流れ星

第七九一号

女寿命遠《とお》に過ぎたり実南天

第七九三号

水餅をすくえば忽ち甕《かめ》濁る
寒の水ためらいもなく喉通す

第七九四号
追憶の君送りし日春しぐれ

第七九五号
如月や生きる力を頂きつ

第七九六号
それぞれの人生のあり卆業す

第七九七号
母の肩加減して揉む春の情

第七九九号
鈴蘭に今甦える乙女の日

第八〇〇号
気付かれぬま丶でありしよ更衣

第八〇一号
薄暑して八百号を祝う句座

第八〇二号
足裏《あうら》より湿り伝わる梅雨の入り

第八〇三号
満ち足りし人生余白梅雨の晴れ
冷奴君の遺せし象牙箸《ばし》

第八〇六号
何よりも有難き句座氷菓食む

第八〇七号
至らなさ詫びても足らぬ盆供養

第八〇九号
朝寒や何もせぬま丶刻過ぎる

第八一一号

人生の道振り返える秋の暮
道々に身の上話初紅葉
根深汁如何《いか》程恋し母の味

第八一二号

師走風一人住いの埒《らち》もなく

第八一三号

保険書を添えて師走の医者通い

第八一四号

米寿なる新年如何に弾みけり

第八一五号

初句会顔揃いして華やげり
火照頬誰にも見せじ冬ショール

選句とは別にもう一句掲げる。

第八一六号

入院も六日目となり年の豆　（新大阪回生病院にて　最後の句）

平成二十一（二〇〇九）年四月二十九日、一周忌を迎えるに当たって有志で「偲ぶ会」として第八一六回漣句会を御津八幡宮で開催した。参加者二十名。「漣会」第八一六号を発行。巻頭にこの最後の句を置き、最終頁に直筆の短冊「逢いにゆくきみの碑初雀」を掲げた。

忘れがたい句友に十河三智さんがいた。発会以来の会員で、大きな句、色彩豊かな句を作る人だった。経理事務に堪能で、テレビプロデューサー・舞台演出家の石井ふく子さんに乞われ、石井事務所の運営を担ったこともある。

句会ではいつも高位入選で、秀句も数多く、一時期、漣会の後継者と目されたこともあったが、充実期に糖尿病を患い、足や目が弱り、郵送による出句のみとなった。その三智さんが、愛子先生の「終焉前後」に愛惜のこもった句を寄せている。

先生の入院に寄せての句が、

くずるゝも妙なるものよ白牡丹

追悼句が、

君がゆく川辺に咲けや花あやめ

愛子先生の存在感を、川浪青漣師の書のように雄渾に冴えざえとした表現で詠みあらわした句である。この見事さはどうだろうか。惜しくも先生が病没して数年後に亡くなった。

愛子先生は漣句会のほかにも幾つかの句会に関わっておられた。私の知る限りでは、青門石切句会、道頓堀句会、伊丹漣句会、青門の会などであるが、愛子先生はそれぞれの句会について話されたことはなかった。ただ青門の会は愛子先生の勉強会と想像できた。伊丹漣句会とは幾分かの交流はあったが、青門石切句会、道頓堀句会とは交流はなく、どのように運営されていたのか、分からない。『漣会』のような会報の発行があったのか、その句会で愛子先生も一緒に詠まれたのか、詠んでおられたのなら、それはどのような句であったのか、味わってみたかった。

北上愛子　年譜

大正八年　一九一九年

十二月九日、大阪市東区上本町十丁目三六五番地にて生駒友次郎、トメの長女として出生。兄に文治郎、銀三郎、民夫、友衛。生駒家は代々四天王寺の営繕関係に関わっていた。

大正十二年　一九二三年　四歳

両親は共に明治十三年生まれ。愛子は二人が三十九歳の時に授かった女の子である。長兄の文治郎と二十歳、次兄の銀三郎と十四歳、三兄の民夫とも九歳違う。女の子を待ち望んだ両親と歳の離れた男兄弟に囲まれて、特別に可愛がられて育つ。

大正十四年　一九二五年　六歳

この頃か、茶屋遊びに通じていた長兄文治郎によくお茶屋に連れて行かれた。文治郎は愛子を隠れ蓑にしていたようである。生駒家は芸事に鷹揚な雰囲気があった。このことは後の愛子に多分の影響を及ぼしたと思われる。

大正十五年　一九二六年　七歳

四月、天王寺第二尋常小学校（現大江小学校）入学か。

昭和三年　一九二八年　九歳

二月、片岡當之助道頓堀中座で七代目嵐吉三郎を襲名。七代目嵐吉三郎は本名北村弥之助、明治二十七（一八九四）年十二月一日東京生まれ、生家は電気商。明治四十一（一九〇八）年十月初舞台。明治四十三年十月大阪の十一代目片岡仁左衛門に加わる。大正六（一九一七）年名題となり、東西の舞台に上がる。襲名以後は関西歌舞伎で活躍。

昭和六年　一九三一年　十二歳

この頃か、童話作家巌谷小波に連なる児童劇団に入っていて「主役の少年を演じ、方々の子供会へ」行った。

昭和七年　一九三二年　十三歳
三月、天王寺第二尋常小学校（現大江小学校）卒業。
四月、松竹楽劇部（後の大阪松竹少女歌劇団ＯＳＳＫ）入団か。
昭和八年　一九三三年　十四歳
八月、松竹楽劇部（後の大阪松竹少女歌劇団ＯＳＳＫ）初舞台、芸名は「都滋子」。
九月、「新秋の豪華版大レヴュー」「青夜調　全七景」出演。
昭和九年　一九三四年　十五歳
三月、「春のおどり　さくら音頭　全八景」出演。
八月、「松竹楽劇部」、大阪松竹少女歌劇（ＯＳＳＫ）と名称変更。「大阪松竹少女歌劇・新成立第一回公演」「カイエ・ダムール―愛の手帖―全十一景」出演。
九月、「青春の花束　全十四景　ネオドラマチックレヴュウ」出演。「秋のをどり　七草まつり　全十二景」出演。
十二月、松組公演「れびう顔見世狂言　全八景」出演。
昭和十年　一九三五年　十六歳
一月、「薔薇の乙女　ジャズレビュウ　全六景」出演。
三月、「第十回春のおどり　さくら祭　全十二景」出演。
六月、「大阪をどり　第一回　全十景」出演。
昭和十一年　一九三六年　十七歳
「春のおどり」など主要な公演に出演。
昭和十二年　一九三七年　十八歳
「春のおどり」など主要な公演に出演。

十月十三日、大阪市天王寺区上本町十丁目二十四番地小谷又市と養子縁組。小谷姓となる。小谷家は生駒家の近所で、両家の親交は深かった。小谷又市は両親と同い年。子供のいない小谷家に幼い頃から出入りしていた。

十二月、小谷又市逝去。

昭和十三年　一九三八年　十九歳

一月、小谷家を家督相続し「戸主」となる。

「春のおどり」など主要な公演に出演。

昭和十四年　一九三九年　二十歳

六月、大阪劇場「新企画歌舞伎レヴュゥ大劇一年ぶりの豪華実演、関西歌舞伎若手花形連出演、文楽座若手特別出演、大阪松竹少女歌劇新進組総出演の花形揃いに長唄囃子連中、松竹管絃楽団の協演になる、レビュウ界初まつて以来の新企画歌舞伎レビュウ』「お七と吉三　全十景」出演。「歌舞伎若手花形連」の一人に七代目嵐吉三郎。

昭和十五年　一九四〇年　二十一歳

この年、大阪松竹少女歌劇（ＯＳＳＫ）引退か。

昭和十七年　一九四二年　二十三歳

小谷愛子と七代目嵐吉三郎が生活を共にし始めたのが、いつからなのか、どこでなのか、はっきりしたことは分からない。この頃には共に暮らしていたのではないか。

昭和十九年　一九四四年　二十五歳

四月、父生駒友次郎死去。

昭和二十四年　一九四九年　三十歳

この頃か、市川三升の「楽屋俳句会」に参加して句作に励むようになり、入江来布に師事する。

昭和二十九年　一九五四年　三十五歳

嵐吉三郎丈と共に高浜虚子に連なる句会「艶寿会」に参加。北上弥之助、北上愛子と名を連ねている。

六月、第二十三回新橋艶寿会、里環二句

日ざかりの楽屋住居のうちつゞき

楽屋にゐま日盛りの木挽町

八月、第二十四回新橋艶寿会、愛子三句

むかひ合ふ膝の高さの秋袷

行儀よく坐りし膝の秋袷

流行は追はぬ心よ秋袷

十二月、第二十六回新橋艶寿会、愛子一句

初芝居開かずの飾りのしあるま、

昭和三十年　一九五五年　三十六歳

四月、第二十八回新橋艶寿会、愛子二句

天長の佳節機上の人となり

そら豆にビールの泡のほろにがし

六月、第二十九回新橋艶寿会、愛子一句

毎年に女はぐちよかびぬぐふ

十月、第三十一回新橋艶寿会、愛子一句

茶の花の咲きたる今朝の寒さ哉

この頃か、夕刊紙『新大阪』（か？）に「家運隆盛　句作冴ゆ」「目出度し　吉三郎夫妻」と紹介される。

「関西梨園の宗匠夫婦といえば岡島屋、嵐吉三郎とあい子夫人……既報のとおり戦後、入江来布氏に師事したのがわずか四、五年の間にめきめきと上達、殊に夫人の方がホトトギス誌上に入選して女流俳人として認められるくらい……。何しろ北上弥太郎は映画界で大幹部になり人気も上々(以下略)」

また「楽屋俳句の女宗匠?」「吉三郎夫人愛子さん」と見出しの付いた昭和三十年頃の夕刊紙『新大阪』(か?)の記事がある。それによると、「関西歌舞伎に一座した市川三升丈」の発起で「楽屋俳句会」が催された。「そのとき誰よりも際立って名句を出したのが嵐吉三郎夫人のあい子さん」で「三升宗匠選で高点で抜けた」。その後「入江来布氏を師と仰いで句作に専念」。「関西歌舞伎が上京した際、俳壇の巨匠高浜虚子氏に指導を受け艶寿会メンバーに認められてこの会の一員に加わることが出来るようになった」という。

昭和三十一年　一九五六年　三十七歳

二月、第三十三回新橋艶寿会、愛子一句

春炬燵出でぬがまゝに便り書く

六月、第三十五回新橋艶寿会、愛子二句

滝しぶき伝説秘めてかゝり来る

白粉のつきし部屋着や梅雨晴るゝ

八月、第三十六回新橋艶寿会、愛子一句

楽屋出づ浜町河岸の秋灯

十月、第三十七回新橋艶寿会、愛子一句

行幸の松屋町筋初時雨

昭和三十二年　一九五七年　三十八歳

六月、第四十一回新橋艶寿会、愛子一句

声高に芝居帰りか夏の夜

八月、第四十二回新橋艶寿会、愛子二句

昨日より今日が淋しく鉦叩

ねそべりてゐるまゝなりし鉦叩き

十月、第四十三回新橋艶寿会、愛子二句

風除のつゞくところや波の音

この家と決めて帰るさ花八ツ手

十二月、第四十四回新橋艶寿会、愛子三句

句も書きて日記始めの楽しさよ

還暦の軸かゝり居り初稽古

宝恵籠に大きく人の波ゆれて

昭和三十三年　一九五八年　三十九歳

二月、七代目嵐吉三郎大阪府民劇場奨励賞受賞。

四月、第四十六回新橋艶寿会、愛子二句

新緑や女同士の宴もあり

松蝉の鳴いてゐるなる墓洗ふ

六月、第四十七回新橋艶寿会、愛子二句

初役に古書ひもどけば紙魚はしる

便り来し二階囃子を初めしと

十月、第四十九回新橋艶寿会、愛子二句
白きものまじりふえたる木の葉髪
容赦なき梳き子の櫛や木の葉髪
十二月、第五十回新橋艶寿会、愛子二句
食堂の娘の日本髪初芝居
打出しはしころ太鼓や初芝居
昭和三十八年　一九六三年　四十四歳
七月二十一日、嵐吉三郎の妻、小唄柏流家元の柏貞子、三越劇場で倒れる。小唄柏流の「ゆかた会」の舞台で北上弥太郎の唄に三味線をつけた直後のこと。立売堀の日生病院に搬送される。二十二日、柏貞子逝去。六十三歳。
嵐吉三郎は息子と二人で東大谷の墓に妻柏貞子、北上寿貞子の骨を納めた。
十二月、石田波郷編『現代俳句歳時記』(番町書房十二月十五日初版発行)の春、夏、秋、冬・新年の全4冊のうちの冬・新年の部に二句収載される。「還暦の軸かゝり居り初稽古」(昭和三十二年十二月第四十四回新橋艶寿会)、「打出しはしころ太鼓や初芝居」(昭和三十三年十二月第五十回新橋艶寿会)。
昭和三十九年　一九六四年　四十五歳
一月、京都南座で嵐吉三郎、北上弥太郎父子共演。東大谷の見える楽屋にしてもらう。
三月二十八日、北上弥太郎、茶道裏千家家元千宗興の推薦を受けて小唄柏流二代目家元を継ぎ柏貞を襲名。
昭和四十一年　一九六六年　四十七歳
十二月十七日、東京都中央区日本橋人形町三丁目四番地北上弥之助(嵐吉三郎)と婚姻。阿倍野区晴明通四十八番地の二を本籍地とする。

昭和四十四年　一九六九年　五十歳

この頃、子宮がんを患い、死を覚悟したという。放射線治療を受けながら般若心経を一心に唱えたという。回復した後夫婦して天下茶屋の安養寺を訪れ、生前に戒名を頂いた。その後、薬師寺に写経に伺うようになったという。

昭和四十五年　一九七〇年　五十一歳

四月、七代目嵐吉三郎勲五等旭日章受章。

昭和四十八年　一九七三年　五十四歳

二月二十一日、七代目嵐吉三郎逝去。一月の大阪新歌舞伎座「義経千本桜」川連法眼が最後の舞台となる。吉祥院釋演弥里環居士、天下茶屋安養寺に葬られる。墓は「『時雨の炬燵』の紙屋治兵衛の女房おさんの墓と真向かいの場所」にある。

九月二十四日、上本町白蓮寺で漣会を発会する。参加三十九名。会の規約「漣会のさだめ」に「本会及び教室を大阪市南区鍛冶屋町八番地川浪清漣《(ママ)》先生方に置きます」、「川浪清漣《(ママ)》先生を顧問として総合運営の助言を仰ぎます。」とあり、書の師である女流書家川浪青漣に大きな支援を受け、師の名前の一字を頂き、漣《さざなみ》会と命名する。以後、「小波の打ち寄せる如く、ささやかな句の集いとして」の会を積み重ねる。

明治三十二年生まれの川浪青漣と大正八年生まれの北上愛子とは二十歳違い。書の教室の単なる師弟関係を超えて母と娘のような間柄であったようだ。

十月七日、第一回の教室・定例句会を開催、席題「菊人形」、兼題「そゞろ寒」、参加者は二十七名。同月二十二日、第二回の教室開催、席題「秋まつり」、「赤い羽根」、兼題「秋深し」、参加者二十七名。

十一月十二日に第三回の教室開催、席題「小春」、兼題「木葉髪」、参加二十七名。二十六日、第四回教室開催、席題「七五三」、兼題「花八ツ手」、参加十七名。

十二月十日、第五回教室開催、席題「顔見世」、兼題「冬木立」、参加二十六名。二十四日、第六回教室開催、席題

「水仙」、兼題なし、参加十九名。

昭和四十九年　一九七四年　五十五歳

一月十四日、漣会初の「新年初句会」を南区宗衛門町「折市」で開催、二十六名参加。

三月十一日、漣会初の吟行「京都伏見 筆の寺」、参加十六名、席題は「現地感想句」、兼題「春の雪」。

四月二十八日、二回目の吟行、「神戸 西畑山荘」、参加二十名、席題「藤の花」、兼題「菜種梅雨」。

五月十九日、第三回目の吟行、「嵐山三船祭」、参加十五名、兼題のみで「三船祭」。

七月二十一日、第四回吟行、「箕面 本家琴の家」、参加十二名、席題「瀧」、兼題「雷」。

八月十二日、第二〇回漣句会、席題「朝顔」、参加十七名。「漣会教室報告」第二〇号発行、「一瞬の静寂炎暑忘れいて」。

二十九日、三十日、「夏休」として会員有志十名で城崎温泉一泊旅行。

九月二十四日、漣会発会一周年。

十月十一日、「一周年記念(東洋ホテル 椿の間 午後三時~七時)」の会開催。

一年間で「教室」といわれる定例句会を十八回(毎月第二、第四月曜日午後二時から五時まで)開催し、逐次「漣会教室報告」を発行。吟行四回開催。参加者は半年経過した三月頃から、二十二名から十五名に落ち着いている。

昭和五十年　一九七五年　五十六歳

二月十日、第三〇回漣句会、席題「梅」、参加二十三名。「漣会教室報告」第三〇号発行、「春寒く病む人案じ句にも書き」。書の師川浪青漣体調を崩される。

七月、書の師であり、漣会顧問の川浪青漣死去。

八月、第四〇回漣句会。会報第四〇号発行。

九月八日発行第四一号に「川浪先生の忌明けも無事終りましたことを紙上にてご報告御礼申し上げます」とある。川浪青漣死去後も教室・定例句会は「かじや町 川浪教室」で開催される。二十一日(第四二回教室・定例句会)は川浪青漣の墓参りを兼ねて高野山吟行。二十四日、漣会二周年。

十月六日（第四三回教室・定例句会）は句会終了後に「川浪先生の面影をしのびつつ遺品整理」をする。会報の表題「漣会教室報告」を第四三号から「漣会」とする。

十一月二日には「堺筋周防町東へ一筋目南へ入り東側」の「道仁会館」で「川浪先生遺墨展」を開催する。来場者が百人からあったという。

十二月二十二日、「第四八回教室・定例句会」を「かじや町 川浪教室」で開催。最後の「川浪教室」となる。会報第四八号「華やぎし中に別る、冬至の日」、「本年最後、そしてなつかしいかじや町の教室ともお別れをする日となりました。席題の句作にも川浪先生をお偲びし、句会終了後、賑やかにお別れの会を致しました。」と記す。参加者二十四名。

教室・定例句会を毎月第二、第四月曜日午後二時から五時まで開催し、逐次「漣会教室報告」を発行。

昭和五十一年　一九七六年　五十七歳

一月二十六日、第五〇回漣句会、席題「春待つ」、参加二十五名。「漣会」第五〇号発行。

九月二十四日、漣会三周年。

教室・定例句会を毎月第二、第四月曜日午後二時から五時まで開催し、逐次「漣会」を発行。

昭和五十二年　一九七七年　五十八歳

定例句会を毎月第二、第四月曜日午後二時から五時まで開催し、逐次「漣会」を発行。

昭和五十三年　一九七八年　五十九歳

三月十二日、第一〇〇回漣句会、「謡曲の聞こえて春の句を詠みぬ」、席題「春の雪」「春の野」、参加二十六名。「漣会」第一〇〇号発行。

九月二十四日、漣会五周年。

十一月三日「漣会」発行の『句集 漣』（合同句集）に「愛」二十句を発表。

幸せの満つるとおもふ初鏡
初芝居目礼うけし桟敷かな
宝恵駕に大きく人の波ゆれる
神妙に柏手打ちて厄落し
吐く息の白きが指を漏るる朝
会釈する舞妓の素顔春寒さ
童謡の終日《ひねもす》聞こゆ雛の市
山も野も動くと見ゆる陽炎いて
今ここに在わすと思ふ花吹雪
田楽をあつらへおきて寺詣づ
一人住む気儘の家に初夏の色
巣つばめに留守を頼みし山家哉
御神船揺れてゆれいる藤の花
捨てかねし香水の瓶過ぎし恋
一瞬の静寂もある蝉しぐれ
望みなき事に望みを雲の峰
幸せの吾身一つに秋晴るる　実花選
尼君の出でます寺に秋遊ぶ　実花選
四ツ辻に人影もなし今日の月
無我の儘土に馴染みて甘藷掘る

定例句会を毎月第二、第四月曜日午後二時から五時まで開催し、逐次「漣会」を発行。

昭和五十四年　一九七九年　六十歳

二月十一日、七世嵐吉三郎七回忌法要。句集『おかじ満や《ま》』上梓し、お斎の席で披露。里環（七世嵐吉三郎）遺句三句、芝居七十二句、追悼三句、楽屋六十五句、楽屋 つづく七十五句、千穐楽八十二句、計三百句を収載。松竹の中川芳三氏に「序にかえて 乍憚口上」を頂く。

定例句会を毎月第二、第四月曜日午後二時から五時まで開催し、逐次「漣会」を発行。

昭和五十五年　一九八〇年　六十一歳

定例句会を毎月第二、第四月曜日午後二時から五時まで開催し、逐次「漣会」を発行。

昭和五十六年　一九八一年　六十二歳

定例句会を毎月第二、第四月曜日午後二時から五時まで開催し、逐次「漣会」を発行。

昭和五十七年　一九八二年　六十三歳

六月十日、第二〇〇回漣句会、「二〇〇句会迎えて贈る夏のれん」、席題「朝」、兼題「蟹」、参加二十六名。「漣会」第二〇〇号発行。

定例句会を毎月第二、第四月曜日午後二時から五時まで開催し、逐次「漣会」を発行。

昭和五十八年　一九八三年　六十四歳

九月二十四日、漣会十周年。

十一月十五日「漣会」発行の『句集 漣』（第二合同句集）に「愛 その二」二十句を発表。

柏手に群れ翔つ宮の初雀
戎橋渡るや春着の妓に逢ひし

鈴の緒を強めに引いて厄落し
日脚伸ぶ一人住ひを整えり
枝くぐりくぐりて次の梅ほむる
帯揚げの色を定むる春の情
土手少し斜めに下りて蓬摘む
大げさに音立て浅蜊洗ひけり
椿餅その葉懐紙に納めおく
一管の指定まらぬ花の冷え
群集に見守られ鹿の子乳さぐる
苗売りの箱土少し貰ひけり
一日を無口に過ごす梅雨じめり
黴の辞書開けば朱線ある頁
ケーブルカー桔梗見つけて遠ざかる
擂鉢に母の掌が舞ふとろゝ汁
高々と柘榴残りて枝媚ふ
お火焚祭清めの鈴を肩に受く
顔見世の桟敷舞妓の肩身揚げ
犬小屋に声掛けて出る師走かな

定例句会を毎月第二、第四月曜日午後二時から五時まで開催し、逐次「漣会」を発行。

昭和五十九年　一九八四年　六十五歳

三月、北上弥太郎歌舞伎に復帰、三月中座で八代目嵐吉三郎襲名。

定例句会を毎月第二、第四月曜日午後二時から五時まで開催し、逐次「漣会」を発行。

昭和六十年　一九八五年　六十六歳

十二月、松瀬青々に連なる俳誌『青門』が、終戦四十年を機に全国に呼び掛けて編集した『昭和万葉俳句集―昭和20年8月15日を詠う』（十二月二十日、マルホ㈱発行）に「傷口の蛆に終戦のこと告げる」が掲載される。

定例句会を毎月第二、第四月曜日午後二時から五時まで開催し、逐次「漣会」を発行。

昭和六十一年　一九八六年　六十七歳

八月二十八日、第三〇〇回漣句会、「耐えがたき秋の暑さを云いあえり」、席題「移る」、兼題「初秋」、参加三十一名。

九月十一日、第三〇一回漣句会、「会報三〇〇号達成　祝句会」と題して「北新地本通り　ニュー大錦」で開催。

定例句会を毎月第二、第四月曜日午後二時から五時まで開催し、逐次「漣会」を発行。

昭和六十二年　一九八七年　六十八歳

九月三日、八代目嵐吉三郎（北上弥太郎）逝去、五十五歳。

定例句会を毎月第二、第四月曜日午後二時から五時まで開催し、逐次「漣会」を発行。

昭和六十三年　一九八八年　六十九歳

九月二十四日、漣会十五周年。

十二月十二日「漣会」発行の『句集　漣』（第三合同句集）に「愛　その三」二十句、故八世嵐吉三郎（北上弥太郎）、句友・故上野慶子の追悼三句を発表。

初旅や宿の女将《おかみ》の一つ紋

初夢の逢うべき人に逢いにけり
福笹の土鈴がゆれる酔心地
寒蜆キュッと水吐く静夜かな
解けがての薄氷《うすらい》うごく桶の底
東塔も西塔も見ゆ猫柳
早春の池廻り来る郵便夫
手折りたき桜にみくじ結びけり
万葉の恋の辺りや子鹿啼く
手招きに答え梅雨傘まわしけり
まだ覚めぬ笠屋町筋日傘ゆく
心太《ところてん》押し出す手元のぞきけり
竜安寺の石も灼けたり石有情
地蔵盆今日移り来し家の子も
闇を裂き稲妻天地つなぎけり
萩の風季の移ろいをせかせけり
秋の水いつもの芥よせつけず
一ツ橋渡りきる間の初しぐれ
鳰一羽もぐれば二羽もぐる
二の酉やその頃のこと夫のこと

追悼

故八世嵐吉三郎(北上弥太郎)

握る掌の温もりいまだ萩散れり

逆縁の経読む日々や秋の風

故上野慶子

梅雨晴れ間句座に遺影の微笑めり

定例句会を毎月第二、第四月曜日午後二時から五時まで開催し、逐次「漣会」を発行。

昭和六十四年・平成元年　一九八九年　七十歳

定例句会を毎月第二、第四月曜日午後二時から五時まで開催し、逐次「漣会」を発行。

平成二年　一九九〇年　七十一歳

十一月八日、第四〇〇回漣句会、「神の庭桜もみじに染まりゆく」、席題「丸」、兼題「蔦」、参加二十九名。「漣会」第四〇〇号発行。

定例句会を毎月第二、第四月曜日午後二時から五時まで開催し、逐次「漣会」を発行。

平成三年　一九九一年　七十二歳

定例句会を毎月第二、第四月曜日午後二時から五時まで開催し、逐次「漣会」を発行。

平成四年　一九九二年　七十三歳

定例句会を毎月第二、第四月曜日午後二時から五時まで開催し、逐次「漣会」を発行。

平成五年　一九九三年　七十四歳

五月三十日、第四六七回漣句会。筆の寺吟行。漣会二十周年を記念して筆の寺・東福寺塔頭正覚庵に句碑を建立。石面には十三名の句が刻まれている。

今昔にときめくものや春の雪　愛子
雫みな春の彩してふくらみぬ　久江
切り株にひとゝき憩う花疲れ　みち子
賜わりし八十路の春の舞扇　若津也
海凪いで千畳敷に春の潮　秀子
花に逢い人に出逢いし佳日かな　千恵
元旦や音の始めの魚板かな　玉喜
ものゝ芽の何かは知らずいつくしむ　三智
小春日や残る町名なつかしき　京子
舟唄の天に香まるゝ川下り　千代子
初日記母すこやかと記しけり　若女
雛あられ昔の彩の交じりけり　田鶴子
口紅をグラスに移す春の宵　好子

九月二十四日、漣会二十周年。
定例句会を毎月第二、第四月曜日午後二時から五時まで開催し、逐次「漣会」を発行。

平成六年　一九九四年　七十五歳

十月二十七日、第五〇〇回漣句会、「五百回重ぬ歓喜や萬年青《おもと》の実」、席題「貴」、兼題「南瓜」、参加二十九名。「漣会」

第五〇〇号発行。

定例句会を毎月第二、第四月曜日午後二時から五時まで開催し、逐次「漣会」を発行。

平成七年　一九九五年　七十六歳

定例句会を毎月第二、第四月曜日午後二時から五時まで開催し、逐次「漣会」を発行。

平成八年　一九九六年　七十七歳

定例句会を毎月第二、第四月曜日午後二時から五時まで開催し、逐次「漣会」を発行。

平成九年　一九九七年　七十八歳

四月十日、「漣会」発行の『句集 漣』(第四合同句集)に「愛」二十句を発表。

初鏡喜寿なる姿勢正しけり
初詣千の石段登りけり
初髪や乱れぬことのいとおしく
恋の詩読めば己づと春ごころ
砂風呂に春の日傘を挿しくる、
舟頭に京の訛りや春の湖
スヰトピー句座に明るさ誘いけり
定礎石砕け被災地春の雨
でで虫や大地の広さ知らぬま、
土買うて朝顔苗の鉢増やす
掛香や女ひとりの生活《たつき》ぶり

行者滝女聖者の乳房かな
おもかげは去年の祭りの役者船
結界として秋のすだれ巻かず置く
定まらぬ着こなしとなり秋暑し
下呂までは一人の旅路山錦
筆塚の師の文字たしかしぐれ寺
面長は明治の愁い一葉忌
顔見世や親子口伝の芸の巾
水掛の納め不動や酔少し

定例句会を毎月第二、第四月曜日午後二時から五時まで開催し、逐次「漣会」を発行。

平成十年　一九九八年　七十九歳

九月二十四日、漣会二十五周年。

十二月二十四日、第六〇〇回漣句会、大阪天満宮門前「豊」で祝う。「漣会」第六〇〇号発行。

定例句会を毎月第二、第四月曜日午後二時から五時まで開催し、逐次「漣会」を発行。

平成十一年　一九九九年　八十歳

定例句会を毎月第二、第四月曜日午後二時から五時まで開催し、逐次「漣会」を発行。

平成十二年　二〇〇〇年　八十一歳

十一月三十日「漣会」発行の『句集 漣』（第五合同句集）に「愛」二十句を発表。

二千年一歩を照らす初明り
一点の曇り無き瞳《め》に初御空
読み初めにルーペの鎖たぐり寄す
消し忘る門灯春の日に溶ける
恋猫の首尾を聞いても深眠り
育ち来し昭和が見えるみどりの日
逢いし日は云わずにおきし春の風邪
花疲れこはぜ一つのもどかしく
めざしやのめの字達筆詣で道
母の日に母の生涯真直ぐなる
パスポート手続き多し梅雨の入り
筆塚の師の文字なぞる仏生会
ロザリオも数珠も平和を原爆忌
化粧水掌に溢れさせ夏初め
秋の冷指輪くるりと廻りけり
月見酒われより先きにゆきし人
平常心写経に委ね秋彼岸
丸めたる嵩恐ろしき木の葉髪
日向ぼこ卒寿の姉の画き眉毛
逢うことを約して別る年の暮

定例句会を毎月第二、第四月曜日午後二時から五時まで開催し、逐次「漣会」を発行。

十二月二十八日、第六四八回漣句会。

平成十三年　二〇〇一年　八十二歳

定例句会を毎月第二、第四月曜日午後二時から五時まで開催し、逐次「漣会」を発行。

十一月八日「漣会」第六六八号「立冬に身の引き締まる今日の句座」、「思いがけず八幡宮への国旗掲揚台奉納の記念事業の話の進み、次回教室の日に一同ご奉仕することに弾み、句会も自作句を読み上げ句座盛り上がる」、「次の教室11月22日(木)午後1時より御津八幡宮庭 国旗掲揚台建納式 式典後二時より句会続いて直会」。二十二日、御津八幡宮境内に国旗掲揚台建納。式典後句会・直会。「漣会」第六六九号「由緒あるこの地に建碑小春の日。雲一つない青空に有難い冬晴日。皆さん笑顔に溢れ、ご神殿にてお祓いを受け待望の日の丸掲揚、玲紫女のリードにて君が代を声一杯歌う感激。三智女の孝行に肖《あやか》り漣会一同清々しい一刻を味わい、句会の後直会も盛り上がり、五時散会」。掲揚ポールを囲む四本の石柱には「奉納 十河美代子、福水 十河文子、島田徳次、会主 北上愛子、俳句 漣会、平成十三年十一月吉日 建之」と刻まれている。

十二月二十七日、第六七一回漣句会。「漣会」第六七一号「手打ちして納め句会のつゝがなき」、「世間の騒々しさを外《よそ》にして、初めて宮社の二階の座敷句会。丸三楼主人の心入れの年納めの美味しいぜんざいに舌鼓。柔らかいつき立て餅入りの夢心地、幸せでありました今年に感謝。皇孫誕生、国旗掲揚台奉納。有意義な年に手〆めで〆くくり、暮の町へ五時散会」、「次の教室 ２００２年1月10日(木)午後1時　2時今宮戎福娘来駕　初句会引き続き宴会　南地料亭丸三楼」。

平成十四年　二〇〇二年　八十三歳

一月十日、第六七二回漣句会「南地料亭丸三楼」。「漣会」第六七二号「福笹を床に預けて初句会」、「透き通るような晴天に恵まれ、晴々と新年の挨拶に一同明るい。福娘の若さに今年の力が湧いてくる。漣会の発展を誓い、句座も弾み賑やかに宴も楽しく、玲紫女のソプラノ・カルメンが響く。何よりの健康を願い七時過ぎ散会」。

定例句会を毎月第二、第四月曜日午後二時から五時まで開催し、逐次「漣会」を発行。

十月二十四日、第六九一回漣句会、秋の吟行。「秋の大阪湾巡り」。

十二月二十六日、第六九五回漣句会。

平成十五年　二〇〇三年　八十四歳

三月十三日、第七〇〇回漣句会、「宮の木々芽吹きけなげに命見ゆ」、席題「配」、兼題「春浅し」、参加二十七名。南地「丸三楼」で祝宴。「漣会」第七〇〇号発行。

九月二十四日、漣会三十周年。

定例句会を毎月第二、第四月曜日午後二時から五時まで開催し、逐次「漣会」を発行。

十二月二十五日、第七一九回漣句会。

平成十六年　二〇〇四年　八十五歳

十一月十九日(?)から二十二日(?)、第二十九回作品展。「松竹座前　ギャラリー　香　二階作品展会場」「道頓堀進出の初作品展、やはり松竹座の芝居看板を見乍ら華やいだ四日間」。

定例句会を毎月第二、第四月曜日午後二時から五時まで開催し、逐次「漣会」を発行。

十二月二十三日、第七四三回漣句会。

平成十七年　二〇〇五年　八十六歳

十一月十日、第七六四回漣句会、「松竹座前　ギャラリー　香　二階作品展会場」と案内された。十五日まで第三十回作品展。

定例句会を毎月第二、第四月曜日午後二時から五時まで開催し、逐次「漣会」を発行。

十二月二十二日、第七六七回漣句会。

平成十八年　二〇〇六年　八十七歳

十一月九日、第七八八回漣句会、「31回作品展搬入日につき投句のみ　正午より松竹座前 ギャラリー 香 2F」と案内された。十日、第三十一回作品展。十三日、千穐楽。

定例句会を毎月第二、第四月曜日午後二時から五時まで開催し、逐次「漣会」を発行。

十二月二十八日、第七九一回漣句会。

平成十九年　二〇〇七年　八十八歳

四月五日、第七九八回漣句会、最後の吟行「筆の寺」。

五月十日、第八〇〇回漣句会、「矢車の高きに音す宮の庭」、席題「小」、兼題「鈴蘭」、参加二十名。「漣会」第八〇〇号発行。二十日、最後の三船祭参加。二十四日、第八〇一回漣句会、「会報八百号達成に、思いがけず句友による祝宴となりケーキで祝い、ぶどう酒で乾杯、ばらの花が盛られ最高の句会」となった。

定例句会を毎月第二、第四月曜日午後二時から五時まで開催し、逐次「漣会」を発行。

十二月十三日、第八一三回漣句会、御津八幡宮。二十七日、第八一四回漣句会、御津八幡宮。

平成二十年　二〇〇八年

一月十日、新年句会（第八一五回）「上町線 東天下茶屋 晴明通　安来屋」で開催。「漣会」第八一五号発行、「初句会顔揃いして華やげり」。

体調が思わしくなく、一階の床几でしばらく臥せっていた。参加者の総意で次回第八一六回漣句会を二月十四日「安来屋」で開催することにした。「安来屋」は自宅に近い。会が引けてからそこで一緒に夕食をとってもらおうという皆の思いであった。三十日、新大阪の回生病院入院。

二月十四日、第八一六回漣句会中止。

五月七日、逝去。八十八年五ヵ月の生涯であった。十日、告別式。玉祥院釋尼妙愛大姉。天下茶屋の安養寺の北上家の墓に葬られる。

六月九日、三七日法要、安養寺、二十二日、四十九日法要、安養寺。

九月、『上方芸能』一六九号に演出家中川芳三氏の追悼記「芝居と共に歩んだ生涯——北上愛子さん」が掲載される。

「関西歌舞伎の大幹部として活躍した七代目嵐吉三郎丈のお墓は、天下茶屋の安養寺にある。「時雨の炬燵」の紙屋治兵衛の女房おさんの墓と真向かいの場所である。同じ狂言の父親五左衛門役では、他の追随を許さなかった岡島屋さんには恰好の墓所だなと思い、納骨の日に発句をたむけた。

五月風を　間におさんと　さしむかい
その法事の席をこまやかに取りしきっておられたおかみさんの愛子さんが、五月八日(七日)に亡くなられた。岡島屋没後、三十五年が経っている。

北上愛子さんは、若き頃、ＯＳＫのスターであった。その頃よりのロマンスを大事にはぐくみ、紆余曲折、幾多の障害を乗り越えて、やっと正式に入籍できたときの、披露の喜びようは、当時劇界のほほえましい話題になつた。

ご自分の青春も生涯も岡島屋と、そして芝居と共に歩まれた愛子さんだが、岡島屋が亡くなった後は、俳句の結社「漣会」を主宰し、良き同人に囲まれて目ざましい活躍を続けておられた。七回忌には、追悼の句集「おかじ満や」を上梓されている。ずっと岡島屋さんを偲びつつ、幸せな晩年を過ごされたのではなかろうか。

漣会の方々の心温まるお見送りを受けて旅立たれた。にこやかな遺影に手を合わせ、晩年は、兄の孫右衛門や、舅の五左衛門が持ち役だったが、「私の本役は、二枚目の治兵衛だよ」といって笑つておられた役者吉三郎さんの面影が重なり、三十五年ぶりに付句が浮かんだ。奥様、やっと……。

さざなみによせ　小春みもとに
合掌」

(年譜作成　菊池崇憲)

資料

各章収載句一覧

第一章 漣句会

初冷房入れて快適句座弾む　第七三〇号
花片《びら》を浮かべ菊酒賜りぬ　第七三六号
秋彼岸想いそれぞれ句座の菓子　第七三七号
日食と云う秋の日の陰りかな　第七三八号
入院の句友《とも》に思いを秋深し　第七三九号
雨激し落葉の浮きし水溜り　第七四〇号
玉砂利を彩る桜紅葉かな　第七四一号
逢いにゆくきみの碑初雀　第七四一号
一寸の間啼く鶯やゆかり寺　第七四一号
夏袷に女よろしき思いして　第七四一号
句の心たがいに在りて月の友　第七四一号
末のこと弥陀にまかせて冬うらゝ　第七四一号
ようやくに銀杏黄葉なる御堂筋　第七四二号
納句会朱盃の酒に華やぎし　第七四三号
顔見世のはねて終電通りすぐ　第七四三号
正装に身を調えて初句会　第七四四号
骨折の句友のいとしさ寒ンきびし　第七四五号
玉砂利に節分の豆残りたる　第七四六号
春雨に傘借りる句友《とも》空暗し　第七四七号
老舗《しにせ》閉ず浪華の街に春愁う　第七四八号
一つことばかりを悔み春の雨　第七四九号
筆塚の苔に沈《しづ》もる春の雨　第七五〇号
病床の友の身案じ春吟行　第七五〇号
朱の鉄鉢重ねるごとに春の味　第七五〇号
落着かぬ宮司忙わしき祭月　第七五五号
知り人の祭提灯名を見付く　第七五六号
土用丑縁起の飯《いい》に舌鼓　第七五七号
台風の無事通り過ぎ句座弾む　第七五九号
華やかな集いとなりて秋さやか　「発会当日の御報告」

第二章　愛子先生の魅力を培ったもの

小雪舞ふ中のどやどやなつかしく　第七五号
生家跡車道となるや春惜しむ　第六五六号

第三章　歌舞伎役者の妻

初芝居開かずの飾りのしあるまゝ

楽屋出づ浜町河岸の秋灯

握る掌の温もりいまだ萩散れり

逆縁の経読む日々や秋の風

第四章　俳句入門

日ざかりの楽屋住居のうちつゞき　里環

楽屋にゐいま日盛りの木挽町　里環

むかひ合ふ膝の高さの秋袷

行儀よく坐りし膝の秋袷

流行は追はぬ心よ秋袷

初芝居開かずの飾りのしあるまゝ

天長の佳節機上の人となり

そら豆にビールの泡のほろにがし

毎年に女はぐちよかびぬぐふ

茶の花の咲きたる今朝の寒さ哉

春炬燵出でぬがまゝに便り書く

滝しぶき伝説秘めてかゝり来る

白粉のつきし部屋着や梅雨晴るゝ

楽屋出づ浜町河岸の秋灯

行幸の松屋町筋初時雨

声高に芝居帰りか夏の夜

昨日より今日が淋しく鉦叩

ねそべりてゐるまゝなりし鉦叩き

風除のつゞくところや波の音

この家と決めて帰るさ花八ツ手

句も書きて日記始めの楽しさよ

還暦の軸かゝり居り初稽古

宝恵籠に大きく人の波ゆれて

新緑や女同士の宴もあり

松蝉の鳴いてゐるなる墓洗ふ

初役に古書ひもどけば紙魚はしる

便り来し二階囃子を初めしと

白きものまじりふえたる木の葉髪

容赦なき梳き子の櫛や木の葉髪

食堂の娘の日本髪初芝居

打出しはしころ太鼓や初芝居

第五章　俳句入門その二　句帖から

日盛りの楽屋住居のうちつづき
楽屋に居今日盛りの木挽町
今日涼し着物きる気になりにけり
むかひ合ふ膝の高さの秋袷
行儀よく座りし膝の秋袷
流行は追はぬ心よ秋袷
初芝居開かず飾りのしあるまゝ
水仙に今の幸せ思ひつゝ
水仙の好きなあの娘にふさはしく
旅先に東踊りのうはさ聞く
紙雛にそなへし餅の小さきこと
クローバに語りし頃のなつかしく
天長の佳節機上の人となり
そら豆にビールの泡のほろにがし
大空にとけ入る如き若葉かな
毎年に女はぐちよかびぬぐふ
そこゝに砂地をみせて夏の川
あけそめて今日の暑さの油蝉
朝顔の名残の花の二輪ほど
のびるほどのびてコスモスみだれ咲き
流星に願ひしことのたゞ一つ
茶の花の咲きたる今朝の暑さかな
片側の山ふところの小春かな
一ひらの枯葉にのりて小春かな
茶の花の家をはなるゝ嫁荷馬車
初夢を見るべく今日の早寝かな
春炬燵出でぬがまゝに便り書く
あたゝかく幾月ぶりに犬洗ふ
炭つぐを忘れて今日の暖かく
緑蔭にバトミントンの軽ろやかに
洗ひたる色あざやかに苺かな
滝しぶき傳説秘めてかゝり来る
白粉のつきし部屋着や梅雨晴るゝ
楽屋出づ浜町河岸の秋灯
単衣ありうすものありてまだ暑し
水草のせまきをしぐる金魚かな
行幸の松屋町筋初時雨
時雨来し湯豆腐茶屋や南禅寺
さそはるゝまゝに来し道散もみぢ

せゝらぎに岩に土橋にもみぢ散る
御手洗ひの列つくりたる初詣
横文字の賀状のおくれとゞきけり
祝膳にどさりと賀状とゞきけり
年甲斐もなく嬉しくて春の雪
たんぽゝの綿に夢のせ空青し
豆飯に京のみやげの花ざんしょ
声高に芝居帰りか夏の夜
夏の夜のむづかりし児をもてあまし
話の間扇打つ癖なほらずに
風除のつゞくところや波の音
この家を決めて帰るさ花八ツ手
風除に砂吹きたまる白さかな
身を屈し風除をして老いしかな
切り張りの障子に影す花八ツ手
昨日より今日が淋しく鉦叩
ねそびれてゐるまゝなりし鉦叩
同じ時同じこと云ひ稲妻に
神域にいにしへうつし薪能
新緑や女同志の宴もあり

松蝉の鳴いているなる墓洗ふ
伊予路来て松蝉を聞く旅ごゝろ
初役に古書ひもとけば紙魚はしる
便り来し二階囃子を初めしと
思はずも声あげにけり紙魚なりし
牛遅々として白き道トマト熟る
とまどひて蜻蛉入りし楽屋かな
空瓶をならべる音や秋の風
とんぼつり夕焼雲を背に受けて
白きものまじりふえたる木の葉髪
容赦なき梳き子の櫛や木の葉髪
気ぜわしく挨拶かはし冬の町
色街のをどり初まり水ぬるむ
かぎりなき命草の芽うすみどり
食堂の娘の日本髪初芝居
打出しはしころ太鼓や初芝居
八ッ橋を菖蒲に渡しかへしたる
百合といふ花を好まず活けもせず
芭蕉忌にめぐり合ひたる縁《えにし》あり
山百合の道しるべあり三千院

珍らしく一役だけの初芝居
天皇の御手高々と参賀の日
新弟子の屠蘇祝ひゐる頬固し
おくれたる婚期苦もなし雛かざる
病室の模様替えして薄暑かな
月明り屋根重なりて幾重にも
秋扇毎年しまふ小抽出
初芝居おかるのまきし紙吹雪
形よき籠に入りたる柏餅
久々の稽古始めや夜更へ
七條を過ぎれば疎水柳の芽
夏萩のみだる、原や一茶の碑
暖冬に小窓明けゐし先斗町
京に来て思はぬ冬の暖かく
来ぬバスも冬暖かく苦にならず
暖冬にブラ〱歩き京の街
書道展の賞を受けたり春の風
春寒し猫家を出て早や七日
芝居なく春の寒さのつづくかな
春寒し又消防車走りすぐ

先生の活けてゆかれし猫柳
年回の顔揃ひけり松の花
役僧の渡る廊下や松の花
この頃の誰に遠慮もなく朝寝
起さる、ことを予期して朝寝かな
滝みちを登りつめれば桜散る
珍しく父子空の旅秋晴る、
めぐらせし屏風の内や老孤獨
子が画きし屏風なりたるそのま、に
夜使ひに冬木の影のおそろしく
轉轍手肩いからせて冬木かな
顔見世や序幕を終へて朝食事
また、けばまつげにふるる春の雪
風流の心も消えし雪便り
初午や巫女の振る鈴絶間なし
初午や一の鳥居の揚げどうふ
初午や奈落に續く名提灯
花便り昨日の雨の憎らしく
一ひらの座敷に入りしさくらかな
日永さや用事のすべて片づきて

走馬燈縁につるして今日静か
さそはれて思ひがけなき舟遊び
夏芝居顔ぞろひなる絵香附
命日の佛に上げしりんごかな
ふるさとのリンゴ近所へくばりけり
りんご成るふるさとありて羨まし
秋晴れて平凡な日々有難く
天覧の那智の御滝我も見し
さくらんぼ好きと云ふ児の歯の白さ
夜嵐に実梅の落つる固き音
毎年のかつけ封じや実梅する
梅雨晴れて東山峰美しく
帰り来てまづ打水の栓をあく
走馬燈ぐる〳〵廻る人と犬
弟子のもむ肩のほぐれや日の永さ
日永さや遊び疲れて子のい寝し
今日涼し着物着る気になりにけり
青畳香り正座の肌涼し
秋めくや湯かげん少し熱いめに
秋めきて下着の着かへ二三日

小さくも大きくなりて踊りの輪
朝顔の咲くを待たずに逝きし人
大輪の朝顔咲いて初七日
キリンの子生まれしニュース秋日和
行く秋を惜しみて今日の遠出かな
秋日和楽屋を出でて広小路
秋灯テレビ塔に人動く
尋ぬれば今は亡き人柳散る
顔見世の紋提灯の赤きかな
目印しの木々皆枯木坂の家
結びたるみくじの白き枯木かな
店先きの水仙の束無造作に
おでん屋の看板娘名はくにと
信号はまだ赤のまゝ春時雨
広小路屋台に人に春時雨
それ〴〵に思ひをこらし梅の宴
あれこれと雛の顔見て百貨店
御園座の千穐楽の小春かな
一坪の庭に舞ひ来し春の蝶
舞い降りし蝶に我が家の庭せまく

見事なるつゝじ三十年経しと云う
つゝじ燃え新郎新婦神殿へ
角かくし白くつゝじは赤く燃え
外出は一寸ゆるめに單帯
夢の字の白く浮びし單帯
ほうらくの素焼きに鮎の塩かげん
奥八瀬の岩間に食うぶ鮎の味
梅雨晴れや好きな着物を出して見て
この頃はビルの合間の大文字
こゝよりは妙法のみの大文字
新涼や思ひ立ちたる探しもの
機嫌よく主人帰りて秋涼し
殺し場の血のりの色や夏芝居
固き桃車中で買ひて悔多し
桃賣りの急に忙し發車ベル
秋の日やガイドの唄ふ流行歌
秋の日やかげりの早く物干かず
秋の日の思ひがけなき場所にあり
四ッ辻は人影もなし今日の月
ものぐさとなりてこたつの起居かな

清水の舞台に立てば冬霞
こたつの座きまりて幼児膝に来る
布団裾あげて招きし炬燵かな
梅見頃茶店の主じ古稀と云ふ
盆栽の手初め黄梅選びけり
春寒の祭りのすみし国府宮
入歯して少し悲しく春寒し
春着着て㐂ぶ母の米寿かな
皆母の爲なればこそ母の日に
母の日に米寿を祝ふ母すこやか
衣替へ母新調の晴着かな
出先きより母の好物初がつを
ほんのりと醉のまわりて春の風
花かがり音立てゝ雨降り出でし
浮見堂まこと浮びて春の風
拝観を許されし御所春の風
草餅の入りしお重時代めき
せまき庭茂りの中にうすぐらき
三叉路の大神木の茂りをり
血ぶくれし一匹の蚊のたくましし

一匹の蚊に責めらる、むなしさよ
血ぶくれて飛べもせぬ蚊のありもする
祈らる、地蔵並びて赤のまま
ひぐらしに湯宿の奥のほこらかな
問ひたれど赤のまんまは知らざりし
ひぐらしに杉の木立の天までも
かりそめの宿のひぐらし鳴きつづく
さわやかに錦帯橋を渡りけり
早發ちの汽車に遅れけりそぞろ寒
飛梅のいわれ聞きゐる秋日ざし
宮島に紅葉をたづね旅つづく
筥崎の鳩はおとなし秋慕情
秋の朝午一人形訪れて
原ばくの跡に立たづむ晴れた秋
夫恋ふる蝶々サン昔も晴れた秋
秋晴れやバスガイドさんよかと声
一ト月も早き初雪南禅寺
命日の大谷御廟笹子鳴く
初雪が嬉しく蛇の目さしもせず
笹鳴きす一寸しやれたる茶店にて

胎動の便り嫁から春隣
春寒や稲むら出でし定九郎
春隣り小窓明けゐし楽屋かな
道行きの小娘可れんさ春隣
花八ツ手白き丸さの丸さかな
春寒やサルベージ船活躍す
梅の寺尼の生ひ立ち聞きもして
年々に尋ぬる庭や梅の寺
春寒や夜更けし街を救急車
艶寿集又讀み返し虚子忌かな
春の雨好きな蛇の目をさしかけて
人出いや花は見頃と聞きつつも
めぐり逢うこともなき人夕ざくら
知恩院の御寺浮びて花の雲
大力と見たり小蟻のもの運ぶ
蟻必死のがる事もあるまじに
名園の記念撮影南風
主人今謡にこりて南風
南風や移民としての友送る
新涼や幾日ぶりの熟睡か

新涼やTVドラマの続きをり
威勢よくたゝく西瓜の味のよく
縁日の西瓜の山と賣り声と
新涼や隠忍なせし過ぎし日日
末々のことあれこれと秋の雨
見上ぐれば柿の赤さと夕日かな
山柿の色今もなほ去年の旅
秋晴れて鏡台運ぶ楽屋かな
秋の蟻生れしことがあわれにて
悪酔のへそにはらるる柿のへた
大方の用事残りて日短か
短日の客うとましく話好き
思ふ人あれば楽しく毛糸編む
好きならば肩もこらずに毛糸編む
流行の本とりよせて毛糸編む
まだ寝ぬと云ふ児をあやす春の月
春雨をかこつけて呑むあるじかな
花便りよそごとに聞く病母居て
芝居なく梅雨災害をもたらせり
口小言云へど我が庭花吹雪

すこやかに初誕生や祇園会に
着ることの少なく単衣派手なまゝ
蚊遣して煙の中の昔かな
訪ふ家の蚊ばしらの横通り抜け
毀れ家のビルの谷間の芭蕉かな
芭蕉葉のおほいかぶさる狭庭なる
芭蕉葉の根本ぬらさず雨過ぐる
立秋やプランを立てし小旅行
暦見て秋に入りしと主じ云ふ
しんがりの稚児背はれゆく秋祭り
一日は雨となりたる秋まつり
長月のかくすに惜しき秘めし恋
秋耕の畦にモーター轟きて
長月の車窓を追ひし旅づかれ
芝居なく起こす人なき寝正月
足袋をはく人待たせいてもどかしく
色足袋の女の世帯やつれして
午後からは雪となるらし酒支度
寄りそうて人急ぎ行く京の冬
足袋縫ふてはきし戦後は遠きこと

国立へ初出演や五月晴
若やぎて今日の佳き日や夏衣
主留守祭ばやしの初まりて
あじさいの紫濃ゆく又淡く
住吉の田植神事の時代めき
妊もりし嫁は田植の外にあり
たくましきはだか町行く夏まつり
つばくろの巣づくり妙や土はこぶ
浪速路に今ぞほまれの桜花
ランドセル左右にゆれて春時雨
会へば又若き日かへる春時雨
眼帯もとれて小ばしり春時雨
昨日今日と思ふに早き春隣
自ら品ととのふる梅の客
信号を待つチンドン屋春の暮
春寒や宿の廊下の長きこと
靖国の花のさかりを訪れて
新婚の便り菜の花さかりとか
切れ長の目もとはぢぢ似初節句
若竹や面白き程丈のびて

若竹に雨戸繰りゐて気ふさぐ日
若竹に隠れマリアや詩仙堂
夏霞フェリーボートの淡路島
観音のおはす御寺や夏霞
朝顔にこの頃早き目ざめかな
ぬか漬の味とゝのふや秋の立つ
外出も残る暑さのきびしくて
寝つかれぬ雨戸にあたり秋の風
離婚せし友悔ひもせず秋の風
寺男せじも云はずや秋の風
主じなる人の指図の松手入れ
松手入親子二代の植木職
壁すりて布団を運ぶ宿女
布団積む舞台稽古の廊下かな
枯芝に色あざやかなゴルフ人
枯芝を背なかにつけて帰りし児
顔見世のまねき今年も名を列《つら》ね
容赦なく母乗り給う花の雲
天寿の母逝き給ふ春時雨
春の雪はかなく消えて初七日

三津寺に春の日そゝぎ人集ふ
風薫り弥陀の浄土に今生まる
ねぎ坊主お玉じゃくし藤春惜しむ
時雨るるや隅田のほとり梅若忌
哀れなる子方の母呼ぶ梅若忌
女形の化粧前なるねぎ坊主
水磐に娘のてぎわねぎのぎぼ
手しぶきに蝌蚪《かと》一瞬に四散せり
集団のお玉じゃくしや右往左往
葉がくれにお玉じゃくしの生れけり
野仏のいわれさまざま草萌ゆる
わき出づる泉水しぶき下萌ゆる
児の傘を借りて隣りへ春時雨
地下街を通りぬく間の春時雨
下萌に心ほぐれし姑の座
藤の花まこと紫好もしい
定宿に藤棚ありて手のとどく
帯〆をあれこれ選りて春惜しむ
額の花ひそとさきゐる尼の寺
額の花一輪ざしは青磁色

ほとばしる水に料理のかつを生く
さくらんぼ歯にかみ舌にもて遊び
過去未来美男子なりし業平忌
尋ぬれば庵主手折りし額の花
もてなしの主機嫌の初かつを
梅雨晴るる祇園をぬけて清水へ
梅雨に入る楽屋より見る東山
師を待てる弟子春光の楽屋口
山吹の八重大輪に重みをり
一条の春光ビルの谷間にも
風薫る街角に又会ひしい人
靖国の社は人出花吹雪
揚幕に出を待つ今日の暑さかな
梅雨晴れ間祇園をぬけて清水へ
戸まどひて障子に当る蠅愚か
廉賣の店頭長蛇の列暑し
噴霧器に蠅一撃の急降下
かやぶきの屋根おおかりき佐賀の秋
長崎の灯は美しき秋の夜
弓張りの山は間近く秋晴るゝ

秋晴れの西海橋を渡りけり
朝顔の蔓思ひがけなき方へのぶ
朝顔のつぼみかぞふる宵楽し
朝顔の蔓かたくなに生ける如
宿の昼廊下を秋の通りぬく
通勤のバスにも秋の気配して
縣涯の小菊日に日に部屋を染む
菊の香は強く楽屋に杵のひゞき
菊大輪白粉濃ゆき女形
や、寒や猫すりよりて他愛なし
ロータリーに菊の植はりて人和ごむ
や、寒や今日より主日本酒に
や、寒や素顔の舞妓束ね髪
着く筈の小荷物着かぬ師走かな
雑炊に昔しのびて戦中派
京に来て幾夜も續きまる雑炊
訃知らす通知重なる師走かな
もの好きの仲人引き受け師走かな
おごそかに睦月の神事行ひぬ
睦月とて決めかねたる小旅行

絵馬とどき尼公睦月をすこやかに
幼稚園送り迎へや下萌ゆる
訪れし聖地巡りや下萌ゆる
墓参帰途思ひがけなき花の門
聞こえ来るピアノ幼く春の昼
家中のほこり目につく春の昼
人ごみをさけて知恩院花昏る、
老ひとなる一しを恋しさくら花
命ある限りは行かん花の山
大粒の苺二粒銀の皿
御詞を賜ふ豊明殿薄暑
今年まだ苺食せず高さま、
人形の与一は逝きて五月雨
五月雨や道行き着たる舞妓行く
秋雨に身も清まれり一の橋
聖地なる高野蜩鳴きわたる
朝顔に早きめざめの續きをり
蜩に貧女の一灯今もなほ
爆心地平和の鐘に秋来る
巡業の荷物もほどき冬支度

せつかくの東京に来て秋つゐり
冬支度気になりながら旅に居て
秋晴れて宿の干場の高きかな
秋晴れて出歩く用事多かりき
結納を持ちて師走の新幹線
世話好きの兄忙しき師走かな
京の宿白川しとゞ冬の雨
腹立たし酔ふ人多き師走かな
小窓明け鏡台移す冬の雨
そつけなく電話切らる丶春寒し
春寒の猫きず受けて帰り来し
紅梅や嫁荷の着きて賑やかに
荒磯に神官入りて若布刈る
春寒や用件のみの赤電話
去りがたき中千本の花むしろ
念願の吉野山なる花の冷え
花の雲如意輪堂も手の中に
春の日の浮きたることも無く過ぎぬ
義経の駒止めし跡花あしび
梅雨宿の窓に干しもの重ねゐし

梅雨籠りつ丶がなき日を送りをり
旧家あり茂りの深く人住みて
降れば降れ田植いよいよはかどりて
見上ぐれば茂りの中の御堂かな
千年の古木のいはれ秋の蝉
白木槿高野の聖も往きし路
思ひ出の尽くべきもなし盆の月
盆の月明るき程になほ淋し
ケーブルカーゆれてゆれゐる花木槿
手折り来てなほいじらしき野菊かな
むづかしき病ひにいどむ十三夜
石佛に野菊かためて供へけり
石段の一つ一つの十三夜
胸高に皆帯〆めて十三夜
退院の日取り決って日向ぼこ
堂島川ゆるく流れて冬入日
手袋に子の成長を思ひけり
病室の窓に鳩まで小春かな
紅つけて退院の朝冬ぬくし
顔見世が見たいばかりの食養生

退院の噂ちらほら日向ぼこ
雑炊主の心有難く
検温の看護婦ノック冬の朝
紅つけて退院の朝冬の川
夢に見し祝ひの膳や今朝の春
忌明けの通知とゞきし余寒かな
友病母に仕えて久し余寒かな
通院の信号待つ間春時雨
老ひし身に友先立ちし余寒かな
病癒えお礼詣や草萌ゆる
約束の人来ぬまゝの日永かな
日永さや写経に心奪はれて
一線を引きし菜の花空に入る
つゝがなく過しゐて聞く花便り
菜の花や赤きペタルの郵便夫
京の宿蛙鳴きゐる昼下り
夏袷の舞妓をくれ毛うひうひし
蚊の声のまた近寄りてねつかれず
夢なかに蚊の声聞きて夢續く
一匹の蚊とのたゝかひ明近き

白川の流れにそはぬ暑さかな
いげん持て暑さの中の仁王門
白球の飛ぶ甲子園秋近し
珍らしき名ぞかしおばゆきりん草
なすこともなさず打過ぐ残暑かな
谷汲にひぐらし鳴いて人おもふ
秋近しガラスを通る風を見る
鉄道百年紅葉の谷を列車行く
命得て紅葉の紅忘れ得じ
友好の北京空港秋晴るゝ
パンダ来る噂のしきり秋日和
住吉の社に無事を秋晴るゝ
冬の日の心せきゐて百貨店
京の宿障子明りの目ざめかな
冬の日や片側の家あたたかく
我が庭はさゝず冬の日通り過ぐ
祇園街障子洗ふや隣同士
行末を頼む谷汲花さかり
好物を供へて見ても春寒く
思ひ出の盡きぬがまゝに春深し

花便り去年は浮かれてゐしものを
墓石の朱色も消して春深く
一人居の又涙して梅雨しきり
けだるさの人の来ぬ日の暑さかな
百ケ日過ぎし狭庭の茂りかな
その人は遠き旅立ち茂り濃く
探しものまだ見つからぬ暑さかな
秋深し主形見のめがねかな
秋深し一人盃重ねゐし
それぞれに菊批評して菊花殿
誘はれてまこと気高し菊の宴
白菊が好き一人身となりてより
約束の人来ず冬の日早や落ちぬ
冬の日のくぢ運弱き女かな
訪へる人襟巻をポケットに
一瞬の陽ざしに冬の日有難く
形見とて襟巻頬にあてもして
秋めくや一燈ゆらぐ奥之院
新盆や親しき人のこころざし
秋めくや一の橋にてごまどうふ

夏草履好みの色を選り過る
路の辺のカンナ朱にして土かわき
何となく寝られぬ夜の余寒哉
未熟児と聞いて愁へる余寒哉
紅梅やするどき枝に蕾あり
紅梅の紅に幸せ探しゐて
紅梅や人の噂の程もなく
つゝがなく法事終りぬ春の雪
思ひきり背伸びしたき日菜種梅雨
雪柳そへて花びんの花やぎて
雪柳白さが哀れ友病みて
人来ると云いてまだ来ず春深し
吟行の橋幾渡り春深し
長き梅雨と云ひし予報や梅雨に入る
梅雨ごもり熱き香茶を一人呑む
病又出しかと憂う梅雨ごもり
病む人を案じて幾日梅雨に入る
憎しみをこめて打つ蠅ちぎれもし
雨近し蠅のしつこく入り来る
朝顔のつるをきまゝにのばし置き

大輪の朝顔供ふ佛の日
秋めきて馬車のひづめや女人堂
御無沙汰の詫びは毛筆秋めきて
扇風機廻り續きて句座開く
思い立つ旅のはづみて秋日和
幸せの吾が身一つに秋晴る丶
野菊ふと見つけし道に人待ちて
哀れさが好きよ野菊の乱れしも
吾が想い野菊に寄せて遠き日を
短日やつきあい悪しく友帰る
一坪の庭のくまなく時雨濡る
雑炊や親しき者をもてなして
押売りの世辞にいらだち日短
雑炊や猫舌ゆえにもの悲し
春浅き幸せの日々続きをり
病む人に早春を告げる花とどく
庚申の宵をはげしき猫の恋
はげしさを傷つきてゐる猫の恋
指先きにふる丶も惜しき薄氷
春泥にはなやぐ声の通り過ぐ

眠る子の手にげんげ束車ゆれ
春風に病む人の気思ひゐて
ひとしきり校庭賑う春の蟻
久々に屑屋路地来て春の風
病む人と床を並べて明易し
ドライブの闇に蛍の走り過ぐ
病癒ゆこともなき人苺食ぶ
砂糖かけることを好まず苺食ぶ
釣り船の波にまかせて明易し
仏事皆相済みて秋めけり
人垣のうしろより見る揚花火
手しぶきに目高一瞬散る早さ
おびえいる犬がをかしく花火鳴る
偲ぶ草とゞけば悲し秋めきて
人住まぬ家ともなりぬ秋寒み
や丶寒や夕刊おそくとゞきゐて
句碑読みてたどる高野路秋暑し
そこ丶を閉めて留守居のや丶寒く
手にふれてみれば草の実つぶれゐし
草の実の小溝に流る哀れにも

ひたすらに柏手打ちて神無月
一人住むことにも馴れて冬構
返り花噂ばかりの人出かな
返り花一つ二つの蕾つけ
冬の日の小窓にのせし小盆栽
冬の日の狭庭さす日の片かげり
女生徒の溢れる駅や春時雨
嬌声と共に人来る春時雨
おそ咲きの梅や終日《ひねもす》賑って
わざ〳〵に梅を尋ねて女連れ
船宿に海苔干してある昼下り
命有ることの慶び初明り
海碧き頃の思ひ出桜貝
桜貝拾ふ娘の指細き
久々に市場通りや春の風
ころころと笑ふ娘や春の風
田楽をあつらへおきて寿語る
花菜漬橋のたもとの漬物屋
二、三日留守の門より蟻続く
また会う日約して別る五月雨

畳の目つぶせし蟻や雨きざす
背のびして女世帯の菖蒲葺く
海ほうづき鳴るとて人を手招きて
無表情パックの女五月雨
黒々と西瓜の種の盆に落つ
ござ敷いて円座の中の西瓜哉
捨てかねし香水の瓶恋過ぎし
高野路の秋の気配や一周忌
秋めくや一の橋より馬車揺れる
人見しりする児あやせば秋の風
売家の立札傾き秋の風
人影の絶えし家並や秋出水
児に与ふ栗の歯型や母のもの
渋皮の少し残りし栗御飯
幼子の咳込む夜半の暗恐き
咳込めば果つるを知らぬ病ひかな
日短読経に暮れし寺を出づ
毛染してたゞそれだけの日短か
還暦と云ふ人若し冬うらゝ
心浮く事もなきまゝ冬隣

春寒をかこちて一人日を過ごし
独り居の気まゝ暮しや朝寝ぐせ
春寒や寝酒の味を覚えもし
命日を写経にすごす春寒く
初蟻に風あることを確めり
ふるさとと云へり町あり春の風
幸せを口にして住む朝寝かな
鳥揺する枝花びらの降りそゝぐ
茶せん塚新たに建ちて花むしろ
春寒をかこちて一人日を過ごし
写経せん心に清《すが》し青芒
青芒自転車の娘《こ》横切りぬ
梅雨寒くわれに珍らし長湯哉
久方の旅は田植の真盛りて
夏ざぶとん白きが並ぶ句座清し
久方の旅をりからの田植え中
秋めくや仔犬の数をたしかめて
噴水に道頓堀の灯のともる
すこやかをたしかめあいて夏見舞
踏切に地蔵の建ちて盆の月

のど自慢続く屋台や盆の月
やゝ寒く両手でぬくめる膝頭
やゝ寒や膝にあてがふ掌のぬくみ
やゝ寒や仏に供ふ茶のぬくみ
秋果盛る店のみ明し終車過ぐ
無我の儘土に馴じみて甘諸掘る
爪染めし指に蜜柑の青さ満つ
やゝ寒や常より熱き湯にひたり
独り居の冷たき部屋の鍵開ける
襟巻に息の熱さを受け止めて
凩や立看板の女の眼
山粧ふ浮びて映ゆる多宝塔
寝起き肌冷たきまゝのものを着る
福引の列特賞の鐘にゆれ
去年の釘さびいて柊挿し終へり
誰れかれを誘ひあはせて初詣
寒菊の黄色に耐へし初七日
吐く息の白きが指をもれる朝
春先や孔雀の羽化のうちふるえ
囀りのいよよ高まり軒広し

砂風呂に体埋めて春の海
巣燕に留守をまかせし山家哉
雛飾るあの日戦火に彷徨ひし
幽玄に誘ふ一管汗すがし
南風薬師三尊眉まろし
鳥の巣を見付けて揺れる潮来笠
涼しき座めざして写経堂に入る
汗の肌もて余しゐて帰路急ぐ
遊船や時代めきたる名札額
夕凪の舟曲りゆく入江かな
誰かれの会釈して行く門涼み
坂道に止まりて仕掛花火待つ
一瞬の静寂もある蝉しぐれ
緋袴のまゝに銀杏拾う巫女
初雪の富士や小田原駅過ぐる
待宵や宿下駄弾む音のして
草の実の命たしかと覚えたり
天高し今日より初む稽古ごと
敷松葉してお茶席の静まれり
燈篭の辺りにまるく敷松葉

小盃欠けし湯豆腐茶屋に酔ふ
案内乞ふ湯豆腐茶屋の旗古りし
春の花ゆへに愁ひの残るかも
風少し強きまゝにて春立つ日
臥龍梅土塀くづれしそのまゝに
末黒野やうねりて貨車の影捕ふ
一輪の黄が誘へる迎春花
諍ひの悔残りたり花の冷え
筆塚の見える小座敷春の雨
熱に寝て一人住ひの春の昼
長閑さや男手前の野点傘
春昼や小部屋に地震身を伝ふ
筆塚の辺りに実梅落つる音
命日を過ぎての墓参五月晴
龍安寺卯の花曇り石有情
襟あしのまぶしき女や春日傘
花種を分けて互ひの庭に蒔く
信号に止まれば汗のどつと出づ
背を流る汗意識しつ客と会ふ
夏痩の習慣となりてつゝがなく

新涼や揃へて見たるひざがしら
走馬燈廻る早さや想夫恋
大佛殿鴟尾《しび》金色に秋晴る、
妻の座のしかと在りけり秋刀魚焼く
初嵐田舟つなぎしそのま、に
歓声の闇に燃え盡く大文字
静寂のまにまに木の葉散り急ぐ
悔まる、湯ざめ気にしつ長電話
切り貼りのそこだけ白き障子かな
枯菊をそのま、にして鉢仕舞ふ
振り返りふりかえり過ぐ返り花
朝の日のまぶしさの中春を待つ
書き添へしことば嬉しく寒見舞
室咲きと云へる彩どり愛しめり
日脚伸ぶ一人住ひを整へて
浮き立ちし心見すかす花便り
碑をたどる坂ゆるやかに花の冷
鶯の一声のみの旅愁かな
一日の怠り悔ゆる春埃
露地ぬける五月雨傘の傾きて

茂り葉や一枝手折りて風通す
卯の花が導べとなりし園巡う
くるぶしに着丈を決めし初浴衣
藤椅子の背に安らぎの風を受く
掌の囲ひに崩る氷水
すれ違う人の香りに涼しさが
一隅にひそと易者の夜店の灯
朝寒や乗りおくれたる電車見ゆ
子の歯型母の歯型や栗をむく
盲導犬寄りそひ坐る秋の冷え
行末を月に尋ねん我の秋
寝そびれて枕屏風の内にあり
広告塔文字確かなる枯木立
小盆哉冬日に移す二三日
大打鉄冷たし四方に火花散る
鈴の緒を強めに引いて厄落し
白壁の人寄せつけず寒の月
水仙の葉先きねじれしま、を活く
夕べの雨狭庭の彩や春を待つ
一管の指定まらぬ花の冷

横坐りして一人居の春の昼
荒目篭土こぼしつゝ蓬摘む
宮前の絵馬ふれあへり蝶の舞ふ
短夜や残りし酔の水うまし
青芒月まだ浅きまゝに昏れ
入梅のきざしに指の疼きけり
麦藁を編む障害児無心の瞳
旅程了へ夏の月ある駅に立つ
咲き続くカンナの花に夕日濃し
わずかなる風がゆれゐる野面かな
独りゐてうちわの風を味へり
みかんむく指しなやかに懐紙染む
いつもより長湯となりし夜寒かな
草の実のありやなしやの愛おしく
襟巻に歯痛の頬を埋めけり
寒き朝頬に残りし枕襞
わが生活《たつき》戸惑ひがちの初寒波
湯豆腐に無口の人と差向ふ
風花や四条小橋の櫛老舗
心浮く事もなきまゝ春を待つ

温泉の番の飼ひし鶯競い啼く
カーテンを引く手に拝む寒の月
春を待つむづかしきこと秘めおきて
春の月ためらいもなく猫戻る
花御堂釈迦仏無心に在わします
たんぽゝは踏むまじ畦のせばまりて
黄水仙一人の部屋を明るうす
花街の粧ひ新た五月雨
をりをりに水面を撫でる夏柳
鼻づまり気にして梅雨の足袋を穿く
糠つきしまゝの穀象捕へけり
中元の売場メモ帳置き忘る
夜濯の水ひそやかに流しきる
七夕の笹飾りたて園児ゆく
新涼や渡り廊下の写経堂
高々と柘榴残りて枝嫋う
活けて見てまことやさしき野菊かな
「ふみつづり」相寄り祝う秋の晴れ
せきれいの小岩を渡る野天風呂
熱の顔伏せ風花の町急ぐ

女同志温泉の中に初笑ひ
初詣赤福餅の店賑はう
島の子も馴染みとなりて避寒宿
新緑を背に渡月橋渡りけり
お替りをそっと頼みし豆御飯
苗売りの箱土少し貰いけり
一芯三葉初体験の茶摘みかな
通天閣人案内して雲の峰
人案内して通天閣雲の峰
夏柳椅子ごと運ぶ湯上りの児
常連の床几置きある夏柳
秋草の名をたしかめつ古都巡る
破れ土塀続く大和路秋の空
みほとけの御ン目美し萩の寺
山萩に嫁のぐち聞く小道かな
面影の似し人見かけ初時雨
法事了ゆ渡り廊下のつはの花
浅漬を買いに四条の橋渡る
冬ざれの狭庭に朝の息を吸う
父の名を継ぐこと決る松の内

宿帳に筆初めなる女文字
常磐木の緑に結ぶ初みくじ
山見える向きに位置して初鏡
展望鏡とらへしところ山笑ふ
入学児鏡の前のランドセル
葉柳のほぐる、青さ水にあり
矢印の茶店開きて春の山
声上げて薔薇の束ねに顔埋づむ
旅馴れし人の荷嵩や衣替
吹流し鯉にからみて風を切る
信号に一歩踏み出す薄暑かな
口元を扇子にかくす娘のしぐさ
水中花ひとゆれゆれて開きけり
神の田の青田になりて幣白し
撫で仏に病を預け山つつじ
ちちろ鳴く闇にその名を呼んでみる
耳よりな話に弾む仲の秋
朝刊の露にしめりしま、とどく
耳さとき齢哀しも夜半の秋

第六章　句集『おかじ満《ま》や』

絵初めに習ひおぼえしさくらんぼ　里環遺句
日盛りの楽屋住ひのうちつゞき　里環遺句
楽屋に居いま日盛りの木挽町　里環遺句
初芝居開かずの飾りのあるまゝ
打出しはしころ太鼓や初芝居
食堂の娘《こ》の日本髪初芝居
初芝居おかるの撒きし髪吹雪
珍しく一役だけの初芝居
初芝居長老としてつゝがなく
芝居なく春の寒さのつゞくかな
初午や奈落に続く名提灯
初午や一の鳥居の揚どうふ
追善の口上舞台梅の花
春寒や草むら出でし定九郎
一ト月も早き初雪南禅寺
午後からは雪となるらし酒《ささ》支度
春炬燵出《い》でぬがまゝに便り書く
昨日今日と思ふに早き春隣り
春雨をかこつけて呑むあるじ哉

あるじ今謡にこりて南風
天長の佳節機上の人となり
浮見堂まこと浮かびて春の風
今晴れて妻の座を得し春の空
花かゞり音立てゝ雨降り出《い》でし
野仏のいわれさまざま草の花
京の宿蛙鳴きゐる昼下り
靖国の花の盛りを訪れし
念願の吉野山なる花の冷え
義経の駒止めし跡花あしび
命ある限りは行かん花の山
もてなしの主《あるじ》機嫌の初がつを
白粉のつきし部屋着や梅雨晴るゝ
梅雨に入る楽屋よりみる東山
梅雨宿の窓に干しもの重ねゐし
御詞《みことば》を賜う豊明殿薄暑
五月雨や道行着たる舞妓行く
久々の稽古初めや衣更
初役に古書ひもどけば紙魚走しる
話の間扇打つくせなほらずに

夏芝居顔揃ひなる絵番付
揚幕に出を待つ今日の暑さかな
殺し場の血のり色や夏芝居
便り来し二階囃《ばやし》を初めしと
声高に芝居帰りか夏の夜
滝しぶき伝説秘めてかゝり来る
暦見て秋に入りしとあるじ云う
秋めくや湯かげん少し熱いめに
ここよりは妙法のみの大文字
さわやかに錦帯橋を渡りけり
飛び梅のいわれ聞きゐる秋日ざし
宮島に紅葉を尋ね旅続く
秋日和楽屋を出でゝ広小路
楽屋出づ浜町河岸の秋灯《ともし》
機嫌よく主人《あるじ》帰りて秋涼し
白木槿《むくげ》高野聖《ひじり》も往きし路
むつかしき病《やまひ》にいどむ十三夜
菊の香の強く楽屋に杵のひゞき
主人《あるじ》留守祭りばやしの始まりて
一日は雨となりたる秋まつり

しんがりの稚児背《お》はれゆく秋祭
昨日より今日が淋しく鉦叩
白きものまじりふえたる木の葉髪
末々のことあれこれと秋の雨
布団積む舞台稽古の廊下かな
京の宿障子明りのめざめかな
冬支度気になりながら旅にゐて
行幸の松屋町すじ初時雨
珍らしく父子空の旅秋晴るゝ
早発ちの汽車遅れけりそゞろ寒む
顔見世のまねき今年も名を列《つら》ね
顔見世の紋提灯の赤きかな
顔見世や序幕を終へて朝食事
暖冬に小窓開けゐし先斗町
店先きの水仙の束無造作に
清水の舞台に立てば冬霞
好物を供へてみても春寒く
花便り去年《こぞ》は浮かれてゐしものを
盆の月明るきほどになほ淋し
御手洗ひの列つくりたる初詣

天皇の御手高々と参賀の日
新弟子の屠蘇祝ひゐる頬固し
水仙の好きなあの娘《こ》にふさわしく
年甲斐もなく嬉しくて春の雪
春寒し猫家を出て早や七日
初午や巫女《みこ》の振る鈴絶間なし
また、けばまつげにふる、春の雪
先生の活けて行かれし猫柳
色街のをどり初まり水温む
かぎりなき命草の芽うすみどり
紙雛にそなえし餅の小《ち》さきこと
クローバーに語りし頃のなつかしく
松蝉の鳴いているなる墓洗う
年回の顔揃ひけり松の花
書道展の賞を受けたり春の風
七条を過ぎれば疎水柳の芽
信号はまだ赤のまゝ春時雨
病室の模様替えして薄暑かな
形よき籠に入りたる柏餅
役僧の渡る廊下や松の花

大空にとけ入る如き若葉かな
新緑や女同士の宴もあり
八ツ橋を菖蒲に渡しかへしたる
毎年に女はぐちよかびぬぐふ
さくらんぼ好きと云ふ児の歯の白さ
梅雨晴れや好きな着物を出して見て
そら豆にビールの泡のほろにがし
水草のせまきをくゞる金魚かな
神域にいにしへうつし薪能
奥八瀬の岩間に食《く》うぶ鮎の味
とまどいて蜻蛉入りきし楽屋かな
夏萩の乱る、原や一茶の碑
百合といふ花を好まず活けもせず
山百合の道しるべある三千院
天覧の那智の御滝我も見し
帰り来てまづ打水の栓ひらく
朝顔の咲くを待たずに逝きし人
大輪の朝顔咲いて初七日《はつなぬか》
秋扇毎年しまふ小抽出し
走馬燈ぐるぐる廻る人と犬

小さくも大きくもなり踊りの輪
隆盛に願ひしことのたゞ一つ
今日涼し着物着る気になりもして
青畳香り正座の肌涼し
ねそびれてゐるまゝなりし鉦叩き
空瓶を並べる音や秋の風
秋灯《ともし》テレビ塔に人動く
むかひ合う膝の高さの秋袷
行儀よく座りし膝の秋袷
流行は追はぬ心よ秋袷
雨月とはわかりて宵のそなへもの
月明り屋根重なりて幾重にも
四ツ辻は人影もなし今日の月
誘わるるままに来し道散りもみじ
容赦なく梳子《すきこ》の櫛や木の葉髪
芭蕉忌にめぐり逢ひたる縁《えにし》あり
この家と決めて帰るさ花八ツ手
風除のつゞくところや波の音
茶の花の咲きたる今朝の寒さ哉
結びたるみくじの白き枯木かな

おでん屋の看板娘名はくにと
夜使いに冬木の影のおそろしく
梅見頃茶店のあるじ古稀と云ふ
盆栽の手初め黄梅選びけり
初雪が嬉しく蛇の目さしもせず
自《おのず》から品とゝのふる梅の客
春寒や宿の廊下の長きこと
紅梅や嫁荷の着きて華やげり
春寒や用件のみの赤電話
老ひし身に友先立ちし余寒かな
春寒や裸町ゆく国府宮
病癒えお礼詣りや草萌ゆる
胎動の便り嫁から春隣
泣き声の聞こえるような春の宵
絵馬とどき尼公睦月をすこやかに
幼稚園の送り迎えや下萌る
聞こえくるピアノ幼なく春の昼
拝観を許されし御所春の風
襟替へのちょっぴり大人春の宵
まだ寝ぬと云ふ児をあやす春の月

ほんのりと酔ひのまわりて春の風
眼帯もとれて小走しり春時雨
信号を待つチンドン屋春の暮
手しぶきに蝌蚪《かと》一瞬に四散せり
児の傘を借りて隣りへ春時雨
時雨る、や隅田のほとり梅若忌
女形の化粧前なるねぎ坊主
春の雨好きな蛇の目の半びらき
艶寿集又読み返す虚子忌かな
人出いや花は見頃と聞きつ、も
めぐり逢うこともなき人夕ざくら
知恩院の御寺浮びて花の雲
国立へ初出演や五月晴
切れ長の目元はぢぢ似初節句
若竹に隠れマリアの詩仙堂
夏袷の舞妓をくれ毛うひくし
観音の在わす御寺や夏霞
旧家あり茂りの深く人住みて
着ることの少なく単衣派手なま、
朝顔にこの頃早きめざめかな

蚊遣して煙の中の昔かな
朝顔の蔓思ひがけなき方へ延ぶ
外出も残る暑さのきびしくて
ひぐらしに湯宿の奥の祠《ほこら》かな
白球の飛ぶ甲子園秋近し
祈らる、地蔵並びて赤のま、
ぬか漬けの味と、のふや秋の立つ
宿の昼廊下を秋の通りぬく
聖地なる高野蜩《ひぐらし》鳴きわたる
手折りきてなほいじらしき野菊哉
石段の一つ一つの十三夜
秋の朝与一人形訪れて
筥《はこ》崎の鳩はおとなし秋墓情
茅葺の屋根多かりき佐賀の秋
弓張の岳の間近し秋晴る、
長崎の灯は美くしき秋の夜
原爆の跡に立たづむ晴れた秋
寺男世辞も云はずや秋の風
命得て紅葉の紅を忘れ得じ
菊大輪白粉濃ゆき女形

や、寒や今日より主人日本酒に
や、寒や素顔の舞妓束《たば》ね髪
せっかくの東京に来て秋ついり
秋晴れて宿の干場の高きかな
秋雨に身の清まれり一の橋
長月の隠すに惜しき秘めし恋
花八ツ手白き丸さのまろきかな
流行の本取り寄せて毛糸編む
病室の窓に鳩来て小春かな
退院の日取り決りて日向ぼこ
紅つけて退院の朝冬ぬくし
壁すりて布団を運ぶ宿女
色足袋の女の世帯やつれして
命日の大谷御廟笹子鳴く
短日の客うとましく話好き
着く筈の小荷物着かぬ師走かな
結納を持ちて師走の新幹線
句も書きて日記始めの楽しさよ
還暦の軸かゝり居り初稽古
宝恵籠に大きく人の波ゆれて

命あることの慶び初明り
箸紙のわが名今年は筆太に
着飾りし女あるじの御慶かな
初夢の醒むるな瞼《まぶた》閉じしまゝ
逢へば好しそれが楽しき初句会
誰れかれを誘ひあわせて初詣
餅花のゆれてほの〴〵華ぐ日
福引の列特賞の鐘にゆれ
修二会僧眼《まなこ》に燃ゆる火の写つる
紅梅の紅に幸せ探しゐて
紅梅や句碑読めぬまゝ通りすぐ
探梅や道なきことも好もしく
つゝがなく法事終りぬ春の雪
未熟児と聞いて愁へる余寒かな
すこやかを確めあひて寒もどり
春寒く病む人案じ句にも書き
病む人に早春告げる花にとゞく
雪解道バス乗り降りて旅続く
命日を写経にすごす春寒さ
少し熱あるらしきまゝ春炬燵

会釈する舞妓の素顔春寒さ
童謡の終日《ひねもす》きこゆ雛の市
茶筌竹干しあり春の野に続く
吟行の橋幾渡り水温む
春光や孔雀の羽根のうちふるえ
窓少し開けて自《おのず》と春の情
船宿に海苔干してある昼下り
賑やかに音立てて洗ふ蜆ざる
海碧き頃の想ひ出桜貝
春泥に華やぐ声の通りすぐ
眠る子の手にげんげ束車ゆれ
田楽をあつらへおきて寺詣る
カトレアに魅せられた花窓離れ得ず
松蝉に今が幸せ日々新らた
終《つい》彼岸引導鐘に列つづく
思ひきり背のびしたき日菜種梅雨
百ヶ日過ぎし狭庭の茂りかな
緑陰《みどりかげ》山水掬ふ掌の白さ
梅雨ごもり熱き番茶を一人呑む
船べりを扇流る、祭りかな

三船祭献句競ひて川のぼる
船に吊る短冊ゆれて青葉雨
しつけ取ることも嬉しき衣更
病む人と床を並べて明易し
病癒ゆこともなき人苺食む
背のびして女世帯の菖蒲葺く
久々の旅折からの田植中
巣燕に留守をまかせし山家かな
紫陽花の触るれば紺の染まるごと
噴水に道頓堀の灯のともる
涼しき座めざして写経堂に入る
南風《みなみかぜ》薬師三尊眉まろし
幽玄に誘《いざな》ふ一管汗清《すが》し
夏座ぶとん白きが並ぶ句座清し
初蝉の去年《こぞ》より早しと記し置く
一人住む気儘の家に初夏の色
朝顔を蒔く日を選ぶ暦見て
朝顔を蒔きて色分く小札書く
象牙箸替へずくずれし冷奴
二、三日留守の門より蟻つづく

ナイターの燈一基づゝ消えゆけり
新盆や親しき人の心ざし
十六夜や高野を降《くだ》る女連れ
赤土の付きし松茸送らるゝ
襟もとに小菊重ねし菊人形
筆塚に師の報恩や時雨晴る
久方に会ふて弾みて秋さやか
パンダ来る噂のしきり秋日和
それぞれの秋を迎へしすこやかさ
うち連れて桜紅葉の道明寺
白菊が好き一人身となりてより
秋菓盛る店のみ明し終車過ぐ
名所《などころ》と聞く石庭や仲の秋
売家の立札傾き秋の風
晩秋の入日に鹿の動かざる
やゝ寒や膝にあてがふ掌の温み
図書館の列を受け止む破芭蕉
一人住むことにも馴れて冬構
毛染してたゞそれだけの日短
案内乞ふ湯どうふ茶屋の旗古るき
賑やかな句会納めや年の暮
片付かぬまゝに出前の晦日そば

第七章　俳句指導

春寒く病む人案じ句にも書き　第三〇号
華やぎし中に別るゝ冬至の日　第四八号
新会員迎えて楽し句座の涼　第五九一号
美くしき人の逝く日の朝しぐれ　第七〇号
花びらのささやかな紅に高ぶりぬ　第六三一号
コロンブスの迎える甲板秋の晴れ　第六九一号
寒戻りすさまじき哉筆の寺　第七九八号
禅寺に句碑しずもるや花の冷え　第七九八号
何鳥か知らず飛翔す花の寺　第七九八号
今昔にときめくものや春の雪　第四六七号
車折のうちわを配り幸分つ　第七七七号
道頓堀冬灯かがやき句を飾る　第七八八号
立冬に身の引き締まる今日の句座　第六六八号
由緒あるこの地に建碑小春の日　第六六九号
手打ちして納め句会のつゝがなき　第六七一号

第八章　合同句集『句集 漣』上梓

幸せの満つるとおもふ初鏡
初芝居目礼うけし桟敷かな
宝恵駕に大きく人の波ゆれる
神妙に柏手打ちて厄落し
吐く息の白きが指を漏るる朝
会釈する舞妓の素顔春寒さ
童謡の終日《ひねもす》聞こゆ雛の市
山も野も動くと見ゆる陽炎いて
今ここに在わすと思ふ花吹雪
田楽をあつらへおきて寺詣づ
一人住む気儘の家に初夏の色
巣つばめに留守を頼みし山家哉
御神船揺れてゆれいる藤の花
捨てかねし香水の瓶過ぎし恋
一瞬の静寂もある蝉しぐれ
望みなき事に望みを雲の峰
幸せの吾身一つに秋晴るる
尼君の出でます寺に秋遊ぶ
四ツ辻に人影もなし今日の月

無我の儘土に馴染みて甘藷掘る
柏手に群れ翔つ宮の初雀
戎橋渡るや春着の妓に逢ひし
鈴の緒を強めに引いて厄落し
日脚伸ぶ一人住ひを整えり
枝くぐりくぐりて次の梅ほむる
帯揚げの色を定むる春の情
土手少し斜めに下りて蓬摘む
大げさに音立て浅蜊洗ひけり
椿餅その葉懐紙に納めおく
一管の指定まらぬ花の冷え
群集に見守られ鹿の子乳さぐる
苗売りの箱土少し貰ひけり
一日を無口に過ごす梅雨じめり
黴の辞書開けば朱線ある頁
ケーブルカー桔梗見つけて遠ざかる
擂鉢に母の掌が舞ふとろゝ汁
高々と柘榴残りて枝撓ふ
お火焚祭清めの鈴を肩に受く
顔見世の桟敷舞妓の肩身揚げ

犬小屋に声掛けて出る師走かな
耐えがたき秋の暑さを云いあえて

第三〇〇号

初旅や宿の女将《おかみ》の一つ紋
初夢の逢うべき人に逢いにけり
福笹の土鈴がゆれる酔心地
寒蜆キュッと水吐く静夜かな
解けがての薄氷《うすらい》うごく桶の底
東塔も西塔も見ゆ猫柳
早春の池廻り来る郵便夫
手折りたき桜にみくじ結びけり
万葉の恋の辺りや子鹿啼く
手招きに答え梅雨傘まわしけり
まだ覚めぬ笠屋町筋日傘ゆく
心太《ところてん》押し出す手元のぞきけり
竜安寺の石も灼けたり石有情
地蔵盆今日移り来し家の子も
闇を裂き稲妻天地つなぎけり
萩の風季の移ろいをせかせけり
秋の水いつもの芥よせつけず
一ツ橋渡りきる間の初しぐれ
鳰一羽もぐれば二羽もぐる
二の酉やその頃のこと夫のこと
握る掌の温もりいまだ萩散れり
逆縁の経読む日々や秋の風
梅雨晴れ間句座に遺影の微笑めり
神の庭桜もみじに染まりゆく

第四〇〇号

五百回重ぬ歓喜や萬年青《おもと》の実

第五〇〇号

初鏡喜寿なる姿勢正しけり
初詣千の石段登りけり
初髪や乱れぬことのいとおしく
恋の詩読めば己づと春ごころ
砂風呂に春の日傘を挿しくる、
舟頭に京の訛りや春の湖
スヰトピー句座に明るさ誘いけり
定礎石砕け被災地春の雨
でで虫や大地の広さ知らぬま、
土買うて朝顔苗の鉢増やす
掛香や女ひとりの生活《たつき》ぶり
行者滝女聖者の乳房かな
おもかげは去年の祭りの役者船

結界として秋のすだれ巻かず置く
定まらぬ着こなしとなり秋暑し
下呂までは一人の旅路山錦
筆塚の師の文字たしかしぐれ寺
面長は明治の愁い一葉忌
顔見世や親子口伝の芸の巾
水掛の納め不動や酔少し
二千年一歩を照らす初明り
一点の曇り無き瞳《め》に初御空
読み初めにルーペの鎖たぐり寄す
消し忘る門灯春の日に溶ける
恋猫の首尾を聞いても深眠り
育ち来し昭和が見えるみどりの日
逢いし日は云わずにおきし春の風邪
花疲れこはぜ一つのもどかしく
めざしやのめの字達筆詣で道
母の日に母の生涯真直ぐなる
パスポート手続き多し梅雨の入り
筆塚の師の文字なぞる仏生会
ロザリオも数珠も平和を原爆忌
化粧水掌に溢れさせ夏初め
秋の冷指輪くるりと廻りけり
月見酒われより先きにゆきし人
平常心写経に委ね秋彼岸
丸めたる嵩恐ろしき木の葉髪
日向ぼこ卒寿の姉の画き眉毛
逢うことを約して別る年の暮
宮の木々芽吹きけなげに命見ゆ

第七〇〇号

第九章　終焉

ささやかにお弁当の忘年会

第八一三号

納句会手〆めして年送る

第八一四号

初句会顔揃いして華やげり

第八一五号

刷鉢に母の掌が舞うとろろ汁
犬小屋に声掛けて出る師走かな
気ごころの知れてくつろぐ心太
枝豆の塩の加減や古女房
牡蠣船や道頓堀の今昔
一人住む気儘の家に初夏の色
初夢の逢うべき人に逢いにけり

おもかげは去年《こぞ》の祭りの役者船
筆塚の師の文字なぞる仏生会

（北上愛子先生の句を本文で取り上げた順にまとめました。四章、五章、六章、八章など複数の章に重複して収載された句もあります。

資料作成　菊池崇憲）

参考文献

凡茶「俳句の作り方～初心者入門と定型・切れ字・季語～」ウェブサイト
(http://haiku-nyuumon.com/article/15389120l.html)

中川芳三「芝居と共に歩んだ生涯――北上愛子さん」『上方芸能』第一六九号（『上方芸能』編集部、二〇〇八年九月）

奥田慈應編著『四天王寺誌』（四天王寺、一九三七年初版、一九六三年一〇月一日改訂増補第九版）

総本山四天王寺編『四天王寺』（四天王寺リーフレット）

『天王寺誌 乾坤』（四天王寺蔵本、星野恒採訪、謄写、一八八六年一一月、

東京帝国大学史料編纂掛採訪、一九〇二年一〇月。複写製本）

棚橋利光編『四天王寺年表　清文堂史料叢書第三一刊』（清文堂出版㈱、一九八九年六月三〇日）

棚橋利光編『四天王寺史料　清文堂史料叢書第六六刊』（清文堂出版㈱、一九九三年四月一日）

大阪市立大学大学院文学研究科都市文化研究センター編『四天王寺所蔵文書目録』

（大阪市立大学大学院文学研究科都市文化研究センター、二〇一〇年三月三一日）

「特集　聖徳太子と四天王寺」『大阪春秋』第四三号（大阪春秋社、一九八五年四月三〇日）

新修大阪市史編纂委員会編『新修 大阪市史 第七巻』（大阪市、一九九四年三月三一日）

ＯＳＫ日本歌劇団90周年誌編集委員会編『ＯＳＫ日本歌劇団90周年誌　桜咲く国で――ＯＳＫレビューの90年～』

㈱ＯＳＫ日本歌劇団、二〇一二年一一月一日）

ＯＳＫ日本歌劇団オフィシャルウェブサイト（http://www.osk-revue.com/company）

橋本雅夫編『宝塚歌劇の70年』（宝塚歌劇団、一九八四年五月一八日）

宝塚歌劇オフィシャルウェブサイト「TAKARAZUKA REVUE」

(https://kageki.hankyu.co.jp/fun/about_takarazuka.html)
肥田皓三「松竹少女歌劇の足跡20」『上方芸能』第一六九号(『上方芸能』編集部、二〇〇八年九月)
肥田皓三「松竹少女歌劇の足跡21」『上方芸能』第一七〇号(『上方芸能』編集部、二〇〇八年一二月)
肥田皓三「松竹少女歌劇の足跡22」『上方芸能』第一七一号(『上方芸能』編集部、二〇〇九年三月)
肥田皓三「松竹少女歌劇の足跡23」『上方芸能』第一七二号(『上方芸能』編集部、二〇〇九年六月)
肥田皓三「松竹少女歌劇の足跡24」『上方芸能』第一七五号(『上方芸能』編集部、二〇一〇年三月)
肥田皓三「松竹少女歌劇の足跡25」『上方芸能』第一七六号(『上方芸能』編集部、二〇一〇年六月)
肥田皓三「松竹少女歌劇の足跡43」『上方芸能』第一九七号(『上方芸能』編集部、二〇一五年九月)
奈河彰輔『幕外ばなし』(中川芳三私家版、二〇〇一年四月)
岡本友秋『大劇33年の夢舞台』(探究社、一九九二年三月)
奈河彰輔「歌舞伎美人 上方歌舞伎 想い出の俳優」(歌舞伎公式サイト)
『大阪時事新報』(一九二八年一月頃)
「芸界人国記第三三回　関西歌舞伎⑤」『夕刊京都』(一九六〇年一二月頃)
大阪市役所『昭和大阪市史 社会篇』(大阪市役所、一九五三年一二月一五日)
『新大阪』(一九五五年当時)
『新大阪』(一九六三年当時)
島津忠夫『戦後の関西歌舞伎 私の劇評ノートから』(和泉書院、一九九七年)
新橋艶寿会・楠本憲吉『艶壽集』(新橋艶寿会、一九六二年一一月)
北上愛子『句集　おかじ満《ま》や』(私家版、一九七九年二月一一日)
松尾豊子『ほんまにおおきに』(浪速社、二〇〇三年一二月)

竹田悦堂編「現代書作家系統図」『日本書道大系8』（講談社、一九七一年）
大阪市史編纂所編『御津八幡宮・三津家文書――近世初期大阪関係史料（上）』
（大阪市史料調査会、一九八五年二月二五日）
漣会編『句集　漣』（漣会、一九七八年一一月三日）
漣会編『句集　漣』（漣会、一九八三年一一月一五日）
漣会編『句集　漣』（漣会、一九八八年一二月一二日）
漣会編『句集　漣』（漣会、一九九七年四月一〇日）
漣会編『句集　漣』（漣会、二〇〇〇年一一月三〇日）
歴史学研究会編『新版　日本史年表』（岩波書店、一九八四年六月）

あとがき

平成二十一年四月、愛子先生の一周忌を迎えるに当たって有志と語らって「偲ぶ会」として句会を企画した。第八一六回漣句会、会場は御津八幡宮。その会に向けて会報を編集した。「漣会」第八一六号。それぞれから追悼句、追悼文を頂いた。慣れない編集に加えての追悼文執筆は、私には至難であった。思いはいくらでもあるものの、メモ書きのような文章になった。

中年になられて突然、俳句で生活を立てる、これは大変なことであったと思う。先生は華麗で緻密、不動の人であった。ご自身の不安や悩みは一切封印しておられた。いつも今舞台の袖から出てきた様な笑顔と優しさで、爽やかに話された。俳句、芸事は勿論、話題に文書に書道、人脈、食通《グルメ》等、全て一流であった。先生とのお付合いでは一度も涙を見ていない。伝え聞く話では「成瀬昇平の博多節には泣かされた」、山村若津也師の悼辞で涙された、ということであった。先生は包容力の大きな、強靭な人であった。女武芸者的、女芭蕉、女忍者《くの一》であった。先生は六つの句会を維持しておられたが、それぞれの会の交流はなく、永年に渡り秘密裏にこの形を守り通してこられた。（少しの交流はあったが）。これらの一切は天涯孤独の思想の上に構築された先生の姿でもある。

天上の何処《いずこ》に御座す師と桜
花愛でし師と一年をここに生く

日が経って、愛子先生について思う気持ちがいくら強くても一般的には伝わらないと思った。素晴らしい先生の存在を少しでも広く知ってほしい。

しかし、その方法は?

旧知の加藤敏躬さんに相談した。あゆみコーポレーション社長の加藤さんは、評論家木津川計氏主宰の『上方芸能』の編集次長を長く担当しておられる。愛子先生をご存知でもあった。しばらくして加藤さんは知人の菊池崇憲さんを紹介された。菊池さんは会社勤めの傍ら『関西文学』編集長を担当したことがあり、『文藝かうべ』を主宰している方だった。何度か打ち合せて、大きなエッセイの形にしよう、愛子先生は会報「漣会」を通じてたくさんの言葉を紡いでおられるので、ご自身の言葉でつなごう、句集『おかじ満《ま》や』も包みこんだ全句集にしよう、ということになったが、形はさっぱり見えてこなかった。それでもお二人の強力な助言・助力を得て、叱咤激励を受けて、当初は思いもしなかったこのような形に辿り着いた。菊池崇憲さんには資料整理、取材、執筆とご協力頂いた。加藤敏躬さんは編集・出版作業全体を統括してくださった。お二人にはただ感謝の言葉しかない。ご尽力賜り誠に有り難うございました。

北上愛子先生の手ほどきで俳句に親しむようになっておっつけ二十二年になる。優雅で謙虚な、優れた句友に交じって一座する漣句会は、私にとってかけがえのない喜びであった。

著者略歴

今井輝生（いまい てるお）

1934年、三重県宇治山田市（現伊勢市）に生まれる。同年、大阪市東成区に転居。1949年3月、布施市立第一中学校（現東大阪市立長栄中学校）卒業。東成区内の伸線加工会社㈱城東金属勤務。労働運動を知る。1957年、同社退職。仲間3人とプレス機1台で起業。1960年、独立、㈱共立金属工業設立。1984年、同社倒産。知人の会社の工場管理を任される。2004年、技術労働者不足に対応するため、人材斡旋・コンサルタント業務の個人会社外宗設立。2008年、経験と先端情報を結びつけ、モノづくりのイノベーションを目指す合同会社外宗コンダクター設立、代表となる。

漣《さざなみ》句会と北上愛子
―七代目嵐吉三郎 内儀

令和二年四月二十五日　第一版第一刷発行

著　者　今井輝生

協　力　菊池崇憲

発行者　藤波優

発行所　㈱燃焼社

〒558-0046
大阪市住吉区上住吉二―二―二九
TEL　〇六―六六一六―七四七九
FAX　〇六―六六一六―七四八〇
振替口座　〇〇九四〇―四―六七六六四

印刷所　㈱ユニット

製本所　㈱佐伯製本所

ISBN978-4-88978-141-0　Printed in Japan